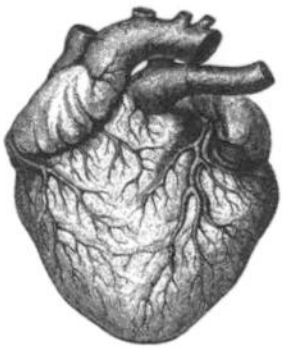

櫻色心臟中心1991

スリジエセンター1991

by KAIDOU TAKERU

目次

序章　星與火把

一九九二年春

——朱諾，你覺得革命會成功嗎？

突然之間，宛若從天而降般，那句話在體內甦醒過來。

正在打盹的世良睜開眼睛，看向窗外。

海鷗聲傳來，在青空畫下平滑的曲線。

這裡是別稱 Ville du Soleil 的蒙地卡羅，太陽之城。

五星級飯店的尊爵套房內，桌上擺放著色彩鮮豔的水果。世良拿起一顆微紅的櫻桃，放入嘴中。

天城雪彥還將世良叫作朱諾（Jeune，法文裡年輕人的意思）的時候，每天的心情都還算不錯。

雖然偶爾也會有非常不開心的時候。

但在他對世良丟出那個問題的當下，天城絕對是開心的。

世良在心中確信著，一口喝盡手中的香檳。

他現在過著在日本從來無法想像的奢華生活。然而在不久前，在世良才剛當上外科醫師時，世人卻天真地以為日本也能成為如此富有的強國。

全世界的財富都流進了這個國家——黃金之國吉龐[1]。

世良在日本經濟登上頂點的一九八八年，即泡沫經濟最高峰時當上了外科醫生。

話雖如此，頂點也意味著沒落的開始。

一九九〇年，大藏省銀行局長發布通知，泡沫經濟瞬間瓦解。不知人間疾苦的官僚避重就輕地處理殘局，就像吞下一次性藥物後產生的劇烈副作用，導致日本經濟面臨瀕死狀態。金融業拚命對弱者採取回收或停止融資這種合法的不法行為，導致日本在登上前所未有的好景不久便失速脫軌。這起通知的慘態從後來對於提案人是誰的爆料與眾說紛紜便能一窺究竟。官僚想將責任轉嫁於他人時，正是弊政的證明。

那個時候，世界也面臨動盪。

中東的獨裁國家經常去騷擾他國，導致受到激怒的美國發動聯合國之名，一面隱藏自己的貪欲，一面對那些國家展開空襲，輾碎他們的野心。

將民主政權引入歐亞大陸的國家領導人被迫發動軍事政變。

---

1 馬可波羅的《東方見聞錄》中將日本記載為Zipangu，黃金之國。

雖然一度奪回政權，但由於共產主義國家證明了他們超越原先估計的存活年數，過去在世上與之對立並君臨已久的紅色帝國也乾脆地被消滅了。

正當世良還停留在蒙地卡羅之時，日本國內外都面臨了激烈的動盪時代。

位於極東某處，支撐著地方醫療的某間外科教學中心也被捲入了動盪的漩渦。

──後來回頭一看，才發現早在一開始，一切就非常明顯了。

「所以才說那些自以為是的人一個都不能信」，告訴世良這句話的人，是曾經在距離日本非常遙遠的異國隱居度日的天才外科醫師。

那是有著蒙地卡羅之星（Étoile）之稱的天城雪彥才看得到的風景。也是早已超脫舊俗民情，立於自由精神之上該有的見識。

平庸的外科醫師，絕對聯想不到一絲一毫。而世良正是這種平庸的菜鳥外科醫師。

東城大學醫學部綜合外科教學中心（俗稱佐伯外科），在這裡待了三年的年輕外科醫師世良，回想起自己是在傳統日式醫學教育的薰陶之下一路走來的。

不用煩惱錢的事情，只要專心治療病人，自然會有人幫你處理那種事。這是外科醫師、不對、是日本全體醫師的共識，更是「醫者仁心」這道護身符的象徵。

雖然也可以大方承認自己其實很愛錢，但那樣一來，話題便會停留在較世俗的程度。譬如說申請高爾夫會員花了多少錢、抑或是不斷上漲的股票投資。

醫師們沉浸於要怎麼賺錢的膚淺話題，卻對支撐著自己的根本——醫療經濟一點興趣也沒有。

反過來說，這種表現才能印證醫師的美德。

正是在這樣的經濟背景下，日本的醫師首次將利益置之度外，真誠地為病患治療。即便病人在那之後留下一大筆債務，消失得無影無蹤，在遭受理事長責罵之時，主治醫師也只是不吭一聲地全盤接受。

那時世良才剛當上外科醫師不久。

其實那個時候，醫療的黃金鄉也得以實現了。

儘管如此，陰影也在同時悄悄蔓延開來。

一九九一年四月，在政界擁有強大影響力的日本醫師會野村參藏先生離開人世。厚生省的官員趁機發表了「醫療費亡國論」，燃起反攻醫界的狼煙。然而日本的醫生卻一點都不在乎官員們意圖削減醫療費的主張。

不同於其他醫生，以無人可及的優越技術為傲的天城雪彥，大膽地提出「想要得到好的醫療，就必須花錢」這項理論。這在現今社會看似理所當然的言論，在當時之所以無法受到大家認同，或許是因為天城對待病患的姿態太過於反常了。

他大言不慚地表示，想要接受手術就必須交出一半財產。只有讓輪盤顯現天命，在病患贏得賭局時，才能用獲勝贏得的錢做為醫療費得到他的手術。

Chances simple. 在二選一中獲勝的人。
那便是成為天城病人的最低、同時也是唯一的條件。
儘管如此……
世良一邊眺望著蒙地卡羅平靜的海灣，一邊回想起天城的問題。
——你覺得革命會成功嗎？
為什麼現在會突然想起天城說的那句話呢？明明連那段對話是在哪裡發生的都想不起來了。
唯一能看到的就是天城開心的樣子，那幅景象鮮明地浮現在世良的腦海。
「不會，革命不可能會成功的。」
天城一臉不可思議地看著世良。
——那麼優柔寡斷的世良竟然回答得這麼乾脆，真是稀奇啊！說說你為什麼會那樣覺得吧！
「第一，革命會招來現有體制派系的反感，所以一定會遭受那些組織的打壓。」世良舉起一根手指頭，開口說道。
——嗯，真是常見又無趣的論述啊！
——但要是有強韌意志的崇高人物努力朝著理想邁進的話，應該就能輕鬆突破那群停滯不前的傢伙所造出來的脆弱防護罩吧！
記憶中的天城，像往常般露出諷刺的笑容，辛辣地反駁道。

世良稍微想了一下，舉起第二隻手指，比出一個看似軟弱的V字。

「第二，革命或許可以成功，但那只是暫時的，沒有辦法長久。因為一旦順利革命推翻舊派，掀起革命的那群人也會轉為新的體制，迎向革命的終點。」

那時浮現在世良腦中的，是佐伯外科裡唯一令他覺得值得尊敬的英才——高階講師的側臉。

——革命家也跟著妥協了嗎？真有趣。但是啊，朱諾，你這樣想就不對了。

世良歪了歪頭，開口詢問：為什麼？

——說到底，革命究竟是什麼？

天城偶爾會像這樣直接詢問事物的本質。

然後世良通常回答不出來。

乍看之下，這一問一答似乎挺沒意義的，但對於年輕的世良來說，他並沒有因此感到不愉快。

因為要是沒有這個問題，平庸的他大概一輩子都不會想到要去思考這些。

那正是天城才會問的問題。

天城一面用眼角餘光觀察陷入沉默的世良，一面將目光移向窗外。

他眺望著窗外的大海。

這時世良才突然意識到，這些或許是在櫻宮岬的對話。

世良想不起來確切的地點，然而天城的話語卻不斷在他的腦中迴響著。

——永續成功的革命案例是有的，我指的是革命家在革命成功後又繼續擴大戰線，一直持續戰鬥的情況。

世良陷入深思。假使如此，的確可行。

但那種情況真的可以稱作成功嗎？

過了一會兒，世良將自己內心的矛盾化作言語吐了出來。

「第三，假使如此，那種革命果然不能算是成功，因為永遠不會結束啊！」

天城露出微笑，搖了搖頭。

——不對，正是因為一直持續下去，才能成就革命。成功之後依舊戰鬥著，光是這樣的存在，就能在人們的心中點燃火把。

天城將右手放在胸前閃閃發光的勳章上。彷彿將天城的話當作是自己的想法，世良重新下了個結論。

「不斷傳承下去的火焰，正是革命的本質。」

世良，以及當時的天城一同看向窗外。

終於，他回想起那時身邊的風景。那是他們在附設醫院頂樓的院長辦公室，往窗外望去的風景。

他想不起來為什麼那時會和天城單獨待在那個地方。儘管如此，那句話卻鮮明地浮現在他的腦海。

——火把的火焰，將會在大家的心中傳承下去。那樣才能實現革命喔！朱諾。

「世界上不可能會有那種人吧！」

語畢，原本眺望著窗外大海的天城將視線移回世良身上。他的瞳孔中，有著比大海更湛藍的寂靜。天城略帶華麗地說道。

——過去曾經有過那麼一位革命家，他充滿著鬥志，大口吃著、唱著、跳舞著。雖然他一開口盡是些無聊的小事，但那些話語卻宛如美麗的牧歌（戀曲）不斷地迴響著。

那個時候，天城彷彿在看著過去的某處。

而現在的世良，則眺望著遙遠的未來。

「我們的世界有那麼富裕嗎？」

對於世良直截了當的提問，天城報以微笑。

——那些默默進行偉大工作、再如朝露般消失的英雄，就像深夜布滿蒼天的滿天星斗，多如恆河沙數。只是世人會漸漸遺忘他們。

天城環抱著兩隻胳臂，彷彿正在保護胸前那把炙熱的火把。

如今，世良終於確信天城是對的。

所以他才會千里迢迢地來到這個異國之都。

已經過了一個星期，他依舊見不到天城。

但他知道不能著急，畢竟兩人初次見面時，他也沒想到自己竟然能夠見到天城。更何況世良還是在眾多命運交錯的大賭場裡輕鬆地發現他的存在。

強大的信念儼如突出雲端的孤峰，吸引著命運的走向，讓自己遇見該遇見的人。

世良待在法文意思是『隱居』的冬宮飯店（Hôtel Hermitage）裡，在某間套房中悠閒地等待著天城出現在自己眼前。

世良曾經如此深信著。

熱鬧歡騰的城市，蒙地卡羅。

沒有比這裡更適合天城的城市了。

在佐伯外科的日子猶如老舊照片般泛黃，明明距離那天也才過了幾個月而已。世良就像是掙脫頸軛逃亡的異邦人，獨自佇立在晴空萬里之下。

自由是帖猛藥。

彷彿絕世美女般充滿魅力，一旦著了魔碰觸卻免不了燙傷。倘若碰巧落入資格不符的人手中，也會因無法處理而被迫放棄。

蒙地卡羅的貴婦、冬宮飯店的尊爵套房。慵懶地橫躺在沙發上的天城的姿態，就是一張璀璨耀眼的藍圖。

若說心情還有點不愉快，大概是因為自己還欠缺穿上與自由同名這身長袍的經驗與氣度吧！

——但是，總有一天一定會……

世良閉上雙眼。

他會繼續等待，等待眼前的門敞開，接著天城會一臉驚訝地睜大雙眼，再一如既往地對著自己叫著「朱諾！」

第一部　春

1 充滿希望的四月尾巴

一九九一年四月二日（週二）

一九九一年四月傍晚，綜合外科教學中心，俗稱佐伯外科的主戰場——新醫院大樓五樓的病患交接終於結束，護士區分為正準備下班的日班與即將開始值勤的夜班。另一方面，醫生們則一如既往地勤奮工作，世良也在準備隔天一早就會用到的採血管。跟一般醫院不同，大學醫院的醫師需要處理許多雜事。照理說醫師的工作是治療，護士的工作則是照料，應該不會有什麼衝突。但還是有些雜事無法歸屬特定一方，成了龐大的灰色地帶業務。

醫師的工作原本就是診斷與治療，譬如說診療病人、開立處方箋、檢查方式診斷、說明相關資料、手術治療等。但想完成這些工作，必須先獲得術前檢查的相關資料，因此還得處理一連串的抽血排程：準備針筒、清晨抽血、運送檢體、製作結果報告、將報告添加至病歷……好不容易做完這些雜事，終於獲得重要的數值，只要再將這些數字化作有效的治療方式，便是原本名為醫療的整體業務。然而為了走到這一步，身分低下的小醫師早已累得筋疲力盡，這才是大學醫院的真實情形。

相較之下，外面的實習醫院就不是這樣了。大多數的雜事是由護士來處理的，就連負責治療病患的醫生也是由護士照顧的。實習醫生也是在被派往外院後才首次明白醫生的本質。

然而在大學醫院這種冥頑不靈的組織裡，那些雜事通常是第一年實習醫生的工作。因此世良也非常明白極有可能當上未來醫務長的同儕北島，之所以心不在焉地準備採血管，同時還想發牢騷的心情。

「我都結束外院實習、已經是待了四年的住院醫生了，就連PD我都做過了，結果現在竟然像個一年級的幫他們做這些雜事，誰受得了呀！」

「能夠做PD很厲害耶！真不愧是第三年在癌症中心實習的人。中瀨部長雖然會經常讓他認可的實習醫生動手術，但要是他覺得那個人不行，連碰都不給碰呢！」身旁的世良安慰地說道。

PD是胰頭十二指腸切除術 pancreatico-duodenectomy 的縮寫，治療胰臟癌最常用的術式。唯獨能夠運用所有外科手術的人才能成功執行PD，甚至可以說它是外科手術的頂點。當上PD主刀醫師的人，也等同於可以獨當一面的外科醫師。然而已經登上頂點的北島現在卻在這裡打雜，也難怪他要發牢騷了。因為世良的安慰而釋懷許多的北島也跟著恭維回去。

「世良才是，第二年就可以做 Total（全胃切除）了，而且每個星期還都可以擔任全胃摘除的主刀醫師，以前從來沒有過這種事吧！真是嚇死人了，畢竟第二年就能擔任全胃切除手術的外科醫生可是很少見的！更別說你還是去過天堂癌症中心跟地獄富士見診所的幸運男孩，真是一點也沒變，經歷豐富啊！」

「你明明也跟我一樣吧！北島。」世良還嘴道。

佐伯外科的實習系統分為兩個項目。前半期的第一年在大學醫院底下工作，接著在二月前往相關醫院實習，第二年的九月再到第二個相關醫院實習。到目前為止大家都是一樣的，但從第三年開始，會分成待在大學醫院和待在外部實習兩組。換句話說，外院實習分為兩年兩院與三年三院，共兩組。這是為了配合外部醫院與確保大學醫院人力所做的妥協產物，而三年實習理所當然比較受歡迎。

這個系統對於大學醫院和相關醫院雙方都有利可圖。大學醫院可以讓第二年、第三年的實習醫生實地演練，相關醫院也可以得到穩定且充裕的人力。地區醫院要培育人才十分困難，如果只以自己方便為主，通常不會有實習醫生願意到各地區的小醫院。因此若由大學醫局強制分發，不只可以將醫師適才適所，也能幫助偏遠地區的醫療發展。雖然醫師無法自由選擇想去的醫院，但因為大學醫局的分配方法十分公平，就算對政策不滿也無法抱怨。醫局會事先公布實習醫院的名單，再以類似職業棒球選秀會議那種讓渡方式抽籤。

第一年抽到上上籤的世良到了櫻宮癌症中心後，後半期幾乎每週都能擔任胃癌手術的主刀醫師，相關病例的經驗也提升至二十例左右，甚至還破格擔任全胃切除手術的主刀醫師。另一方面，抽到下下籤的北島第一個實習地點則是老人疾病中心。那邊盡是內科病患，手術也只是很簡單的小手術，完全無法累積外科醫師的相關經驗。

但在讓渡方式下，兩人的第二實習地點也產生了逆轉。接替世良進到癌症中心的北島得到外科醫師的頂點——ＰＤ手術的參與機會；而世良則是到了富士見診所這個位於山上的小診所，陷入了號稱富士見地獄的無聊地獄中。像這樣，實習情況也取得了平衡。

這種實習方式多少減輕了其他醫生的憤恨不平。就算要恨，也只能恨自己的籤運不好。被這樣說了之後，實習醫生們也無法再多抱怨。

大學醫院的雜事是第一年實習醫生的工作。然而一年級生在實習第一年的二月從醫院消失後，他們的工作便由醫院裡階級最低的醫生接手。才剛從外院實習回來、得意洋洋的學長們，又被分到這些雜事，難免會感到不滿。

這種情況被稱作大學醫局的二月危機，而且會一直持續三個月左右，直到五月新人再度進來。

國家考試的合格發表是五月中旬，因此新人會在五月黃金週結束後進到醫院。也就是說，新人在畢業後可以有一個月左右的假期，而一旦進到醫院開始工作，就很難有這麼長的連假了。

「話說回來，我聽說有個一年級的四月初就要進來了，那應該不是單純的謠言吧？」北島一面整理抽血單，一邊問向世良。

「沒有，我聽醫務長說這樣不好管理，所以還是叫他連假過後再來了。」

垣谷講師在進到醫院第十二年後，擔任了隸屬於心臟血管外科團隊的醫務長。雖然備受大家喜愛，但對世良而言，他也是足球社的學長，相處起來總有點綁手綁腳的感覺。

「感覺就是個問題兒童呢！雖然也是東城大學畢業的，你知道他嗎？世良。」

「嗯，我知道喔！他來臨床實習的時候是我負責的。」

一閉上眼睛，眼瞼裡便浮現出他的面容。那是一張讓人生氣卻又十分爽朗的表情。

——我馬上就會追上你。

那張只有一行字的報告閃過他腦中，那是一張挑戰書。明明還是個醫學院學生，竟然這麼跩，做得到的話你就試試看啊！世良差點將心中所想的話脫口而出，他趕緊閉上嘴巴，接著又喃喃自語著：我可是比他多了兩年經驗呢！怎麼可能那麼簡單就被追過。

這時，一道尖銳的聲音突然插入兩人的對話。聲音的主人是青木，也是心血管團隊的一員。

「世良，梶谷女士的檢查數據都準備好了嗎？下星期有術前評估會議。」

「應該沒問題，我剛才都確認好了。」

「你前陣子的問診不是也東漏西漏的嗎？難得現在只有一個病患要顧，就請你好好準備，不然要幫你擦屁股的，可是跟你同期的我呢！」

世良點了個頭。青木對世良一向很不友善，這都要怪世良因為某件事的關係，不得不暫時變成心血管團隊的成員。

然而就像算準時機一般，一名年長的護士出聲叫住了世良。

「世良醫生，天城醫生打電話來，叫你現在立刻去他的辦公室。」

一聽到那個名字，青木的表情瞬間垮掉。對於隸屬於心血管團隊的青木來說，與上司黑崎助理教授關係疏遠的天城是必須避而遠之的存在。儘管如此，以助手名義參加天城的公開手術之後，青木完全被天城的高超技巧深深吸引著。世良感到來自身後的青木心虛的視線。

「要照顧這麼任性的上司還真辛苦呢！世良。」

「反正我也習慣了，而且也只剩一年了。」世良頭也不回地回答。

「真的有辦法實現嗎？那個什麼心臟中心的。」

「我這種小醫生哪會知道那種事啊！」世良回過頭去，看著青木說道。

這次他真的將護理站拋在身後了。

世良走出新院區，一來到成排的櫻花步道，花瓣便輕飄飄地落在他的肩膀上，彷彿陽光的碎片一般。晴空萬里。

他凝視著那片天空，低聲念出自己所屬的設施名稱。

Cerisier Heart Center.

Cerisier 在法文中是「櫻」的意思。

烙印在心中的話語，在陽光中甦醒過來。這迴響對世良來說十分新穎。

世良快步走向天城的所在位置。天城目前住在位於舊院區赤煉瓦棟的前教授辦公室。

「唷！朱諾，你過得好嗎？」

聽到那聲問句後，世良輕輕地嘆了口氣，他現在已經知道，只要天城的聲音聽起來很開心時，就是他又要下什麼指令的時候了。話說回來，在自己被叫做〈朱諾〉（年輕人）那時，他就已經明白未來的命運了。

「不用這麼客套，你明明就不在乎我過得好不好。說吧！今天又要做什麼事？」

「哎呀哎呀，看來朱諾今天的心情不太好耶！」

世良不耐煩地看著天城富有親和力的笑顏，天才總是天真爛漫，先激怒別人，讓人感到厭煩，卻又能迅速擄獲向自己投懷送抱的凡人之心。

世良看著天城輪廓深邃又宛如貴族的面容，搖了搖頭。

「我的心情一直都是這樣，沒有什麼變化。」

「Excellent.」天城以法文回答。

這種討厭的臺詞也很適合從他口中說出。

還沒來這裡以前，天城是蒙地卡羅心臟中心的首席部長。因為他的神乎其技，摩納哥的王公貴族還頒發了勳章給他，並授予他蒙地卡羅之星（Étoile）的稱號。他的白袍西裝上，也用銀色的線刺上了星星的標誌。

現在他則是櫻色心臟中心的總帥，只是這項設施目前尚未正式啟用。

去年夏天，天城在胸腔外科學會研討會上成功執行了公開手術，手術名稱是 Direct Anastomosis（直接縫合法），這是比最尖端的動脈繞道手術還要更超前的技巧，目前全世界只有他能做到這個手術。

而世良待在這樣的天城底下，立場也有些尷尬。自己明明身為綜合外科的醫生，卻奉命派遣至櫻色中心，大家也因此對他的態度轉為冷淡。其實像世良這種同時屬於兩間醫院的情況並非個案，大約半數的醫生在進到醫院後第三年都不會回到大學醫院，而是直接在外部醫院實習。那時他們會身兼佐伯外科的醫生與赴任醫院外科的主治醫生。

然而世良的情況太過特殊了。不知道是幸還是不幸，大家都認為世良與天城的關係十分良好。

那麼，大家又是怎麼想天城的呢？答案非常明顯。

無庸置疑，就是個手術天才，以及令人不想靠近的不祥存在。這種正反兩極的評價交綜錯雜著。強光之下，各種顏色飛散而去，只剩黑白構成的二分法。

世人對於天城的評價，宛若西洋棋的棋子一般，迅速地被替換成白與黑。

天城亂七八糟的寢室裡，桌上擺放著西洋棋的旗子。

紫水晶棋子是同伴，敵軍是黑曜石的棋子。

棋盤局面似乎暗示著東城大學的戰況，這從天城過去的說詞可以略知一二。

只是毫無西洋棋基礎的世良完全不曉得現在的盤面究竟是良好，還是不夠出色。

說到底，對東城大學投懷送抱的天城，為什麼會將佐伯外科的眾人放在敵軍陣營，這個前提本身就是個巨大謎題。

「為了打倒陰鬱的 Bishop（主教），差不多該是 Knight（騎士）主動出擊的時候了。」天城咻地起身，拿起透著紫光的棋子，朗朗地說道。

他拿起騎士，彈開隱藏在敵軍陣營的主教。鏘！棋盤發出金屬聲，主教就這樣橫躺在棋盤上。

將自己比擬成騎士的天城，現在做為領頭的尖兵，化作紫水晶棋子跳躍至漆黑的敵軍陣營。棋盤上的國王即佐伯外科的正主，更是聲名遠播的名醫——佐伯清剛教授。棋盤上最強的敵人——女王則是從學術界的霸主，東京帝華大學指派過來的高階講師。他的專長是胸腔食道癌手術，還開發了胸腔食道切除術專用的食道自動吻合器「Snipe」，目的是為了普及需要高超技術的食道癌手術。

宣誓要打倒天城的主教黑崎助理教授是心臟血管外科團隊的領袖，與高階講師並稱佐伯外科雙璧。可想而知，黑崎助理教授正是循環系統專門醫院櫻色心臟中心的最大阻礙。這也是為什麼天城會將黑色主教視為第一個目標，世良非常清楚這點。

忠實的 **Rook**（城堡）則是黑崎助理教授的心腹垣谷，他是在東城大學待了十二年的住院醫師，現在擔任佐伯外科的醫務長。接著說到世良，天城將他叫作沒用的 **Pawn**（士兵）。

對於這個稱號，世良一點抗議的力氣都沒有。

過去他曾經因為這個說法抗議過。

「既然你都這樣說了，那就不要找我這種廢物，去找比我厲害的人當你的部下不就好了！」

他的腦海裡浮現了自己的同儕中最受注目的北島，以及憨直卻盡忠職守的青木。但聽完世良的抗議，天城只是露出驚訝的臉，接著聳了個肩。

「就算再怎麼廢，對我來說，朱諾也是最好的部下。」

「這樣根本就沒有安慰到我！」

嘴巴上這麼說，世良的內心還是因此動搖了。

「朱諾對我來說就是個 Lucky boy，就像很難得到的稀有摩納哥硬幣。而且士兵有無限的可能性，一旦深入敵軍陣營，還可能化身成最強的棋子。」天城笑道。

雖然不是很認同他的說明，但在那之後，世良再也沒有抱怨過那個稱呼。

「天城醫生接下來打算怎麼做呢？」世良一邊回想時隔久遠的對話，一邊開口問道。

「最近，我打算舉辦第二場公開手術。」天城想都不想便直接回答。

世良瞪大了雙眼。雖然他一直都有所覺悟這天會來臨，但在聽到天城如此宣布後，身子還是因此感到沉重不少。

「什麼時候？在哪裡？要幫誰動手術？」世良語帶嘶啞地詢問。

「病患是你也很熟悉的VIP，上杉汽車的上杉會長。手術地點在城塞中心東城大學。考慮到現狀，這次在大學醫院舉辦公開手術的效果最好。畢竟對方是櫻宮的超級VIP，應該也能對院內的政治造成深大影響吧！」天城回答。

「那是不可能的，我們醫院本來就沒有開放給外賓觀看的公開手術，一般民眾無法進到我們醫院的手術房。前陣子的公開手術，也是在東京國際會議廳臨時搭建的手術室裡進行的。」世良立刻反駁道。

「關於這點，一點問題都沒有。協辦人已經準備在第一禮堂設置螢幕來轉播手術室的狀況了。」天城輕鬆地反擊。

「手術室的預約都已經滿了，而且新上任的手術室護理長福井護理長也對我們團隊很感冒，那些人不可能讓我們舉辦公開手術的。」

「這些我當然都有想到，首先先把手術日訂在星期日就可以直接包場，接著再得到櫻宮市醫師協會的贊助，讓它成為外科會員大會研修的一環，這樣就 C'est fini（結束）啦！」

世良對天城的發想感到瞠目結舌。

確實跟會員大會聯合舉辦可以吸引觀眾前來，辦在星期日的話也不會影響到其他手術，用大螢幕轉播的話，只要準備一間教學室就好了，比起其他場地相對容易。這種做法是唯獨忠誠是優點的大學醫院職員絕對想不到的發想。

天城果然是翱翔在天空的騎士。

儘管如此，天城的企劃總是連帶著不安定的要素，這也是為什麼世良完全無法想像天才·天城企劃要創辦的櫻色心臟中心吧！

天城的目標，會不會只是永遠無法實現的海市蜃樓呢？

「你是什麼時候想到這個計畫的？」世良隱藏住自己半愣住半感動的心情，開口問道。

「昨天喔！」

天城在去年七月，於胸腔外科學會研討會成功實施公開手術之後，一直避開來自各方的邀請與催促。然而一旦要決定什麼的時候，動作又快得讓人措手不及。

「那你想在什麼時候動手術？」
「四月底，我想避開黃金週呀！」
「那太亂來了，這樣不就只剩三週，根本來不及準備。」
天城打斷世良的話。
「雖然讓世良擔心了，但這也不全是壞事。」
天城露出微笑。不能被這個笑容給騙了！世良暗自對自己說道。
自己不曉得因此碰過多少倒楣的事情了。話雖如此，世良依舊受那張笑臉吸引著，不知不覺便聽得入迷了。
「去年公開手術的花費還有剩，這次的設備又幾乎不會花到什麼錢，而且上杉會長還一直在催手術時間，應該不會對這個日期有什麼意見吧！」天城以平常的口吻，輕浮地說道。
「這麼說來，關鍵就在大學醫局和醫院的反對聲浪了。」
世良搶著說道，但天城只是搖了搖頭。
「倒不如說，這次絕對不會有問題的，因為要我辦公開手術的人其實是國王佐伯，所以國王應該會幫我處理那些反對意見才對。」
「該不會你事先做了什麼拜託佐伯教授吧？」
「怎麼可能，我才不可能事先策劃什麼事吧！日期也是 Monsieur 佐伯昨天才突然跟我說的，我聽了也大吃一驚呢！這可是直接來自國王的召集令，想要知道為什麼的話，這可能是個好機會哦！」

天城朝世良丟了一張紙，那張紙飄啊飄地落在地上，世良將它撿起。那是大學醫局的營運會議通知。視線停在日期時間上的世良驚訝地站起身。

「你還在摸什麼？會議不是就要開始了嗎？」

「我剛才就打算要出門了，是朱諾一直問我問題的……」

「這麼重要的事情，請你一開始就先講。」

世良推著天城的背往前走去，打開略微陰暗的房門。

滿溢外頭的陽光瞬間向兩人襲來。

2 佐伯外科・巨頭會議　四月二日（週二）

越走近新院區，世良的步伐也越加沉重。已經超出會議開始一段時間了，然後主角卻在自己身後慢條斯理地走著。世良回過頭去，天城正呆呆地望著成排的櫻木，他的輪廓與漫天飛舞的花瓣融合為一。

世良忘了要開口催促天城，不自覺地一直注視著天城的身影。

大學醫局的營運會議在星期二下午舉行，三樓教授辦公室隔壁的接待室。敲門之後，世良誠惶誠恐地打開門，其他男性的目光立刻聚集在他們身上。天城爽快地進到房內，往沙發坐下，獨留世良一個人站在門口。

「你還站在那幹麼，趕快把門關上！」

經黑崎助理教授這麼一斥責，世良趕緊把門帶上。

那裡坐著支撐著綜合外科教學中心，俗稱佐伯外科的大老們。

正對面的人是佐伯清剛教授，臉上的白眉為他嚴肅的表情再添一點冷冽。

佐伯外科的兩面招牌，黑崎助理教授與高階講師坐在佐伯教授的兩旁。由於佐伯教授身兼院長職務，心臟血管手術多由黑崎助理教授、而腹腔手術則由高階講師主刀的機會較多。

四十多歲的黑崎助理教授不知道是不是一臉不高興的關係，看起來比以往蒼老許多。身為心臟血管外科部門的領導者，他擁有一張典型的日本人臉孔，平板的五官以及大大的塌鼻子。他最擅長的手術是利用大隱靜脈的舊式心臟繞道手術。可惜現在世界傾向利用動脈來當替代血管，身為一名醫療人員，他似乎有點跟不上新時代的潮流。天城所擁有的技術 Direct Anastomosis（直接縫合法）則是比目前最頂尖的繞道手術又更超前的技術。對於招聘天城這件事，也讓黑崎感到不太安心。因此只要一逮到機會，他動不動就會為難天城的代理人世良。

坐在黑崎助理教授身邊的是心臟血管外科的第二把交椅垣谷講師，他正勤快地記錄著會議的各個事項。從他擔任醫務長這點便可以明白，他也是佐伯外科裡首屈一指的優秀人才。今年是他擔任外科醫師的第十二年。由於他過去也是世良在足球社裡的前輩，世良在他面前總有些彆扭。

高階講師坐在他們的對面。雖然已經快四十歲了，但看起來卻比實際年齡年輕許多。身材矮小精幹，總是心情愉悅地在走廊上用鼻子哼著歌。專長是胸腔食道癌手術，致力於將透過 Snipe 自動吻合器簡單操作的食道癌手術推廣到全世界。

高階出身於東京帝華大學第一外科，是西崎教授的得意門生，但因為口無遮攔，總是禍從口出，聽說也是因此才被趕到東城大學的。雖然在帝華大學有阿修羅之稱，但因為面貌端正加上言行有那麼點狂妄，佐伯院長經常以優秀青年這個稱呼來揶揄他。

世良受這樣的高階講師所吸引，結束外院實習回到大學醫院後便決定要進入腹腔外科團隊。話雖如此，因為佐伯教授一時興起，世良被派去照顧天城，現在則是隸屬於天城櫻色中心的醫生，和心臟血管外科團隊一起工作著。

現在的世良不但是綜合外科的醫生，也是櫻色中心的主要成員並兼任心臟血管外科的臨時成員，而本質上又還是腹腔外科研究中心的一員，一共四個職位。但這並不是什麼光榮的事，不過是在大學醫院裡背負著比別人多了四倍的雜活要幹而已。

世良面對著佐伯教授、黑崎助理教授、高階講師、垣谷醫務長這些重要人物，覺得天城格外耀眼。

「小子，你要在那裡站到什麼時候，還不趕快坐下！」

佐伯教授對因為想逃跑而呆立在門旁的世良發號施令，指示他坐在教授正對面的單人位置，世良不由自主地往後退了幾步。

「朱諾，動作快一點，我們本來就遲到了，再這樣拖下去對大家就不好意思了。」

遲到是誰害的啊！世良將吐之欲出的話又吞了回去，坐了下來。

椅子坐起來很舒服，內心卻覺得很不安。

世良用周遭聽不到的音量，輕輕地嘆了一口氣。

佐伯院長開始說話。

「天城，公開手術的日期確定了嗎？」

「**Bien sûr.**（那當然）已經確定要在四月二十八日舉辦了。」

世良驚訝得說不出話來，那不就是黃金週一開始嗎？明明剛才說要避開黃金週的。

「目前一切都很順利，只剩要通知事務局、引進公開手術的設備、確定手術人員、取得病患同意而已。然後還要再去櫻宮市醫師協會，拿到櫻宮外科會員大會的同意就好了。」

「這樣不就是什麼都還沒開始做嗎？」聽完天城厚顏無恥地說完那些，黑崎助理教授發出呻吟似地說道。

「也可以這樣說沒錯啦！」

「你這傢伙……距離公開手術只剩不到一個月了耶！」

「您在說什麼？是還有將近一個月吧！」天城處變不驚地回答。

黑崎助理教授氣得一言不發。他知道自己在嘴巴上贏不了天城。

「那我也有話要說，那天在浪速[2]有心血管學會，垣谷要上臺發表，沒辦法幫忙手術。」

像這樣當眾使出大招，不讓上次公開手術擔任助手的垣谷參加手術，正是符合黑崎助理教授作風的報復吧！這句話其實直接說明了一件事，心臟血管團隊拒絕協助幫忙。

接著黑崎助理教授還為了封住天城的退路，補充說道：「佐伯教授也已經受邀擔任主席了，這場學會是佐伯教授秋天擔任國際心臟外科學會大會會長的前哨戰，沒辦法為了你改變日期。」

天城上次是先拜託佐伯教授擔任助手，遭受拒絕了才改請黑崎助理教授讓底下的垣谷幫忙。這次黑崎助理教授選擇馬上封殺這個流程。

坐在一旁的世良，只能眼睜睜地看著天城被逼到死路。

「真奇怪，明明是 **Monsieur** 佐伯直接對我下令，說秋天有國際學會，所以公開手術要辦在四月中的。」

天城皺起眉頭。黑崎助理教授瞬間語塞，他抱起兩隻胳臂，擺起架子來。似乎深信這麼做之後，異端分子天城就會從自己眼前消失一樣。

彷彿就要在敵營中央憤慨而死的騎士，下個瞬間，紫水晶的光芒一閃，騎士

2 大阪市難波的舊名。

跳躍起來，優美地脫離困境。

「但就結果來說也還滿好的，看來上天幫我留了個最棒的助手。既然如此，四月底的公開手術只能拜託高階醫生來當第一助手了。」

「混蛋！高階的專長又不是這個，我不允許你亂來！」

黑崎助理教授站起身。

高階講師是腹腔外科醫師，天城此舉已經侵犯到心臟外科了，黑崎助理教授會抗議也是理所當然的。

「黑崎醫生，別擔心，我不會接這種莫名其妙的工作的。」

高階講師苦笑著安撫他之後，黑崎助理教授才一邊喘氣一邊坐下。

「雖然之前被迫接下主持人的工作，但要經驗不足的我擔任第一助手實在是太強人所難了，我無法不婉拒這項提議。」高階講師對天城說道。

「我就猜你會這樣說！所以只要證明你經驗豐富就沒問題了吧！說到這個，要參加日本胸腔外科學會認定的心臟外科醫師考試，總共要有幾件病例經驗呢？」

天城露出不懷好意的笑容問向垣谷。

摸不清天城意圖的垣谷面露猶豫。

佐伯教授見狀，以尖銳的聲音罵道「快點回答！」

垣谷只好慌忙地回答：「要成為合格的心臟外科專科醫師，至少要有經歷過二十場手術。」

「這二十場有規定一定要是主刀醫師嗎？」

「沒有，也包括以助手身分參加手術。」

「這樣就能稱作是專科醫師，未免也太亂來了吧！」

「不這麼做的話，大學醫院的心臟外科醫生都沒辦法參加考試了。」天城一說完，垣谷一臉苦澀地回答。

「那垣谷醫生當初申請專科醫師認定時的主刀醫師手術經驗是幾例？」

「十二。」垣谷小聲地回答。

天城從衣服內側的口袋拿出文件擺在桌上。黑崎助理教授瞄向那些文件，表情有了些許變化。

「這些是高階醫生在美國留學時投稿並被接受的論文，主要是在說他在那兩年擔任主刀醫師時，利用血氧飽和濃度儀的心臟手術。在這篇論文中，提到你在這兩年內動了二十五次心臟外科手術，而且都是主刀醫師，這部分是真的嗎？」

高階講師從黑崎助理教授手中接過那些文件，一臉不耐煩地點了個頭。

「我在麻省醫科大學留學時，的確在兩年內以主刀醫師身分動了二十五場心臟外科手術，這是事實。」

「換句話說，高階醫生比垣谷醫生還更有經驗，擔任第一助手當然也沒有問題。也就是說，我將女王高階升為第一助手也是ＯＫ的吧？」

全場鴉雀無聲。就這種發展看來，沉默也消極地等同於默許。

「真虧你拿得出來這麼舊的論文，你是怎麼找到的？」

高階講師嘆了一口氣之後，天城賊賊地笑了起來。

「山楂藥品的業務員幫我找的，日本的業務簡直是優秀的祕書。不過高階醫生搞錯了，這個論文一點都不舊，雖然血氧飽和濃度儀在日本不算普及，但日後一定會成為外科手術中必要的項目吧！像這種提及血氧飽和濃度儀可以使用在心臟手術中的論文，其可預見性與重要性今後會被更加重視的哦！」

天城從論文記載的繁枝末節中，找出事實來正當化高階講師參加心臟手術的合理性，一如既往地在窮途末路中開闢出一條新路。

人們一般將這種人稱作革命家吧！世良發現天城的側臉黯淡下去。

「另外我還有一件事要麻煩 **Monsieur** 佐伯，手術室的護理長似乎不太喜歡我，我想我應該無法自己指名遞器械的護士，這部分要再請您幫忙了。」

「你已經有人選了嗎？」經佐伯教授一問，天城點頭。

「貓田主任和花房護士。」

「我知道了，我會跟總護理長說的，這種程度榊護理長應該不會拒絕才是。」

「**Merci, monsieur.**」

眨眼間，天城便得到了經驗豐富的第一助手以及優秀的兩位護士，幫忙非常規的星期日手術。

「那麼，事情差不多就這樣了吧？」天城站起身後，高階講師輕咳了幾聲。

「對了，我忘記了一些小事。」佐伯教授點了個頭，開口說道並看向世良：「世良，這一年麻煩你幫忙天城，辛苦你了。從今天開始，你在櫻色心臟中心的實習就結束了。」

也就是說……自己可以回去朝思暮想的高階講師的研究中心了。照理說自己應該要高興得跳起來才對，然而世良卻完全開心不起來。不如說，他還感到強烈的失落感。

佐伯教授突然的發言讓天城立刻站起身。

「Monsieur 佐伯，您說錯了吧！我應該是借了世良兩年才對。」

唯一的心腹被奪走，就像是斷了一隻翅膀一樣。對天城而言，世良是他生活在東城大學的必須媒介。佐伯教授嘴角上揚。

「當初的確是這樣說得沒錯，但因為世良去年在你底下工作得不太好，所以現在才需要調整一下。你去年只有動過一場公開手術，對綜合外科教學中心的貢獻度可以說趨近於零。發現這個事實之後，研究中心負責人要求歸還世良。」

天城瞪向坐在沙發上的高階講師，他雙手交握，微往前傾。

「哦！沒想到高階醫生這麼無情，真令人意外啊！」

高階講師低頭向下看了一下，接著又毅然決然地抬起頭，注視著天城。

「我身為研究中心的負責人，是為了研究員著想才提出這個申請的，天城醫生沒資格對我說三道四的。」

「現在將朱諾從我身邊奪走，要創辦櫻色心臟中心幾乎不可能了，這樣也沒關係嗎？Monsieur 佐伯。」

「哦！這是你到我們醫院以來，第一次講話這麼情緒化呢！沒想到這小子對你來說這麼重要。」

「請不要敷衍我，我現在立刻回去蒙地卡羅也沒關係喔！」

「把話聽到最後嘛！高階也不是如此心胸狹窄之人。」

高階講師瞬間浮現惱怒的表情，過去被稱作帝華大學阿修羅的他一向言行坦率，怎麼樣都無法直接隱藏自己的心情。

世良驚訝地看著眼前的情形，就好像兩隻惡鬼正在爭奪自己的歸屬，他因此感到背脊發寒。

「四月一日起，世良會回到綜合外科教學中心高階講師所負責的研究中心，但是世良的工作內容跟之前沒什麼兩樣，一樣要協助櫻色心臟中心的創辦工作。」佐伯教授輕咳一聲，開口說道。

那不就跟現在一樣，什麼都沒有變，世良心想。不對，說不定還變得更糟了，世良因此感到悵然若失。

天城也抱有同樣的想法。

「簡單來說，高階掌管指揮大權，一旦有什麼事實，隨時都可以妨礙我，這做法真夠小心眼的。」

「別這樣說，跟你這個遊山玩水的企業家不同，教學中心的大家可是要為教學中心的營運以及成績汲汲營營的。」

話一說完，高階講師立刻噘起嘴來抗議：「佐伯教授，我前幾天應該跟您說過了，世良這一年的外科實習完全是停滯的狀態。對他來說，無所作為的一年就這樣過去了……」

「我知道了、我知道了，大家都別說了。優秀青年，你一如既往昂首闊步走在背負著正論的道路上。但你以為我沒注意到那條路上隱藏了什麼邪魔歪道嗎？」

被這樣警告之後，高階講師陷入沉默。

「優秀青年太過講理了，有時候反而會讓人反感。別再說那些不該說的話了，就算你什麼話都不說，對方也已經充分了解你清晰的論理了。」佐伯教授繼續說道。

佐伯教授來回看著天城、高階，以及世良三人。

「那我就當你們三個人都同意這件事囉！」

三人各自懷著心思，點了個頭。

自己的未來被這樣東搞西搞的，世良本人其實是非常不願點頭的，但被現實逼迫又無法不同意，最後只能含糊地跟著頷首。

佐伯教授不懷好意地笑了起來。

「那高階就趕快以上司的身分，把工作交代下去給世良吧！」

世良點了個頭，卻沒想到高階講師接下來的指令卻是驚天動地、超出他想像之外的發言。

「世良從下週起，要接任佐伯外科的醫務長。」

瞠目結舌的人不止世良本人，就連現任醫務長垣谷也嚇得呆住了。他與社團的後輩世良對望了一眼。

3 醫務長受命　四月二日（週二）

站在必須照顧後輩的足球社學長與前任醫務長的立場上，垣谷對著突然將醫務長這項重責大任交給世良的高階講師，以及允許這種無謀舉動發生的佐伯教授，說出了冷靜沉穩的發言。

「世良才待了四年，醫務長這個職務對他來說責任太重了。如果放任這項人事命令，佐伯外科會崩壞的。」

這種發言從認真職守的垣谷口中說出再自然不過了。以現在的情況，絕對不會有誰認同這項人事命令。然而卻沒有半個人支持垣谷這句理所當然的發言。

畢竟這原本就是佐伯教授和高階講師討論後決定的結果，他們兩人當然沒有任何異議。

天城對於醫院內的事情毫不關心，想必也不清楚醫務長的工作有多麼艱辛吧！而黑崎助理教授對醫務長的理解也只有負責處理醫院營運相關的雜事，當然也不可能多說什麼。換句話說，對於上頭的長官而言，誰當醫務長一點關係也沒有。

現在的世良只是一枚棋子。與其說是西洋棋，不如說比較像是在下將棋。在西洋棋中，被打倒的棋子會消失在棋盤上，但在將棋中則可以將那枚死掉的棋子變成自己的手棋。世良被砰的一聲打進焦土的正中央，由天城陣營轉為高階陣營。

然而天城所指的「將軍」是敵方大將佐伯教授，而現在的局面，可比擬為國王的人恐怕不是佐伯教授，而是高階講師。世良注意到了這個可能，也發現了天城誤判敵軍出現的破綻。

這只是假設。

沒錯，假設在喊出將軍的瞬間，女王與國王的身分突然對掉了的話，就無法將國王那枚棋子逼到死角，而重新審視新國王出現之後的局面，反倒有可能換成騎士被討伐了。話說回來，天城的西洋棋原本就不是按照西洋棋的規則去走的。在天城的陣營中騎士才是最強的，這樣根本無法稱作是「將軍」。

「如果讓那個小子當醫務長，這種脆弱醫局就會崩壞的話，那就讓它崩壞吧！」佐伯教授充滿威嚴的聲音響起。

從教學中心的君主專制立場看來，這種話明顯就是蠻橫不講理。然而換個角度去想，垣谷自己其實和世良一樣，不過就只是顆棋子罷了，如此一來這種發言也沒什麼好奇怪的。

世良一臉呆然，來回看著突然出現在自己面前的兩位主人。

「蠢斃了，我才沒空陪你們玩這種遊戲。走囉！朱諾。」

彷彿被天城的聲音束縛一般，世良立刻轉身。這時，高階講師的聲音從背後傳來。

「世良，等下要跟你說一下今後的打算，希望你能留下來。」

世良停下腳步。天城回過頭來，看著世良。一看到全身僵硬無法動彈的世良，天城瞬間露出投以哀戚的目光，但馬上又面露笑容。

「朱諾，這邊的工作已經結束了，隨便你想做什麼就做什麼吧！拜託一下你的新上司，明天之後暫時讓你自由活動一下吧！」

「知道了。」高階講師代替世良回答。

「天城，從今以後你可不能再像現在這個樣子了，這一年放任你的結果，對我們教學中心一點貢獻也沒有。」接著，佐伯教授又趁勝追擊地說道。

「我成功舉行公開手術，抬高東城大學的聲望了不是嗎？」

「那場手術換來的並不是東城大學的聲望，而是你個人的榮耀。」

世良也對這句話抱有同感。佐伯教授瞇細眼睛看著天城。

「今年之內，櫻色心臟中心一定要開始運作，還要追上其他研究室的收益。」

天城聳了個肩。

「我知道了，不用擔心，每件事我都會去處理的。雖然我不喜歡別人對我指手畫腳的，但如果是 Monsieur 叫我做的話，我還是會去做的。」

「我果然還是應該將心中的話說出來才對，剛才我說做那些人事異動都是為了世良好，我並不是在說謊，但那並不是全部原因。」高階講師直直地盯著天城的雙眼，開口說道。

是喔，天城露出滿不在乎的眼神，與高階講師對峙著。

「我絕對不會認同把金錢看得比生命重要的醫生的理念的，因此，我會全力阻止櫻色中心的建設。」高階講師繼續說道。

「這是在向我宣戰嗎？真是無時無刻都無法放鬆呢！我接受你的挑戰。」天城邪邪地笑著，大步走出會議室。焦點人物一消失，室內的氛圍也舒緩許多。黑崎助理教授站起身。

「這麼一來，這個小子也沒理由繼續待在我們研究室了。」

「這是當然，雖然時間不長，但我們家的研究員多謝您的照顧了。」

「我什麼都沒有做，比較讓我過意不去的是這小子如此貴重的一年就這樣毀了，不過這也不是我的錯就是了。」黑崎助理教授斜眼看了一下佐伯教授，接著對垣谷講師說道：「走吧！垣谷。」

「我要留下來，我還要把醫務長的相關事宜好好交代給這隻菜鳥。」

「隨便你吧！」拋下這句話後，黑崎助理教授走出房間。

「那麼世良，如果你有什麼想說的話，現在就全部說出來吧！但等你回到醫院，就不許再說那些喪氣話了喔！」留在房間的高階講師朗朗說道。

「為什麼這麼肯定我會說喪氣話啊？當然我也有無法接受的地方，所以想問些問題就是了。」世良生氣地回答後，高階講師搖了搖頭。

「你現在說的這些就是喪氣話了喔！如果這個人事更動是世良所希望的話，應該不會有問題才是。」

被這麼一說之後，世良也愣住了。他重新調整心情，再次發問：「為什麼接垣谷醫生的醫務長會是我呢？」

「醫務長是由每間研究室輪流擔任的，上次是黑崎醫生的研究室，由垣谷醫生出來擔任兩年醫務長，接下來的兩年則換到我們研究室。」

「那明明也有待了十年的飯田醫生，還有其他跟他同年紀的優秀學長在。」

飯田被視為最適合擔任下任醫務長的候選人，就連世良也曾聽別人說過，飯田溫厚老實的個性，簡直就是最理想的醫務長。

然而高階講師卻輕鬆地用一句話帶過世良拚死力爭的抗議。

「飯田還有母親要顧，所以希望能盡量少些雜事。其他的人也正忙著拚博士論文，所以這個工作就只好讓世良接了。」

「那北島呢？我覺得他比我還適合擔任這個工作。」

「北島是很適合沒有錯，但他太過適合了，反倒讓人擔心。而且他在研究方面也很出色，所以這項任務只能拜託最閒的世良了。人事部分會由我來處理，世良只要負責院內會議的安排跟文書處理的雜事就好。」

不管再說什麼都是沒有用的吧！世良決定就此放棄，但在那之前，他完全沒想過會被反駁到這分上。一直在旁聆聽高階講師說話的垣谷拍了拍世良的肩膀。

「醫務長最麻煩的地方就是人事，既然這部分實際上會由高階醫務長來負責，世良不過就是個打雜的，那就沒什麼問題了，誰叫世良是現在教學中心裡面最閒的醫生。」

聽完垣谷如此自然地說道，世良覺得胸口刺痛了起來。

世良接在垣谷身後起身，離開教授辦公室，獨留佐伯教授與高階講師兩人。

「優秀青年中意的小子，接下來的路可說是非常艱辛，這樣好嗎？」佐伯教授站起身，以輕快的口吻說道。

「一想到接下來要發生的事情，我才不覺得這種程度有什麼好艱辛的。」

「雖然你這樣說，但讓才待四年的雛鳥擔任醫務長，大概會引發不少口水戰吧！這可不像以教學中心的安定為目標的優秀青年會做的事情。」

「誰叫之前被佐伯老師點醒了，我因此改變想法，告訴自己絕對不能忘了初衷。沒有用的規則就直接打壞，因此，就讓整個系統動搖吧！」

佐伯教授一臉開心的樣子，從鼻子發出哼的一聲。

「而且比起我，更中意世良的應該是佐伯醫生您吧！」高階講師繼續說道。

「我只中意敢拿刀指著我、想要打敗我的大人物。現在的教學中心可沒有有這種危險氣息的外科醫生，真是無聊啊！」

「天城醫生也很無聊嗎？」高階講師回問。

「天城已經是一軍的將領了，不可相提並論。雖然我和那傢伙今後應該會在戰略上有所交戰，但是我將他這個外人招聘來的，他註定無法讓我膽顫心驚。」

「是這樣嗎？我還以為他會趁您疏忽大意時將您一軍呢！」

「我可沒這麼糊塗。」

佐伯教授輕輕地笑了。

「不過在櫻色中心落成的那個黎明，佐伯外科不就也毀了嗎？某種意思上來說，他就是最危險的刺客了吧！」

「這個推理完全錯誤，那是我自己所希望的。比起這些，我對高階可是相當期待的，但你也有可能會被天城討伐喔！沒問題嗎？」

「您對我有所期待？這是在開玩笑吧？」

「你這樣說還真讓我傷心，明明我就把天城的公開手術排在四月中，也讓那小子擔任醫務長了，這些亂七八糟的決策都是你提出的，我連你到底想幹麼都還不知道就直接同意了。」

「這樣說起來的確還挺有一回事的。但不管是哪個部分，都是為了守護這間教學中心不要受到天城醫生這種惡性病毒汙染所採取的必要行動。我是為了守護對佐伯醫生來說最重要的人，所以才會採取這些行動的。」

「對我來說最重要的人？你到底在說誰啊？」

「黑崎醫生。」高階講師爽快地回答。

「為什麼你會這麼想？」佐伯教授平靜地詢問。

「因為黑崎醫生正是可以體現佐伯外科精神的人。」

佐伯教授一臉訝異。不曉得是因為這句話跟佐伯教授心裡想的完全不一樣，抑或是恰好猜中了他一直隱藏於內心的想法而感到意外。

就連一直注視著佐伯教授的高階講師，也是到了現在才明白這個答案。

「看樣子您自己也不曉得自己的內心呢！靠得越近，越不容易看得清楚，這也是沒辦法的事。」

高階講師瞇細眼睛笑著說完之後，佐伯教授呼地嘆了一口氣。

「角度不同，對事物的看法也會產生劇烈的不同。我只想知道一件事，為什麼你要將天城的公開手術押在四月這麼亂來的時候呢？」

高階講師輕輕地笑了起來。

「因為我猜佐伯教授已經受不了天城醫生的慢慢來了。」

「你以為這樣說就能逃過我的眼睛嗎？」

在佐伯教授銳利的目光下，高階講師聳了個肩。

「我會這麼急的理由很簡單，一旦看了那種充滿刺激又獨具魅力的手術，接下來的新人教育就相當難辦了。」

佐伯教授閉上白眉之下的雙眼。

「為了減少對新人的影響，所以才把公開手術排在新人還沒入院的四月中嗎？的確，要是看了那種華麗的手術，想必會對還搞不清楚狀況的新人造成嚴重影響的吧！但是，這應該不是優秀青年你真正的心情吧！」

「為什麼您會這麼想呢？」

「天城的手術的確極具魅力，但一年級的新人也很難明白那到底有多厲害，即便手術再怎麼吸引人，他們也明白自己無法到達那種境界，產生不了什麼太大影響才是。」

高階講師抱起兩隻手臂，閉上雙眼。

「如果是普通的一年級新人，天城醫生的手術的確不會留下什麼痕跡。但今年的新人中有一位人才，天城的手術一定會讓他記住一輩子的。」

「該不會你也是因此才讓那小子當上醫務長的？」

「是的，垣谷醫生無法剋住速水的。」

「那匹野馬叫做速水啊！真令人期待，但這些真的是全部原因了嗎？不過是要保護一個一年級的實習醫生，沒必要特地打倒天城。你應該還有其他理由才對。」

佐伯教授注視著高階講師，開口說道。

高階講師看著佐伯教授，許久，才終於放鬆下來，露出笑容。

「在這麼有見識的人底下工作一定會減壽的。」

高階講師抬起頭，直直地盯著佐伯教授。
「去年秋天，佐伯院長開始著手醫院機構的改革，其實那裡頭也包含我想追求的理想。」
「哦，優秀青年對我的一時衝動看上了什麼？」
「我的構想是將手術室從ＩＣＵ獨立出來，創立急救中心，那樣就可以更進一步成立我的理想系統。而且只要有佐伯醫生的慧眼與膽識，實現的可能性相當高。」
「你到底在打什麼主意？」
「我要將ＩＣＵ統合至新創建的急救中心，由綜合外科教學中心來統轄，讓佐伯外科登上新的舞臺，這是必要的『變態』過程。」
聽完高階講師的話，佐伯院長環抱起兩隻手臂。
「這種想法真有你的風格，先別說急救中心，就連ＩＣＵ和手術室也要歸到佐伯外科門下嗎？這種想法雖然合理，但整體構想還是太天真了。」許久，他才嘶啞地說道。
「是這樣嗎，急救中心和櫻色中心相輔相成的話，不就能達成佐伯醫生的心願、改革大學醫院的野心了。」
佐伯院長瞇起眼睛，注視著高階。
「說得好像優秀青年完全理解我的醫院改革藍圖一樣。」

「我被大家稱作佐伯教授的心腹，如果連這些都猜不到，那不就糟了。」

佐伯教授一臉意味深長的樣子。

「感覺挺有趣的，但你真的覺得這種想法能夠實現嗎，優秀青年？」

「理論上是可行的。」高階講師點了個頭。

佐伯教授鬆開抱在胸前的手臂，站起身來注視著高階講師。

「那這些就乾脆都交給你來處理吧！欸、等等，不如把天城一起叫來，那樣應該也會很有趣吧？」

「天城醫生絕對不行的。」高階講師立刻回答。

「為什麼？」佐伯教授低聲詢問後，高階講師一臉淡然地回答。

「天城醫生所希望的醫療系統，和佐伯教授追求全新組織的理念是完全相反的，從根本上就無法相容了。」

「既然如此，讓它們並存不就好了。」

「那太困難了，因為天城先生是唯我獨尊的那種人。」

「這倒是，優秀青年，那傢伙其實跟你滿像的。」

接著，佐伯教授更進一步地探究高階講師的理論破綻。

「你可以容許櫻色中心的建立，讓兩者相輔相成，卻又要排除天城，那你打算拿櫻花樹怎麼辦？」

「您明明清楚，櫻花樹就還是心臟中心啊？」

佐伯教授將兩隻手臂交叉於胸前，陷入了沉思。終於他抬起白眉，哈哈大笑起來。

「看樣子我似乎小看了優秀青年啦！沒想到你滿不在乎地讓天城建立心臟中心後，又想著平調黑崎的位置，好確保自己在佐伯外科的寶座可以穩穩地坐著，簡直就是漁翁之利呢！」

「是也有權力鬥爭的部分沒錯，但不如說我是為了掌握教導新人的系統。若是沒有準備好對待寶貴人才的培養皿，他們就會跑去天城醫生那裡了。假使如此，櫻宮就再也沒有機會成立急救中心了。」高階講師輕輕地笑了一下，接著一本正經地說。

「那個傢伙有這麼優秀嗎？那匹野馬？」

高階講師走近窗邊，一邊眺望著銀色光輝的大海，一邊告知身後的佐伯教授。

「速水可是手術室的惡魔，渡海醫生的傳人喔！佐伯教授。」

高階講師回過頭去，只見佐伯教授瞪大了雙眼。

離開教授辦公室的世良，一邊聽著垣谷在自己身後碎碎念，一邊急忙地往醫院大樓前進。

「說到底就是因為世良太顯眼了，所以才會被指派這種奇怪的職位。再說如果連世良這種小夥子都能當上醫務長的話，那這兩年擔任醫務長的我的面子要往哪擺。」

那又不是我的錯。世良一面在心裡想著，一面沉默地聽著垣谷不講理地發著牢騷。世良知道那是垣谷表裡不一的體貼，他其實是在暗示醫務長的工作不過就是那種程度罷了，藉以減輕世良的重擔。

「仔細想想，事情會變成這樣也不是你的錯，真可憐。但是病患的交接可要好好做喔，因為醫務長需要跟著周遭發生的事情去應對，所以也不會讓你有時間做術前報告。」經垣谷這麼一說，世良點了個頭。

過了不久，也到了傍晚的交接時間，護理站充滿了夜班跟日班的護士。許多醫生也因此聚集過來，趁著護士們集合在此的時候下指示，如此才能更有效率。在這之中，垣谷將心臟血管團隊的青木叫了過來，告知他從明天開始，世良負責的梶谷女士將要由青木來負責。但當世良一開始對青木說明注意事項，青木的臉也轉為不悅。

「世良負責的病患就只有那個人而已，請告訴負責六名病患的我為什麼非得接他的病患不可。」他不顧世良說明到一半，轉頭對垣谷說道。

「就算是醫務長的命令，你也無法接受嗎？」垣谷如此說道後，青木點了個頭。

「這名病患是生保[3]的，所以才可以強行通過這種異動不是嗎？因為對方是窮人所以才塞給我們，這也太過分了吧！」

世良聽得都傻住了。患有狹心症的梶谷年子女士，冠狀動脈前降支有百分之八十都嚴重狹窄，絕對適用冠狀動脈繞道手術，跟是不是生保病患一點關係也沒有。除了是七十歲的高齡病患，她還患有痴呆，是名不太好處理的病患。

「真不像是青木會說的話呢！因為錢才治療才不治療什麼的，怎麼會有這種事呢？」

「櫻花樹無法幫梶谷女士動手術對吧！因為賺不到錢嘛！」垣谷話一說完，青木立刻浮現諷刺的笑容對世良說。

要交出一半財產才能接受我的手術。由於天城曾經公開說過這句話，因此就算被人懷疑他不願意幫生保病患看診，世良也無從反駁。像這種因為天城產生的、宛如火山爆發的反感，世良早就經歷過好幾次了。

「要交換負責人的話，我還真想去問問世良上司的天城醫生為什麼呢！」

「天城醫生已經不是我的上司了，我要回到高階研究室的消化系外科了。」

「世良回來我們這裡的話，誰去照顧天城醫生？」世良接著回答後，一直在旁聆聽他們對話的北島面露驚訝地說。

3　生活保護法的簡稱，是日本對窮困者和各種弱勢族群直接給予金錢的社會福利政策。

他的聲音聽起來並不是很歡迎世良歸來，反而有點困擾的感覺。

「這一年還是會由我來協助天城醫生。」

「那天城醫生就還是你的老闆啊！那這樣世良應該還是屬於櫻花樹吧！」

「但是我已經不是專屬櫻色中心的醫生了。」

他十分理解北島的心情，北島一直在高階研究室努力奉獻，爭取一個位置，因此對手越少越好。

在旁看著兩人對話的垣谷出手幫了世良一把。

「世良，連交接病患這種事都做不好的話，是沒有辦法當上醫務長的喔！」

在場的醫生與護士停止談笑，一同看向世良。北島也立刻反應過來。

「世良要當醫務長？別開玩笑了！跟我們同期的人不可能當上醫務長啦！垣谷醫生在這裡待了十年，我們幾個今年也才第四年而已，而且我們研究室還有像飯島學長之類的優秀醫生在呢！」

我才懶得管你怎麼想，我根本不覺得我們這屆誰有資格擔任醫務長呢！

然而世良的低語是無法傳達到北島耳中的。

「但是我說的是真的！剛才佐伯教授直接下令了，是令人驚訝的人事異動。」

在旁的醫生們看著垣谷一本正經地說出那些話，陷入了沉默。許久，他們看了世良幾眼，逐一離開了護理站。那些眼神令世良感到很不舒服。他們大概會走到走廊某個角落討論這次醫務長的人事異動，然後再由其他教學中心喜歡說三道四的人負責四處散布這個消息吧！

不知不覺中就從同儕最頂端跌落的北島向垣谷詢問。

「世良一回到高階研究室就直升醫務長，這是怎麼一回事？請您說明一下吧！前醫務長。」

那句話語中帶刺，然而垣谷卻一點也不介意，他平淡地回答。

「世良四月一日起就會結束櫻色中心的工作，回到高階研究室。但是到今年底為止，他都會跟去年一樣，以櫻色中心的工作為主。而在高階研究室的工作就是擔任醫務長，簡單來說就是這樣。」

答非所問的簡潔回答，雖然做為概要十分完美，但應該沒有人可以接受這種回答吧！

不出意料之外，北島立刻反駁。

「那樣子只會讓人覺得上頭在偏袒世良。」

世良自己也這樣覺得，然而這種被特別禮遇的變相偏袒，不一定都是好的。

垣谷一針見血地指出北島完全忽略的那點。

「北島說得沒錯，這絕對是在偏袒世良。但是北島，你也想被這樣偏袒嗎？這是剛才才下來的人事異動，如果北島有意願跟世良交換的話，我可以幫你去跟教授談談。」

確認北島沒有任何回應之後，垣谷對青木說道：「總之前因後果就是這樣，病患的交接也是佐伯教授直接下令的，想抗議的話，就去找佐伯教授抗議吧！你想怎麼做，青木？」

「我知道了，我接就是了。」青木不情願地嘟囔著。

「世良有這些好朋友真是幸運，趕快把交接結束吧！下星期還要在術前評估會議上發表，已經沒什麼時間給青木了。青木雖然會比較辛苦，但還是要好好做喔！」

垣谷拍了拍世良的肩膀，小聲地在他耳朵旁說悄悄話。

「總之就像這樣，把工作分配下去給其他人，這就是扮演大學醫局醫務長的祕訣，我能夠教你的也只有這些了。」

說完之後，垣谷便轉身離去。世良目送垣谷離去後，將病歷交給青木。

「其他東西我都用好了，不好意思，之後的就麻煩你了。」

「我知道了，那我們現在一起去跟病患說明主治醫生換人了吧！」

青木這麼一說，也讓世良鬆了一口氣。覺得過意不去的他又補充了一句。

「真是不好意思，這是我在心血管團隊最後的工作了，至少這次術前會議的發表就讓我來吧！」

可以減少雜事的青木當然十分歡迎，直率地點了個頭。

「感恩、感恩、南無阿彌陀佛、南無阿彌陀佛。」

不管青木怎麼問，梶谷女士都只是雙手合十、不斷地行禮，結果還是什麼都沒問到。回到護理站後，世良嘆了口氣。

「那個老太太感覺一直在裝傻，每次都是那個樣子，問診都問不出什麼。然後還沒有介紹書，因為聯絡好幾次了，家屬就是不來。術前檢查的Angiography（血管攝影檢查）已經拿到資料了，也給垣谷醫生看過了。」

「總覺得有點不對勁耶！是哪間醫院介紹過來的啊？」

「櫻宮市民醫院轉來的。」

「那就不用擔心啦！畢竟市民醫院的鏡部長可是被稱作綜合外科三羽鳥的名醫。」在旁聆聽的北島立刻插話說道。

「那是什麼？什麼三羽鳥的？」

世良一問完後，北島面露驚訝地回答。

「世良完全不知道佐伯外科的事情耶，這樣虧你還能當上醫務長。」

看樣子北島果然無法認同世良擔任醫務長的人事命令，但他還是為世良仔細說明了一番。看樣子他真的很喜歡這種事，這樣的個性十分適合擔任醫務長。一想到這裡，世良不禁對北島有些抱歉。

「真行寺外科就是佐伯外科的前身，真行寺三羽鳥指的是和佐伯教授是同世代的名醫，這三人分別是櫻宮市民醫院的鏡博之部長、碧翠院櫻宮醫院的櫻宮嚴雄院長，以及佐伯教授。其中尤其是鏡部長的縫合技術特別有名，聽說完全不會留下任何痕跡，都不曉得到底有沒有動過手術呢！」

「鏡部長不是東城中央市民醫院的外科部長嗎？」

話一說完，北島立刻露出受不了世良的表情。

「你忘記東城中央市民醫院在兩年前就改名為櫻宮市民醫院啦？」

世良咬著下脣，因為他完全不曉得那些事。

「話說世良，你把明天的手術成員表交出去了嗎？」就在這時，北島忽然想起什麼似地說道。

「糟糕！我完全忘了這件事。」

世良拿起丟在桌上的紙張，雙手合十。

「謝啦！多虧你告訴我這些事情。」

世良想起另一件重要的事情，他飛快地往手術室的方向前進。

傍晚的護士休息室只有輪班的護士在，走進房後，他和身材嬌小的護士四目相交。

「這是明天綜合外科的手術成員表。」

護士低著頭，從世良手中接過成員表，在上面簽了「花房」兩個字。

世良看著嬌小護士的白色頸子，小聲地詢問。

「這星期五晚上妳有空嗎？」

花房抬起頭，將簽過名的紙張遞出，快速打量了一下周遭才回答。

「那時已經下班了，然後星期六放假。」

世良笑著說。

「太好了，那就到時候見囉！花房小姐。」

確認花房點了個頭之後，世良踏著輕快的步伐離開手術室。

4 上杉汽車　四月三日（週三）

隔天，結束早晨第一項工作抽血之後，他朝著赤煉瓦棟走去。

「要勞煩醫務長大人做這些事還真是不好意思啊！」

在醫院幫病人抽血時，從旁邊經過的北島說了這句話。世良回想著這句話，他當然聽得出來這句話裡帶有些微的厭惡感，這些惡意累積多了也是挺難受的。不過從北島口中聽到，還是比從其他人那裡聽到好多了。世良周遭充滿了沉默的敵意，恰如小雨般的反感糾纏著身體，讓世良感到精疲力盡。

結束晨間工作之後，前往天城所在之處確認當天行程是世良每天的必做工作。尤其今天早上又要接著開大學醫局的營運會議，讓他更想提前確認天城的心情。

朝著天城住處前進的世良覺得腳步十分沉重。

天城起居室所在的赤煉瓦棟於兩年前，十三層樓高的新院啟動之前一直做為大學醫院運作著，現在則成了基礎醫學教室的研究室。由於臨床醫學都在舊院區做基礎實驗的關係，赤煉瓦棟中也有幾間綜合外科教學中心的起居室及教授辦公室。以前的教授辦公室現在分配給天城當作起居室，光從這點就可以看出佐伯教授非常寵愛天城。

桃花心木的桌上，擺著兩只皮箱。其中一只是敞開的，裡頭放滿了各式新潮的衣服。旁邊放著紫水晶製的西洋棋，棋盤上呈現著即將開戰的狀態。

走進起居室後，天城正一邊照著鏡子，一邊調整細長的領帶。

他從鏡子裡確認世良走進來後，頭也不回地說。

「難得天氣這麼好，你的臉怎麼看起來這麼不開心？」

很明顯嗎？世良盯著鏡子觀察自己。

「朱諾，忘掉昨天的不開心吧！今天我們要去兜風。」天城一邊調整領帶一邊說道。

天城將手指伸進鑰匙圈，讓銀色鑰匙在空中甩啊甩的。

世良坐在天城敲詐來替代手術費用的特別訂製的哈雷後座，微風輕拂著他的臉。

「今天馬利西亞號的心情也很好喔！」天城宛如唱歌似地對後座的世良說道。

「我們現在要去哪裡？」世良以不被風聲蓋住的音量大聲問道。

「問這什麼蠢問題，再過十分鐘你就知道了。」天城在風聲中粗魯地回答。

他突然加速起來，看樣子是打算在回答問題之前就先抵達目的地吧！

穿過海岸線的松林地帶後，是一片廣大的圍牆，沿著圍牆騎過去便能看到『上杉汽車』的金色招牌。

「請幫我跟會長說，櫻色中心的天城來訪。」騎到警衛室前，天城並沒有從咆哮的哈雷下來，只是直接對守衛說道。

守衛翻了翻看似業務冊子的黑色封面筆記，點頭說道：「一直往前到底就是上杉汽車本部，請在入口處出示這張卡片。」

世良接過卡片後，隨著轟隆隆的聲音，馬利西亞號也往本部大樓騎了過去。

從東京首都圈搭上快速通勤電車約一小時半、搭新幹線則約四十五分鐘即可抵達機場城市櫻宮，綿延的海岸線十分美麗，背後則是略微高起的成群櫻宮丘陵。上杉汽車是擁有二十萬人口的櫻宮市基礎產業，創業者上杉會長與櫻宮市一直保持良好的關係。基於雇用人數五千人的附加價值，在櫻宮市也頗具發言權。在抵達本部大樓前，天城向世良說明了這些基礎知識。

接待室中，天城開心地品味著咖啡的香味。

「真不愧是上杉汽車的接待室，這可是TOARCO TORAJA[4]的咖啡呢！」

接著他看了一下手錶。

「我們到接待室都已經十五分鐘了，明明就預約了，還真會裝模作樣。」

以天城急躁的個性來說，讓他這樣等卻沒有生氣是很難得的一件事。

世良喝完咖啡時，接待室的門正好開啟。

穿著黑色西裝的男性走了進來。他的身材健壯，看起來已近中年，卻保養得很好。從他看人的樣子與走路的姿勢，令人覺得他精通武術。世良在心裡如此想著。

「因為您突然來訪，會長的時間無法配合。我是會長的祕書，敝姓久本，有什麼事吩咐我去做就可以了，請問目前有什麼進展的嗎？」

「我帶來了一個好消息喔！上杉會長的手術日確定了。」天城伸出雙手，充滿朝氣地說道。

男性祕書的細長眉毛因驚訝而往上挑了一下，接著他露出微笑詢問。

「那真是太好了，所以大概會是在什麼時候呢？」

「四月二十八日。」天城爽快地回答。

穿著西裝的祕書看了看掛在牆上的日曆，那裡貼著上杉汽車引以為傲的名車

4　產於印尼TORAJA高原的精品咖啡。

〈永恆〉英勇的美圖。

「二十八日的話，是連續假期第一天的星期日吧？還真趕呢！」

「二十八日會長和經團聯[5]的草野會長有場懇談會，可能不太方便。那附近還有其他日子可以動手術嗎？」他從西裝內袋拿出記事本說道。

天城舉起單手打斷翻著記事本的久本。

「我在同意幫上杉會長動手術時提出了幾個條件，您還記得這件事嗎？」

久本一邊翻著記事本一邊回答。

「我這邊有記錄您在一九九〇年八月提出的基本事項。手術日期等手術相關事宜將全權交由天城醫師處理，手術報酬為上杉會長將捐出總財產的一成給天城醫師所屬的櫻色中心。」

天城面露微笑地說。

「Excellent. 既然您都知道我們談好的內容，那就沒什麼問題了，我們繼續吧！」

「請稍等，雖然這是天城醫生提出的要求，但還沒有完全確定。」

「這話是什麼意思？」天城回問後，久本面無表情地回答。

「那時候有跟您討論手術日期，但您並沒有回答，所以我認為要等日期出來再

5　日本經濟團體聯合會的簡稱。

進一步做確認。因此，那些討論也只限於到我這裡而已。」

天城聳了個肩。

「是你們說想要我幫你們動手術，我才幫你們排在最優先的，可不是我強迫你們喔！不過，如果這次不行的話，下次手術會辦在什麼時候我可不知道了。」

久本的表情微微抽動了一下。

「既然還要再交涉的話，那就來確認細節吧！因為命在垂危，不能再拖了。」天城繼續說道。

「但我們已經等了很久了。」

世良一臉擔心地看著天城的側臉。現在讓上杉會長跑掉的話，就無法公開手術，櫻色中心的構思也將宣告瓦解。

「那我再重新說一次，手術確定排在四月二十八日，如果你們不行的話，就會讓其他病患優先，會長的手術要排在什麼時候暫時還不確定。另外，希望會長能捐出三億圓給櫻花樹財團。我在蒙地卡羅時，都是要求病患拿出一半財產當作輪盤的賭金，只要對方在二選一的賭局獲勝，我就幫他動手術；輸了則否。因為在日本賭博是違法的，所以就算你們便宜點，只要會長財產的一成就好了。」

久本瞪大了眼睛，凝視著天城。

「我作夢也沒想到這些規則竟然是真的，不過您把三億圓當成是會長財產的一成，這部分是錯的，三億圓不過是會長總資產的百分之一而已。」

天城吹起口哨。

「那樣區區三億圓應該就沒什麼問題啦！」

「這部分已經超出我可以決定的範圍，因此我沒有辦法回答您。但要我說上杉會長會不會答應這請求的話，會長一直很重視合乎身分的事情，因此我推測身為生意人的他應該不會吞下這個條件。」

掛在牆上的上杉會長肖像畫目光炯炯有神，讓人不禁縮了縮身子。

「不過這件事攸關會長自身性命，也許他的判斷會跟平常不太一樣。不管怎樣，一旦手術的具體部分決定好了，我們再重新協商吧！」久本繼續說道。

「我知道了，也就是說我們目前為止的交涉都是假的，一切從零開始吧！只有在業界頂端打滾的大人物的祕書才能做出這種伶俐的反應，真是眼明手快，佩服佩服。畢竟就算要把自己的性命跟金錢擺在天秤上秤，你們也無動於衷。」

天城行了個禮後，正要走出接待室時，背後傳來久本的聲音。

「我會聯絡會長，再向您回覆。」

天城瞬間停住腳步，但馬上又頭也不回地走出房間。

天城跨坐上哈雷，發動引擎。接著他朝世良抬了一下下巴，示意他「過來」，那是叫他上車的暗號。世良一坐上後座，便感到強烈的重力感。經過警衛室時，天城沒有降低速度，而是直接把卡片扔了回去。重機的前輪宛如被解放的獵犬，倏地駛進海岸起伏的小徑。

哈雷穿過海岸小路，來到櫻宮岬。出現在那裡的是象徵櫻宮醫療的碧翠院櫻宮醫院。這間醫院有座層層重疊的圓形屋頂，底下分別是住院大樓與門診大樓，兩棟四層樓高的建築。大家因為它的外觀將它取名『蝸牛』。天城的哈雷將碧翠院櫻宮醫院拋在後頭，抵達櫻宮岬突出的岬角。

排氣管的聲音漸漸變弱，平穩的浪潮聲將兩人的身子包裹起來。

終於，哈雷在斷崖前停止咆哮。

午後的明亮陽光，破碎在閃耀的波光粼粼中。

天城走下那臺機械，世良也跟在他的身後。脫下安全帽的天城站在海岬突出的那端，注視著整片大海。

「天才建築師馬利西亞，現在大概在蒙地卡羅與為了淨化碧翠院的玻璃之塔設計苦鬥吧！」

過去天城曾將身為王公貴族的年輕建築師邀請到這塊土地上。馬利西亞的側臉浮現在世良的腦海。

世良脫下安全帽，向天城問道。

「公開手術的候選人沒了，當初還講得這麼得意洋洋的，現在一切都歸零了，這樣不是一步也沒有前進嗎？」

天城呆呆地望著大海，心不在焉地回答。

「別擔心，朱諾。你忘記我在摩納哥被叫做什麼了嗎？」

世良歪了歪頭，接著才吐出一句。

「蒙地卡羅之星嗎？」

「不是那個，唉呦，就是加布里在罵我的時候說的那個字啊！那個才是！」

「……落跑天城？」世良這才想起來，他猶豫地說道。

「Exactement.（沒錯）國際心血管學會的研討會都能蹺掉的我，就算放這種小不啦嘰的集會鴿子也沒什麼好奇怪的吧？」

天城輕輕地笑了起來。

世良不得不同意天城所說的話，但仔細想想，這實在是太亂來了。要是他真的放外科會員大會鴿子，不僅讓佐伯教授沒面子，還會給協助單位櫻宮市醫師會蒙羞。這樣一來，便會跟櫻宮的所有外科醫師為敵了。

櫻宮外科會員大會雖然是個小小集會，對櫻宮的外科醫師來說卻意義重大。世良當初也是在外科會員大會上初出茅廬，由此看出，對於櫻宮的外科醫師而言，那裡正是無可取代的重要搖籃。

天城一直看著閃閃發光的大海，許久才吐出一句。

「退潮了嗎？」

世良對著天城的背後問道。

「接下來你打算怎麼辦？」

天城聳了個肩。

「櫻色中心現在正在逆風之下，我要去確認那些狀況。」

天城再度跨上馬利西亞號，發動引擎。

我們要去哪？世良一如既往地想發問，但最後還是忍住了。他戴上安全帽，一坐上天城後方的位置，馬利西亞號便像要衝破阻擋在天城面前的透明之牆，開始咆哮。

為了跟上天城的速度，世良只能緊緊地抓住他的背。

5 櫻花樹工程計畫

四月三日（週三）

在一片宜人的風景中，一棟古老的灰色建築出現在綠色的行道樹中。

馬利西亞號緩慢地向右切去，駛進市公所的停車場。

踏進櫻宮市官署的天城，向櫃檯小姐提出要見市長祕書的請求。

您有預約嗎？被這樣問了之後，天城立刻笑著回答：沒有。

年輕的櫃檯小姐像是在看可疑人物一般盯著天城，但接收到對方徜徉於蒙地卡羅社交界的灑脫施壓後，不小心便失去一貫以閉門羹待之的機會，只好勉勉強強地拿起話筒。

「是，好，我明白了。」

櫃檯小姐一臉意外地向天城傳達話筒另一方的訊息。

「現在有客人來訪，需要再等十五分鐘左右，您時間上方便嗎？」

「Excellent.（當然）」

看到天城的笑臉後，櫃檯小姐面紅耳赤地站了起來，走出櫃檯。

「那麼請往這裡走，我帶兩位去市長辦公室。」

市長辦公室位於三樓，辦公室前的走廊排了七張折疊椅。那裡按照順序坐了一位穿著西裝、沒什麼存在感的老年人，還有一位看似精力過剩的中年男子。

櫃檯小姐離去後，天城往折疊椅坐了下來，用鼻子哼著歌劇裡的其中一節。隔壁的男子悄悄地看了過來，但馬上又移開視線。

過了不久，辦公室門打開，穿著西裝的男子走了出來。

「拜託、拜託，請一定要幫我轉達釜田市長。」

「您不用這麼擔心，沒問題的。」身材瘦長的男子溫和地說道，接著他對在走廊等待的老年男子說：「田無先生，不好意思，因為有個比較急的案子要先處理，所以請您再等一下。天城醫生，這邊請。」

聽到對方如此有禮地宣告後，毫無選擇的老年男子深深地嘆了一口氣並點了個頭。

天城站起身，大步走進房間。世良跟在他的身後。

市長辦公室裡光線十分充足，然而卻不見市長的身影。女祕書端了兩杯咖啡過來，身材瘦長的男子邀請他們兩位坐在沙發上。

「我是祕書村雨，市長因為洽公的關係，現在人在東京。有什麼事請先由我來為您處理。」

天城細細品嘗了咖啡香味後閉上雙眼，喝了一口，再將杯子放在桌上。
「櫻色中心的建設差不多要開始了。」
「那真是太好了，釜田市長一直很掛心這件事。」
「所以我是來確認櫻宮岬的土地收購得怎樣了。」
村雨祕書一臉驚訝地對天城說。
「那部分完全都還沒開始。」
「不是都過半年了嗎？」天城責備地說道。
「沒有辦法啊，天城醫生還沒提出整個中心的構想企劃書，行政上也無法作業。你們要先提出工程表才能進行下一步。」村雨祕書面露遺憾地說道。
「工程表？我沒有做過那種東西，請告訴我應該要怎麼做。」
村雨祕書瞪大了眼睛，但馬上又恢復一如既往的冷靜。
他沉著地說道：「首先要先跟大學的負責人洽談吧！這對他們來說應該輕而易舉。」
「大學的負責人嗎？這就有點困難了，畢竟櫻色中心的建設跟東城大學本身是毫無相關的。」
天城含糊地帶過。畢竟天城與大學當局的關係其實是相當惡劣的。
「這我還是第一次聽說，我跟市長都以為這是東城大學的企劃。假使如此，我們有必要從頭開始討論。」

天城一臉為難的樣子。

「請不用擔心，雖然新計畫碰到了一些問題，但最後還是得靠錢解決，這點上杉汽車已經答應過會全面給予協助了。所以雖然計畫會延後一段時間，但最後還是能成功實現的。」村雨祕書擺出社交用笑臉說道。

「那我也會快點完成那份工程表的，近日就會提交上來。」天城站起身，和村雨祕書握手說道。

兩人前往之前去過的咖啡店用午餐，才發現華麗的招牌呈現傾斜的狀態。從外頭往裡頭望去，只見店內雜亂且陰暗。

「倒了嗎？畢竟口味滿一般的，但老爹感覺也不怎麼想做生意的樣子。」

兩人進到隔壁的家庭餐廳，穿著女僕套裝的服務生走過來為他們點餐。

「我們有A套餐、B套餐跟C套餐，你們想要點哪一個呢？」

「我要D套餐。」天城回答。

咦？女服務生露出驚訝的表情，天城向她眨了個眼，開口說道：「開玩笑的啦！請給我A套餐。」

「你都沒看菜單就點，這樣好嗎？」

世良小聲地詢問後，天城也小聲地回答：「點哪個都一樣啦！」

這倒是，世良也點了A套餐。

「你也太不懂得察言觀色了吧！這種時候應該要點B套餐才對啊！這樣才知道A套餐還是B套餐分別是什麼菜，還有他們為什麼會被分為A跟B呀！」天城一臉不可思議地對世良說道。

「知道那種事有什麼用嗎？」

天城露出連這種事都不知道的表情，嘆了一口氣。

「簡單來說，這就是收集資訊的方法。而且這樣點餐也可以幫助自己更了解這個社會。另外看到實物之後，也能讓上司選擇他喜歡的那個吧！」

那對我來說一點好處也沒有呀！雖然很想這麼說，但又覺得實在太蠢了，所以世良還是將話吞回去了。

天城看了看送上來的漢堡排套餐，忍不住皺眉。

「我最討厭的配菜就是這種乾癟的洋蔥，說不定B套餐的配菜會是別的。」

「這種店的套餐配菜幾乎都一樣啦！」

「你沒點怎麼知道，要是朱諾點的是B套餐，我們現在就可以知道了。」

真煩人。世良心想著，並大口咬起漢堡排。就像要和他比賽似的，天城也立刻將食物吃得精光。

「看樣子今天不太順利呢！等一下順便去一個不太歡迎我們的地方拜訪吧！」

他一邊用紙巾擦著嘴角，一邊說道。

「都已經知道不太順利了，還有其他地方嗎？」世良沮喪地說道。

但仔細想想，突然又覺得日本應該沒有地方會歡迎天城，這讓他更氣餒了。天城點了個頭。

「一開始就認定對方不歡迎我們，或許有點太草率了。」

「你打算要去哪裡？」

世良急忙吞下剩下的漢堡排，天城見狀說道：「醫療界的既得利益者的巢穴，櫻宮市醫師會囉！」

他們來到距離櫻宮市街有段距離，位於蓮葉路最東邊的小公寓。天城熄了火。世良瞇起眼睛，仰望著四層樓高的建築。

「醫師會就在這棟公寓裡嗎？」

「大概是這樣沒錯，這棟公寓的所有人就是櫻宮市醫師會。朱諾最好也吸收一點這方面的知識比較好。」

「這種程度我有在涉獵啦！前陣子我還有在報紙上看到醫師會會長的選舉結果跟醫師會會長的政見。我記得是『醫療費亡國論堪憂』的內容，我猜新會長應該也有對這裡下什麼指示吧！」

「朱諾，你是認真的嗎？櫻宮市醫師會和中央的日本醫師會是不同的組織哦！」

「咦？不是同個醫師會嗎？」

天城目不轉睛地看著世良，接著深深地嘆了一口氣。

「日本醫師會分成郡市區醫師會、都道府縣醫師會，以及中央的日本醫師會，共三層構造。把他們搞混在一起，就像是把市公所、縣廳和國會當作是同樣等級的一樣，就連小學生也不會弄錯這種事吧！」

世良把臉移開，不去理會天城的挖苦，他仰望著老舊的公寓。

「這個世界就是這樣，有人聚集的地方就會出現組織，有了組織便會發生權力鬥爭，而有權力鬥爭的地方，最後都會扯上金錢。那麼，差不多該前往魑魅魍魎的巢窟裡說說純潔櫻花樹的故事囉！」

天城踏出輕快的一步，走進老舊的醫師會公會。

雖然沒有預約，但在櫃檯報上名後，兩人便順利地被引領進會客室了。非常有禮的接待。

前來接待兩位的是臨近老年的矮小男子。他的身材看起來與實際年齡不相符，非常健朗。

「東城大學佐伯外科的醫生從來不會在白天到醫師會露臉，兩位的工作沒問題嗎？」

天城輕輕地笑了起來，馬上回應道。

「醫生您才是，不是自己開了醫院嗎？這種時間還待在辦公室不要緊吧？」

矮小男子瞬間瞇起眼睛，接著露出溫和的笑容。

「我的醫院讓兒子接手了，現在算是半退休，提早在享清福了，現在也只是為了報恩才在醫師會打雜罷了。我是櫻宮市醫師會的常任理事，三田村。」

「您是車站前面那間婦產科醫院的名譽院長吧？我在蒙地卡羅待了一段時間，還不習慣帶名片在身上，真是失禮了。」天城接過名片並翻到背面後說道。

蒙地卡羅才沒有這種習慣吧！世良不禁擔心起來。

「醫師會贊助的櫻宮外科會員大會，這次好像輪到我們醫院當主辦單位呢！」

天城向前彎下身來，往沙發坐下，接著對三田村理事說道。

三田村理事站起身，從書架上取出檔案夾，開始翻閱。

「東城大學每次都很晚才交企劃，讓我們很困擾呢！」

天城面露微笑地說。

「真是不好意思，誰叫我們醫務長這麼沒用。」

天城瞄了一眼世良，露出微笑。似乎是要將還沒開始以醫務長身分進行活動的世良，貼上廢物以及無能醫務長的標籤。世良為無法反駁的自己感到不甘心。

「今天會來拜訪，是因為我的上司前幾天委託我在會員大會上發表，我想快點處理好這件事，因此便趕緊前來櫻宮市醫師會拜見了。」不曉得是不是因為挖苦世良讓天城的心情好了起來，他繼續說道。

天城謙恭有禮的說詞緩和了整間屋子的氣氛。

「那真是感激不盡，那你們打算要辦怎樣的演講呢？」

天城從口袋拿出一張折了幾疊的紙，交到三田村理事的手中。

「這是去年七月，在東京國際會議廳舉辦的『第八十八屆日本胸腔外科學會學術總會』的研討會摘錄，我們打算以特別演講的名義，在會員大會上舉辦同樣的公開手術。」

三田村理事拿下老舊的眼鏡，目光遊走在那張紙上。許久，他才抬起頭來，拿起電話撥打了內線。一名姿態文雅的中年男子立刻飛奔而來。

「您找我嗎？三田村醫生。」

「卷田，這超出我的專業了，我不好判斷，所以想跟你商量一下。這位是佐伯外科的醫生，他說想在下次的會員大會上舉辦跟這張紙上一樣的內容，你覺得怎麼樣？」

卷田理事爽快地拿起那張紙開始閱讀，接著他大聲回答。

「滿好的啊！我們也很希望能夠有這種內容。」

「那就這樣決定囉？」三田村理事說道，他的語氣彷彿有什麼東西卡在智齒似的。

卷田理事盯著那張紙看了一陣子，才終於露出恍然大悟的樣子。

「請不用擔心，我會將這個和之前那個分開來的。」他低聲說道，語畢又轉向大城：「櫻宮市醫師會雖然會贊助櫻宮外科會員大會，但在預算方面無法協助，也沒辦法投資公開手術的設備，這樣也沒關係嗎？」

「沒問題的，櫻宮市醫師會只要能幫忙廣為宣傳就好了。」

天城微笑點頭後，站起身來並伸出左手。卷田理事一時之間有點不知所措，但還是伸出手來回握那隻手。

「真不愧是醫師會，不但聚集了熟悉醫療業務的人們，講話也很阿莎力。其他詳細內容會由這邊的朱諾、不對，是由世良醫生來處理，有什麼事情請再與他聯絡。那麼，這個月底再見了。」

天城站起身，大步走出房間。世良追在他的後頭，但又突然想起什麼似地回過頭來，向兩位理事敬了禮後才快步離開接待室。

停車場內，在後方追得喘不過氣的世良對剛跨坐上哈雷的天城說道：「天城醫生為什麼要說那些話呢？」

「朱諾為什麼要這麼驚慌失措呢？」

「找不到病患的話，你就要蹺掉公開手術不是嗎？要是你真的那樣做的話，醫師會的臉會被你丟光的。」

「朱諾真愛瞎操心，明天有明天的風會吹，就算是逆風，換個方向就會變成順風的。」天城聳了個肩，開口說道。

天城用力地發動哈雷的引擎，引擎快速地運轉著。

「一切都是命，假設公開手術是必要的，上天就會幫我們準備病患；就算我因為沒有病患而逃跑，那也是天意，這道理不難理解吧？」

世良跳上哈雷的後座。下個瞬間，馬利西亞號咆哮起來，從停車場飛奔而出。

三田村理事從醫師會館的窗戶眺望著馬利西亞的英姿，他拿起發出響聲的電話話筒，沉默地聽著話筒另一端的聲音，接著才平靜地說道。

「村雨祕書，我們也正要和您聯絡這件事。雖然這是個好消息，但這件事會影響整個櫻宮市的醫療，我無法以個人身分做立即回覆。如果您能出席最近的常態理事會，為我們做詳細說明的話……是的，我們一定會同心協力，因為醫師會的營運是不可能與地區行政切割的，請不用擔心。」

「那位就是佐伯外科的問題兒童天城嗎？你的反應還真快。」掛斷電話後，三田村理事微笑地對卷田理事說道。

「但是對方更技高一籌。」

「這次天命並沒有降臨在不誠實的天城身上，而是降臨在誠實的高階身上。天城完全沒有提到會員大會的真正目的，也就是櫻色中心的建設。要是我們之前完全沒有聽高階提起這件事，一定會全面支持他的吧！真是危險。」

「這就是命運，而且誰叫他碰到的對手是過去在帝華大學被稱作阿修羅的強者高階。」三田村理事合掌說道。

「話說釜田市長的心腹，村雨祕書打來是要？」

卷田理事詢問後，三田村理事露出微笑。

「是來試探櫻色中心用地購買的事，他們提出要收購碧翠院櫻宮醫院對面那塊空地。只差一線之隔，老天便對醫師會和佐伯外科的主流微笑了。畢竟那塊土地的所有人可是碧翠院的院長櫻宮嚴雄理事呢！」

「換句話說，櫻色中心的命運掌握在櫻宮市醫師會的副會長手中囉！這還真是場好戲。」

卷田理事開始大笑。

「打著改革派名號的釜田市長也很麻煩啊！要是在那塊地蓋一間巨大醫院，可能會影響到我們這些開醫院支撐著櫻宮醫療的人吶！市長也太沒神經了。再這樣下去，下次市長選舉的時候說不定會很危險喔！」三田村理事開口說道。

「這場鬥爭關係到我們的生存，絕對不允許有誰來妨礙。佐伯外科的王牌正為了擊潰那個企劃東奔西走著，想必他們內部現在也挺混亂的吧！我們只需要袖手旁觀，看看這場內亂會怎麼發展就好了。但話說回來，佐伯院長又是怎麼想的？」

原本一臉放鬆的三田村理事的表情忽地繃緊起來。

「這部分一定要好好確認才行呢！櫻宮嚴雄副會長是佐伯教授的盟友，之後會為我們查清楚他究竟是怎麼想的吧。總而言之，這件事一定要和真行寺會長開誠布公、好好談談才行，先去查查有什麼好店吧！」

「真行寺會長都那把年紀了，不僅食量大，還很喜歡嘗鮮，這事可不好辦呢！」

兩位櫻宮市醫師會的理事露出難以言喻的笑臉，靜靜地喝著茶。

哈雷在赤煉瓦棟前沉默下來。世良從後座下來，一面脫著安全帽，一面說道：「後天是星期五，我可以請假嗎？」

「工作狂世良竟然要請假，這還真稀奇，有什麼事嗎？」眼看世良支支吾吾起來，天城立刻笑著說：「不想說的話就不用說，畢竟是你的私事嘛！」

真不愧是曾經在蒙地卡羅生活的拉丁男子，行事也十分乾脆。

天城露出不懷好意的笑容。

「我這樣說完你就放心啦！可見朱諾真的什麼都沒有在想耶！再這樣下去，你在佐伯外科可是會身敗名裂的喔！」

「什麼意思？」

「朱諾現在的老闆是高階吧，那為什麼請假還要徵得我的同意呢？」

——對耶！

世良不禁咬起下唇。昨天在大學醫局的營運會議上，世良所屬的部門已經變更了，就算得到天城的同意也沒有任何意義。

天城微笑地看著世良。

「不用擔心啦！因為那種原則，就毀了青年充電的機會也太白痴了。我看就這樣辦吧！後天的休假就由我來負責，我會去跟高階說我派你去某個地方做一項極為機密的任務，所以星期五一整天都要跟他借你。那個高階心胸還滿寬大的，應該會同意才對。」

世良忍住想要跳起來的衝動，向天城敬了一個禮。

「非常謝謝您。除此之外，我還有另外一個請求，不知道後天能不能跟您借一下馬利西亞號。」

世良偷偷瞄了天城一眼。

雖然這項請求有點厚臉皮，但天城已經有了小綠這臺高迪名車，感覺他願意出借馬利西亞號的可能性應該滿高的。

「可是沒有重機駕照就無法騎耶，你有嗎？」天城想了一下子，開口問道。

「去年在天城醫生底下工作時，因為實在太閒了，所以我就去駕訓班上課了，最後也有拿到駕照喔！」

「對一個要借東西給你的人說這些話，你的膽子還真大啊！算了，誰叫你說的是事實，畢竟我們去年就只有辦那麼一次公開手術而已。」

天城瞇起眼睛，彷彿在看著遠方的什麼，接著他爽快地回答。

「我知道了，到星期一為止，馬利西亞號就借給你啦！」

天城將鑰匙丟給世良。世良接住那把在午後陽光下閃閃發光的鑰匙。

鏘！鑰匙發出細微的金屬聲。

「謝謝您！那我就恭敬不如從命囉！」世良低下頭來，接著不掩興奮地低聲說道。

耶！後天可以放假囉！

6 海邊幽會

四月五日（週五）

星期五，早上八點半。

負責值手術室晚班的花房一臉著急地交代著早上的業務。

「昨天晚上小兒外科有一名盲腸病患動了緊急手術，進到手術室的時間是晚上八點，晚上九點半離開，主刀醫師是小兒外科的榎戶醫生。除此之外沒有其他事情了。」

她交接的對象是貓田主任。花房護士行了個禮後，從座位上站起，正要離開護士休息室時，尖銳的腳步聲傳進護理站，一名護士走了進來。

貓田抬起頭，一臉睏倦地說。

「啊，是護理長啊，好久不見，最近好嗎？」

「我已經不是手術室的護理長了，這樣打招呼很奇怪。」

「但是藤原護理長還是綜合外科的護理長吧？」

「這麼說也是啦！話說福井護理長在嗎？」

「她今天休假，真是太好了。」

藤原護理長因為貓田的回答露出笑容。

「真是太好了是怎樣，妳還真是一點也沒變呢！我都聽說囉！福井女士有特別鍛鍊妳對吧！」

貓田主任搖了搖頭，看向地面。

「福井護理長跟藤原護理長不一樣，我才稍微睡一下她就會暴怒。」

「貓田，那絕對不是因為福井護理長太嚴格，是我對妳太好了。」

貓田主任聳了個肩，一臉想睡地閉上眼睛。

「既然她休假就沒辦法了，貓田主任，我現在要去見總護理長講點事情，妳可以一起來嗎？」

「要去找榊總護理長？聽起來好像很麻煩。」

貓田望了一下白板上的交接事項，喃喃自語，接著她抬起頭來說道：「早上還要去跟星期一動手術的病患做術前說明，應該不太方便。」

「真傷腦筋，總護理長還特別指名要找貓田或花房說。」

「花房才剛下班，應該沒什麼事喔！」貓田看著花房正要離去的背影，開口說道。

花房停下腳步，一臉驚訝地回過頭來。

「妳接下來就要直接回宿舍了對吧？而且妳明天也休假。」

「咦？是，嗯……」花房結結巴巴地回應貓田。

藤原護理長見狀，向她說道：「那不好意思，就跟我一起過去吧！不會耽誤妳太多時間的。」

身為下屬的花房無法拒絕，她看著宛如自己直屬上司的貓田順利逃過一劫，不禁橫了她一眼。嘆了一口氣後，花房老實地跟在藤原護理長的身後。

同時也感受到背後的貓田滿不在乎地往旁邊的沙發躺了下去。

藤原護理長敲了敲總護理長的辦公室門後，裡頭傳來了溫和的回應。

進入房內後，一名略微蒼老的女性正端詳著花瓶裡生氣勃勃的紅花。她有著一頭亮麗的銀白短髮，纖瘦的玉手正拿著一朵黃色的鬱金香。她拿著花比來比去，開口問向藤原護理長。

「全部都是紅色比較好嗎？還是加一朵黃色的鬱金香陪襯比較好呢？」

沉穩的低聲來自總護理長榊佳枝。

「加一朵黃色的花陪襯比較好，都是紅色的讓人感覺有點危險。」

藤原護理長立刻回答。榊總護理長平靜地笑了。

「這個建議還真像妳會說的話，藤原。」

她將黃色的鬱金香放進花瓶左側。紅花增添了黃花的光彩，反倒顯得紅花才是背景似的。

「妳說得沒錯，這樣好多了。」

她請藤原護理長和花房坐在沙發上，輕巧地將裝了紅茶的茶杯放在兩手緊握在膝蓋上方的花房面前。

「不用這麼緊張，沒事的，我要問的問題很簡單。」

對花房這種小護士來說，榊總護理長就像是遙不可及的貴族。

她從花瓶裡抽出一枝紅色的鬱金香，用半紙[6]包裹起來，遞給花房。

「花房才剛結束夜班吧！回到宿舍後，就用這朵花來裝飾房間吧！」

「咦？為什麼您會知道我的班表呢？」

「這是當然的吧！就像醫院大樓的護理長要知道醫院護士的上班時間一樣，總護理長當然也要知道所有護士的上班時間啊！」

「花房，千萬不要誤會了，並不是所有護理長都是那樣，像我連自己醫院的班表都不記得。」低聲發完牢騷後，藤原護理長問道。

「您要問花房什麼事呢？」

「這麼開門見山地問我，我反而不知道要怎麼開口了……不過，還是直接一點比較好吧！花房和貓田，跟天城醫生很熟嗎？換句話說，妳們是天城醫生團隊的人嗎？」

6 日本紙的一種，類似宣紙。

花房腦袋裡瞬間閃過世良的身影，她支支吾吾地搖頭。

「不是，貓田主任也沒跟天城醫生那麼親近。」

榊總護理長點了個頭。

「就在前幾天，佐伯院長丟了一個難題給我。天城醫生似乎要在這個月底辦公開手術，這次好像要辦在東城大學，然後說想請我們協助，還指名了手術護士呢！」

「如果是福井護理長，應該會選牛島小姐吧！不論是經驗還是實力都很豐富。」

不愧是原本擔任手術室護理長的藤原護理長，立刻就下了判斷。然而榊總護理長卻搖了搖頭。

「如果是福井護理長指名的話，確實會是這種結果吧。但是天城醫生已經指名要貓田主任和花房了。」

「真麻煩啊！手術室的護士明明是福井護理長負責安排的。」

「對啊！要是答應他的要求，整個護士部門的秩序也會變得亂七八糟的。但是佐伯院長都說話了，又不能斷然拒絕，該怎麼辦才好呢？」

這件事的確很難辦呢！花房心想。同時，她也為自己再次被選為公開手術的成員感到心跳加速，上次手術的興奮感以及東京的夜景也跟著浮上心頭。

「花房是怎麼想的呢？」

「花房都聽從總護理長的命令。」突然被指名的花房雖然一臉驚嚇，但還是戰戰兢兢地回答。

「也是呢！以妳的立場，妳也只能這樣回答了呢！」

榊總護理長嘆了一口氣。

「那這樣怎麼樣？就說我被天城醫生施壓，一直哭著哀求總護理長，您沒有辦法只好下令要她們幫忙。這樣就可以保全福井護理長的顏面，完美收尾了吧？」看不下去的藤原護理長接著說道。

「但這樣不就要妳當壞人了。」

「我已經習慣做這種事了，而且我大概早就被說得很難聽了。」

榊總護理長陷入沉思，過了許久才抬起頭來，對藤原護理長說道：「那我就恭敬不如從命了，妳這方法真的幫上忙了。那麼，這個月底的週日，就拜託花房跟貓田臨時出勤，擔任遞器械的手術護士了。」

「貓田主任那邊我去說就好。」藤原護理長說道。

「花房就先回去吧！大夜班才剛結束就把妳叫過來，辛苦妳了。」

花房拿起紅鬱金香，從沙發上站起。

「總護理長，謝謝您。那我就趕快回去把這朵花裝飾起來。」

門一關上，花房立刻奔向電梯。

關上門後，藤原護理長面向榊總護理長，開口問道：「為什麼要因為這件事把我叫來呢？」

「最主要的原因當然是因為福井護理長今天休假，所以我馬上就想到藤原了。因為妳原本就是手術室的護理長，對貓田跟花房都很熟悉，上次公開手術時也幫忙影響了松井護理長。福井護理長個性相當頑固，要是哪個環節出錯的話，後果一定不堪設想。」榊總護理長溫柔地笑著說道。

藤原護理長看起來似乎不太開心，坐立不安的樣子。榊總護理長收起笑臉，繼續說道。

「話說回來，外科醫院大樓的情形如何？妳有從佐伯院長那裡聽到什麼嗎？」

「目前什麼都沒有，對天城醫生也一如既往呈放任狀態。」

「我不是在說天城醫生，我問的是醫院大樓整體的情況。」

榊總護理長伸出手指壓著臉頰，陷入了沉默。

過了一會，她才抬起頭來說道：「這個只是謠言，但聽說佐伯院長在公開手術那週連假結束後，就要開始東城大學的改革措施了。為了提高醫院整體收益，據說改革第一步是要為ＶＩＰ病患設立特別病房喔！特別病房的名稱叫作『Door to Heaven』。」

「為ＶＩＰ病患設立特別病房……名稱還真詩情畫意啊！」

「聽起來不太吉利，前往天國的門扉，這種名字怎麼能用在醫院呀！」藤原護理長如此說完之後，榊總護理長一反常態地斷然說道。

「榊總護理長反對佐伯院長的醫院改革嗎？」

「我本來就反對特別病房的構想喔！他也沒先跟我商量，而且一旦設置特別病房，將來有可能會變成有錢人的專屬套房。佐伯院長應該知道我是這樣想的，所以我一直相信他不會強行執行那項計畫……」

藤原護理長注視著插著鬱金香的花瓶。

過了一會兒，她抽出那枝黃色鬱金香，將花拿在手中。

「關於這件事，全體護士都會尊重總護理長的想法的。黃色鬱金香已經不需要了，我就拿走了。」

「好像血的顏色，有點可怕呢。」榊總護理長眺望著只剩下紅色鬱金香的花瓶，開口說道。

她輕輕地嘆了口氣。

「東城大學會不會也變得像這只充滿血色的花瓶呢？」

兩人沉默地注視著花瓶裡的鬱金香。

花房美和氣喘吁吁地跑在大學後側的雜木林中。手中的鬱金香雖然有點礙事，卻襯托出花房的嬌貴氣質。樹林末端可以看見圖書館，她順著櫻宮丘陵的小徑一直往下跑去。圖書館後方的停車場總是空無一人。

很少人知道這裡有停車場。終於跑到停車場的花房呼吸急促地環視著周遭。停車場深處停了一臺黑漆漆的機車，戴著安全帽的男子就這樣趴在機車龍頭上。

「對不起我遲到了，要離開的時候剛好被藤原護理長叫住。」

男子一動也不動。花房小心翼翼地伸出手指，碰觸對方的肩膀。

「你在生氣嗎？」

指尖才剛碰到對方的肩膀，男子便抬起上半身，握緊花房纖細的手指。

「呀！」花房小聲地叫道，一看到護目鏡下那雙微笑的眼睛，拳頭便往世良的胸口落下。

「吼，不要嚇我啦！」

世良敏捷地從機車上下來，將花房苗條纖細的身材抱入胸懷。

「不要這樣，會被別人看到啦！」

「才不會有人在這種時候來這裡咧！」

花房原本來還有點掙扎，但不久便放棄似地放鬆身體，投入對方熱情的擁抱中。

春風徐徐吹過兩人身旁。

「這臺機車是怎麼來的？」

花房的聲音在風聲之下顯得破碎模糊，無法傳達給前座的世良。

「妳說什麼？」

「嗯嗯，沒事。」

花房環繞於世良腰上的手臂一緊，用力地抱住世良。

「要去，哪裡，呢？」她在世良的耳邊大聲問道。

非常簡短卻斷斷續續地詢問。世良回答。

「妳有想去的地方嗎？」

花房瞇細眼睛，在散發光芒的微風之下思考著。

「海、邊！」

「海邊嗎，知道了。」

漆黑的野獸穿過蜿蜒小道，在平地做了一個急迴轉。

正值都市更新的櫻宮海岸坐落著幾間時髦的咖啡與輕食店。世良加速通過時髦的商店街，直接騎進沙灘。細緻的海沙讓輪胎產生空轉，車子因此左右晃動著。花房忍不住尖叫，將世良抱得更緊了。

海風不斷颳來破碎的浪花泡沫，機車也直直奔向海岬的小燈塔。岸邊的沙子較平坦，看起來就像是柏油路一樣。騎上海岬那片草原後，便能看到遠方清晰的碧翠院的哥德式建築。

他們在海浪聲的包圍下，在海岬尖端眺望著大海。一隻海鷗飛舞而上。

世良拿下護目鏡，從軍綠色夾克的口袋中拿出一個小包裹遞給花房。

「昨天是妳生日對吧！」他對著一臉驚訝的花房說道。

「你怎麼知道？」花房瞪大眼睛。

「那是因為啊，妳看，不是有誰送花給妳嗎？」

世良指著花房手裡的鬱金香。

花房搖了搖頭，支支吾吾地說道：「才不是那樣呢！」她的臉頰浮現紅潮，

「我可以打開嗎？」

花房解開包裹上的緞帶，裡頭是一個白色的盒子。打開蓋子之後，花房的臉上洋溢著光芒。她伸出細長的手指，拿起裡頭的東西高舉在陽光下。

那是一條銀製的星形項鍊。花房將項鍊交給世良。

「可以幫我戴起來嗎？」

花房轉過身去。世良將項鍊繫在花房細長的脖子之後，直接抱緊她苗條的身軀。花房轉過頭來，閉上眼睛，遞上紅色柔軟的嘴唇。海浪聲將兩人的身影籠罩起來。

世良與花房坐在海岬尖端的涼椅眺望著大海。

「這裡就是櫻色心臟中心預定要蓋的地方。」
「所以這個月底才要在東城大學舉辦公開手術嗎？」
「妳怎麼知道？這件事現在應該只有上頭的醫生才知道啊！」
世良驚訝地詢問。花房一臉得意地回答。
「只要是跟世良醫生有關的事情，都會傳到我這裡來喔！」
「但是那個時候我已經不是櫻花樹的成員了，所以跟我沒關係啊！」
「世良醫生也不再是天城醫生團隊的一員了嗎？」
「我本來就是高階研究室的人，現在的狀態反而滿奇怪的。」
「那天城醫生應該會很寂寞吧！」花房的臉頰浮現酒窩，她微笑著說道。
「我才不管那種事呢！說到底就是天城醫生隨便指名我，現在才會這樣亂七八糟的。」話一說完，世良不高興地回答。
「為什麼要生氣呢？」花房驚訝地睜大眼睛。
「我才沒有生氣。」
周遭流動著一股尷尬的氣氛。世良撿起腳邊的石頭，往大海的方向丟去。
「肚子餓了，要不要去『灣岸咖啡』吃飯？」
「好棒喔！我一直都很想去那邊吃吃看。」花房將兩手交握於胸前，開心地說道。
「還有其他想去的地方嗎？生日還要值夜班的可憐公主，不管妳說哪裡，我都會帶妳去的喔！」

花房伸出食指壓著臉頰，想了一下才說道：「去哪裡好呢？好吧，那我想去深海館。」

「小美和真的很喜歡黃金地球儀耶！」世良聳了個肩。

兩年前，日本以故鄉創生資金之名發放了一億圓至全國各地，櫻宮市用那筆基金建造了黃金地球儀並安置在櫻宮水族館。一片混亂之下，櫻宮水族館便將地球儀安置在別館的深海館了。花房輕輕地搖了搖頭。

「才不是那樣，我只喜歡阿呆海鞘。」

「那個只會張大嘴巴的笨蛋生物到底哪裡好了？」世良目瞪口呆地說道。

「我就覺得牠很可愛嘛！只要一想到牠嘴巴張得大大的，在櫻宮灣底漂來漂去的，就覺得被治癒了。」花房有點惱怒地回答。

「看來小美和也累了呢！」

世良將安全帽拿給花房，花房坐上機車後座。引擎空轉幾下後，兩人的世界便開始微微搖晃起來。花房緊抱著世良瘦長的身軀，胸口那顆星星也跟著閃呀閃地。隨著馬利西亞號的咆哮聲，櫻宮岬也漸漸消散在兩人身後。

兩人從櫻宮水族館別館——深海館離開時，即將閉館的鈴聲也響起，再五分鐘就是下午五點了。世良回頭看向花房。

「機會難得，要不要去遠一點的地方兜風？」

「世良醫生今天已經陪我去我想去的地方了，接下來看你想去哪，我都會陪你去的。世良醫生想去的地方，就是我想去的地方。」

世良注視著花房。

「那要去海底深處嗎？還是飛高一點，到天空之城去？」

「都可以，只要是世良醫生想去的地方，哪裡都可以。」

世良看著點頭答應的花房，胸口一熱。他不再迷惘，朝著開始閃爍的北極星前進。

海浪聲已經遠去。

手指在滑嫩的肌膚上輕劃，嘴脣緩緩掃過她的臉頰。因此感到發癢的花房縮了縮身子。

世良抱緊埋在自己胸口那對肩膀，仰望著天花板。自他們兜風到鄰鎮，將哈雷騎進海濱旅館已經過了三個小時。

「對了，我不小心當上醫務長了。」

花房從世良的胸口抬起頭，仰望著世良。

「好厲害！一般只有待超過十年的醫生才能當上醫務長吧？」

「對呀，照理說是輪不到我這種人的，為什麼總是會發生這種事，我老是抽到下下籤啊！」

世良嘆了一口氣，花房再度將臉埋進他的胸口，小聲說道：「才沒有那回事呢！世良醫生一定可以把醫務長的工作做得很好的。」

「妳又知道囉？」

「沒辦法，因為我就是知道嘛！」

「妳這樣一點說服力都沒有喔！小美和。」

話雖如此，聽到花房這麼說之後，總覺得自己似乎真的能將這件事做好了。

可以聽見遠方的海浪聲，時不時夾雜著傷心的旋律。

花房正在哼著不知在哪曾經聽過的旋律。

世良抱著花房光滑的肩膀，閉上眼睛，開口問道。

「妳在哼什麼歌？」

花房立刻停止哼唱，呵呵地笑了幾聲。

「祕、密。」

「哦，原來是一首叫做『祕密』的歌啊！真是一首好歌。」

世良一說完，花房的酒窩便浮現在臉頰。她搖了搖頭。

「才不是，不是叫做『祕密』的歌，是我要對你保密。」

為什麼不跟我說呢？雖然世良感到納悶，卻沒有想追問的意思。就算現在不知道歌名，只要花房一直待在自己身邊，總有一天可以問到答案的。

才剛想著這些，看起來似乎有點不太滿意的花房又補充了一句。

「這是我最喜歡的歌喔！」

世良感覺自己越來越想知道歌名了，但還是想等到花房願意告訴自己的那天來臨。

他閉上雙眼，換了一個話題。

「天城醫生似乎要玩真的了。」

花房蜷曲在世良的胸口，回答道。

「雖然要一直追隨天城醫生感覺很辛苦，但如果是世良醫生的話，一定沒問題的。」

「為什麼妳能說得這麼肯定？」

花房直直地注視著世良，恰似喘氣般地回答。

「因為天城醫生和世良醫生的目標是一樣的。」

「我跟天城醫生的目標是一樣的？才沒那回事呢！我沒辦法成為那麼厲害的外科醫生，也不像他這麼偏激。」

世良偷偷看了一下花房，花房輕輕地搖頭。

「但是世良醫生跟天城醫生很像耶！就像兄弟一樣。」

「哪方面很像？」

「只要是自己認定的路，就會毫不猶豫地向前走去這部分。」世良目不轉睛地看著花房，花房繼續說道：「而且，天城醫生一直很依賴世良醫生嘛！」

「天城醫生很依賴我？真的還假的啊？」

花房點了個頭。

「當然是真的，因為只要是世良醫生的事情，我什麼都知道喔！」

雖然花房說她什麼都知道，但現在在說的不是天城醫生的事情嗎？世良突然意識到這件事。

仔細想想，把天城從蒙地卡羅帶回來的人，正是希望能將天城的技術根留日本的世良。然而世良現在卻想將這個天城流放到異鄉之地，日本的某個角落。

花房的話就像是在直接詢問世良。

——你放天城醫生獨自一人也不要緊嗎？

他想起天城的遭遇。

因為公開手術，即使在鞏固周邊的第一步，突然被預計施行手術的病患說NO，他也能臉不紅氣不喘地說道，要是老天說NO的話他就要蹺掉公開手術。

近乎清爽的傲慢，蒙地卡羅之星。

腦裡一浮現天城華麗的姿態，世良便覺得胸口苦悶。儘管如此，現在的他只想抱緊花房令人憐愛的身軀，盡情地沉浸在她的安慰裡。

突然，海浪聲湧入旅館的整間房內。

儼如海底的房間裡，兩人漸漸融為一體。

7 天賜的病患

四月十日（週三）

星期三，前醫務長垣谷在術前會議之前，仔細叮嚀著世良有關司儀的流程。上次醫局會議是在星期一，因為主要是發表新的人事異動，因此還是由前醫務長負責整個流程。但今天的會議將全權交給新任醫務長，即世良的處女秀。

「這些之前都是黑崎醫生安排的，大概是因為黑崎醫生喜歡主持會議吧！但也有可能是因為我是黑崎醫生研究室的一員。總之今天開會宣布結束後，稍微空點時間出來，確認黑崎醫生的反應再臨機應變。」

「黑崎助理教授會不會因為要跟高階醫生爭奪主導權，產生爭執啊？」

「聽起來滿可怕的，但的確有可能發生。你的工作就是要想辦法處理這種事情，讓會議順暢。」

世良聞言，一臉無精打采的樣子。在佐伯外科兩大巨頭底下工作的世良，怎麼可能有辦法處理這種事。「不過，如果真的發生什麼了，我也會幫忙的，別擔心啦！」垣谷隨便笑道並拍了拍世良的肩膀。明明對方就是在安慰自己，但世良卻因此覺得壓力更大了。以前對於前醫務長垣谷的工作太過理所當然，等到換成自己要做這些事時，才發現知易行難啊！明明看起來就只是些雜事罷了。

「現在開始下週的術前評估會議。今天心血管團隊有三例、消化系有四例要報告，總共七例。首先我們先請心血管團隊報告。」

他將事前背誦的臺詞原封不動地說完並就座。接下來發言的會是黑崎助理教授嗎？抑或是高階講師呢？這塊試金石將決定未來兩年會議的基本骨架，然而現場的其他醫生似乎都不是很在乎這件事。

同儕北島咬牙忍住一個哈欠。要是世良沒有被任命為醫務長的話，大概也會和北島一樣，心不在焉地坐在位子上，想著會議能不能快點結束吧！

世良環視著會場，看似截然不同的佐伯雙璧映入眼簾。大學醫院裡的保守派醫師典範，黑崎助理教授正沉穩地坐在位置上；心不在焉翻著病歷的高階講師則是一副灑脫不羈的樣子。兩人周遭被他們所主導的研究室成員給包圍著，儼如城牆一般。而率領著兩人的則是超脫世俗的白眉名醫佐伯清剛。由於佐伯醫生現在還兼任院長的緣故，他將教學中心的營運都交給了這兩位心腹處理。

高翹著腳，坐在房間一角的天城雪彥是一顆脫離佐伯外科重力場的彗星，過去曾是蒙地卡羅心臟中心的首席部長。

他受東城大學招聘，並接受創辦心臟血管外科醫院的委託。不同於其他人，很明顯是個異端分子。這樣環視完周遭之後，世良才發現會議毫無動靜，且所有醫生都正盯著自己瞧。一旦會議停滯不前，讓會議順利進行便是自己的工作，世良這才想起自己是主持人這件事。不巧的是垣谷猜錯了，無論是黑崎助理教授還是高階講師，都沒有跳出來搶主導權的打算。

在這種情況下，挺身而出對世良雪中送炭的竟是天城。

「嘿！朱諾，不要浪費時間，趕快讓會議繼續下去呀！」

出乎意料之外的發展令世良驚慌失措，他立刻集中精神主持會議。

「請心臟血管外科團隊做第一個報告。」

「我們第一個要報告的是梶谷女士的病例，負責人是世良醫生。」世良著急地看著動也不動的青木，然而青木只是挖苦地說道。

教學中心的成員哄堂大笑，裡頭夾雜著充滿惡意與嫉妒的氣息。

「啊、咦，可是梶谷女士我已經交接給青木醫生了……」世良慌張地說道。

「你自己說會負責術前評估會議的報告的。」

世良咬起下唇。沒錯，自己的確說過這句話。

但因為最近突然被任命為醫務長，又要陪天城去拜訪相關人士，然後還忙著跟花房約會，讓他完全把這件事給忘了，世良感到背上冷汗直流。

「看來新任醫務長還沒進入狀況，為了不耽誤大家時間，今天就先由我來主持會議，這樣可以嗎？」垣谷見狀，開口說道。

佐伯院長大方地點了個頭。

「世良醫務長的發表移到最後，還不趕快去準備病患資料！」

世良飛奔而出會議室，後方傳來眾人笑聲。

為了能夠清楚看到投影片，會議室的燈光暗下。世良坐在房間一角，聽著同儕北島的發表。

——北島大概在想，要是醫務長是他的話，絕對可以做得比世良好吧！

世良認同這個想法，甚至覺得佐伯外科的大家都是這麼想的吧！他對於上頭莫名其妙的安排深感不滿。

發表結束後，指導醫師提出了兩、三個問題，北島都回答得十分得體。垣谷看準時機結束了發問，並點名世良。

「最後請心臟血管外科報告心臟繞道手術梶谷女士的病例。」

世良將X光片放上觀片燈上，開始發表。

「梶谷年子，七十歲，女性。這十年來，因為不斷出現狹心症的問題，經常往返於櫻宮市民醫院。心臟冠狀動脈造影顯示，前降支有八成以上嚴重狹窄。」

「這絕對適合動冠狀動脈繞道手術吶！過去病史呢？」黑崎助理教授遠望著投影片，開口問道。

「病患的糖尿病一直沒有得到控制，感覺是因為病患也患有認知症的關係。」

「認知症加上糖尿病嗎？這樣術後的照顧很棘手啊！」

黑崎助理教授說完之後，世良才又追加說道：「還有，病患一家都是拿生保的。」

生活保護，這句話宛如漣漪般蔓延開來，卻沒有任何人提出意見。

「這張影像似乎不是循環系統內科的，這是怎麼回事？」

在黑崎助理教授的質問之下，世良回答：「那是病患透過櫻宮市民醫院的介紹，直接帶來掛我們一般門診的。」

「醫院規定血管攝影都要請江尻教授處理才行，待會先去跟人家道歉一下。然後去麻醉科諮詢一下術後的鎮靜麻醉，還有其他問題嗎？」

正當世良鬆了一口氣時，一道聲音從他意想不到的方向傳來。

「說到櫻宮市民醫院，就是鏡那間醫院吧！轉診單上寫了什麼？」

說話的人正是佐伯教授。

「沒有附轉診單。」世良一面翻著病歷，一面回答。

佐伯教授驚訝地挑起白眉。

「鏡絕對不會做這種事，因為那傢伙非常一板一眼。垣谷，現在馬上和櫻宮市民醫院聯絡！」

「現在馬上嗎？」

「你是聽不懂日文嗎？」

垣谷立刻從座位跳起，拿起電話。世良反覆翻著病歷，就是沒有轉診單。這是懶得做最後確認的自己出的紕漏。

電話聯繫上了鏡部長，大家看著垣谷在面對大前輩鏡部長卑躬屈膝的樣子。

突然，垣谷講師大聲叫道：「您說什麼？」

垣谷專注地聽著鏡部長的說明，他的樣子很明顯就是發生了什麼非同小可的事情。又敬了幾次禮後，垣谷才終於放下電話。他一臉茫然。

「梶谷女士不可能做冠狀動脈繞道手術的，兩年前，鏡部長在她兩隻小腿都動了靜脈曲張手術。」

眾人的視線集中至站在原地發愣的世良身上。

所謂的冠狀動脈繞道手術，是對因膽固醇堆積導致血管堵塞，血液無法順利流通的病患所施行的手術。

那為什麼動過小腿靜脈曲張手術會引發如此致命的後果呢？

這是因為繞道手術必須使用大腿部較粗的靜脈——大隱靜脈的關係，這種手術必須擷取大隱靜脈來修護心血管。但梶谷女士在動小腿靜脈曲張手術時就已經傷到大隱靜脈了，因此也不可能對她施行繞道手術。

「為什麼會沒注意到這麼重要的事情！」

黑崎助理教授的怒吼響徹整間會議室。世良縮了縮脖子，那是他無法辯解的致命失誤。

「兩年前，在梶谷女士動完靜脈曲張手術後，她的家人以沒錢為由，拒絕支付醫藥費。更可惡的是，他們還故意刁難醫院，趁機敲詐了一筆，現在已經被市民醫院列為拒絕往來戶了。」垣谷像在袒護世良般說道。

「原來不是沒帶轉診單，而是根本拿不出來啊！」黑崎助理教授喃喃自語著。

「但是住院前有先看診不是嗎？怎麼會沒看到小腿上有靜脈曲張手術留下的傷痕呢？實在太粗心了。」四月起，恢復為世良指導醫師的高階講師說道。

有阿修羅之稱的高階講師，過去曾經在外科學會研討會那種盛大場面上，毫不留情地批評過去的恩師。想當然耳，他也不會因為世良是自己人就手下留情。

但令人驚訝的是，這時伸出援手幫助世良的人，竟然是東城大學的首領佐伯教授。

「這對技術還不純熟的小鬼來說難度太高了。你或許不知道，但鏡可是非常擅長精細的縫合，給他動過的手術，每個都漂亮得看不出任何傷痕。那傢伙不懂得要留下手術痕跡，換作是我也會看漏，這次是這小鬼運氣太差了。」

「我同意會有傷痕這種不確定要素，但不能因此就合理化他的失誤。就是因為這個小小失誤，病患的性命才會暴露於危險之中。」高階講師提出反駁。

對於高階講師滔滔不絕地論述道理，佐伯教授只是聳了個肩。

「優秀青年，你說得沒錯，但是你也差不多該學會一件事了，正確的事並不代表一切。事情發生就發生了，怎麼去處理才是我們在這裡開術前會議的意義。」

眾人陷入沉默，然而怎麼看都覺得大家瀕臨絕望。

「看來只能中止手術了。」

高階講師說完後，垣谷講師呻吟似地說道：「這有點難度，剛才在電話中，那個把患者視為第一的鏡部長還警告我們要注意梶谷的家人，說他們很會見縫插針，趁機找碴。」

「更不用說這次還不是他們故意找碴，是我們這邊的失誤。」

黑崎助理教授的話讓世良顯得更狼狽了。雖然想說點什麼，又覺得像在找理由。因為對方有認知症所以無法溝通、叫了他們家人好幾次也都不來，才會無法依約拿到轉診單。再加上突然被任命為醫務長，終日繁忙於不熟悉的公務。雖然是不幸的連鎖效應，但不管是哪個，聽起來都只是藉口罷了。

醫療現場是刻不容緩的，站在讓病患生命陷於危機的事實面前，說什麼都只是在發牢騷。

會議的討論開始走向如何向病患傳達不適合動手術，讓事情圓滿解決。就在那時，房間一角突然出現窸窸窣窣的笑聲，而且還漸漸轉為放聲大笑。

在場的醫局成員們一同看向充滿詭異氣氛的房間角落。

放聲大笑的人正是蒙地卡羅之星，天城雪彥。

「嘿！朱諾，到底為什麼大家要這麼激動啊？」

「因為我一時粗心，現在才知道病患不可能動手術，然後還要想辦法讓對方願意接受這個事實，這並不是件簡單的事。」世良有點惱怒地回答。

「那不要中止手術、幫她動手術不就好了。」天城繼續放聲大笑，並同時說道。

「但是病人沒有可以用在繞道手術上的替代血管啊！」

天城突然止住笑聲，他注視著世良。

「朱諾，你該不會是真的這麼想的吧？」

世良陷入思考，下個瞬間，他突然看向天城，接著又轉向黑崎助理教授。黑崎助理教授一臉不高興，似乎打從天城開始放聲大笑時，他就已經明白天城要說什麼了。

「朱諾，如果是我的直接縫合法，應該就沒問題了吧！」

正如天城所說，這樣只要使用肋骨內側的內乳動脈就好，有沒有大腿部的大隱靜脈一點影響也沒有。他和天城共事了一年，怎麼會沒想到這麼簡單的事情？世良真想往自己的頭上用力地捶下去。接著高階講師從中插話。

「天城醫生如果要接這個手術，也就表示你願意更改自己的原則吧！這樣的話，我舉雙手贊成。」

「你這句話是什麼意思？女王高階。」

你那個外號才是什麼意思吧！如此回嘴之後，高階重新對天城說道：「病患是符合生保資格的，也就是說，她沒有任何財產。這樣就不適用天城醫生要收一半財產的規則了。即使如此你也要動手術的話，我只能想成是你要改變自己原本的方針了。」

天城輕輕地笑了起來，並搖了搖頭。

「女王高階的數學真不好呢！我在接受手術申請時，會要求對方拿出一半財產在輪盤上下注。但要是對方的財產是零的話，一半的財產當然也是零吧！」

「難不成你打算免費幫她動手術？」

高階目瞪口呆地說。高階一向無法容忍天城將錢視為第一的醫療價值觀，這種發展對他而言，宛如反對天城的原因被連根拔起一樣。

「我明明是為了拯救佐伯外科才挺身而出的，你說這種話真令我傷心啊！」

這也是沒辦法的事，世良心想。世良曾親眼目睹滿懷石油貨幣的王公貴族將其一半財產放上輪盤桌。相提並論之下，剛才天城所講的話，實在有違他過去的行事作風。

「不用擔心，真的需要的話，錢就會從天而降的。」

天城喃喃自語後，將身子轉向佐伯教授。

「Monsieur 佐伯，我想把梶谷年子女士利用大隱靜脈搭橋的繞道手術改為直接縫合法，讓病患轉到櫻色中心來，這樣可以吧？」

佐伯教授瞇起眼睛看著天城，接著他從鼻子哼笑一聲。

「照目前的發展，也只能這樣囉！」

「換句話說，這名病患將由佐伯外科正式委託給櫻花樹處理，沒問題吧！」
佐伯教授點了個頭。天城一展笑顏。
「那關於接收病患，櫻色中心這裡也有幾個請求。首先，到手術日為止，請讓世良醫生正式回到櫻花樹底下工作。」
高階醫生的眉毛因驚訝而向上揚起。
「到手術日當天就好了嗎？那跟現在不是差不多嗎？」
「有兩個上司會使部下無所適從，我希望在這個手術結束以前，他可以完全效忠於我。」
「世良，這樣你可以接受嗎？」高階問向世良。
由於自己的失誤，引起教學中心這麼大的騷動，世良也只能點頭答應。
「第二點，我希望將預計下星期三動的手術延到四月底的星期日。」天城以平淡的口吻繼續說道。
「東城大學沒有在星期日動手術的！」黑崎助理教授反駁。
世良不自覺地叫了一下。天城對發出叫聲的世良眨了一下眼睛。
「朱諾，你明白了嗎？這就是命中註定。」天城環視著教學中心所有成員，朗朗說道：「梶谷女士的手術將做為幾天前，我跟大家報告的外科會員大會的公開手術。」
高階講師、黑崎助理教授、垣谷，以及全體成員都驚訝地看著天城。

「第三點。」

「還有啊？」佐伯教授不耐煩地說，天城向他敬了個禮。

「這是最後一點了。前幾天，主教黑崎在會議上表示拒絕垣谷講師協助我的手術，現在我想重新提出請求，希望垣谷講師能夠擔任當天的手術助手。醫療的本質就是守護病患的生命，這點比任何事情重要，學會發表才是其次。」

黑崎助理教授不情願地點了個頭，事到如今，他早就失去拒絕的權利了。他漸漸明白，萬一天城真的鬧起脾氣，自己的研究中心就倒大楣了。

「雖然我同意你的申請，但有一點我一定要特別強調，我跟那些小鬼不一樣，你要是再叫我主教還是什麼亂七八糟的綽號，以後我絕對不會提出任何幫助。」黑崎助理教授呻吟地說道。

「知道了，以後我會多加注意的，主教黑崎。」

天城笑著說完後馬上摀住嘴巴，露出說溜嘴了的表情。

鏗鏘！隨著一聲巨響，黑崎助理教授站起身，發出怒吼般的宣告。

「今天的術前會議就到這裡結束，解散。」

看樣子，黑崎助理教授已經等不及司儀宣告會議結束了。

「天城醫生好像很執著世良你呢，黃金週以前就好好跟著天城醫生，在那之後要趕緊把心情調適回來，不這麼做的話，你就無法再回到日本醫界了。」高階講師對世良說道。

接著又對天城說道：「今天這種結果對我來說也是一樁美事，這樣我就不用在大眾面前動我不擅長的心臟繞道手術出糗了。」

「話是這樣說，但總有一天，我跟高階醫生會站在同個舞臺上跳舞的吧！畢竟那是我們的宿命。」天城笑著回答。

「可以的話，這種宿命還是免了吧！」

拋下這句話後，高階講師轉身離開。世良一面觀察天城的表情，一面跟著高階講師離開會議室。

「竟然能把這場混亂收拾得這麼漂亮，但我也因此感到有些失望呢！高階、黑崎，還有天城你們是佐伯外科的三羽烏，但比起我年輕的時候，還是略顯不足。時光的流逝真是殘酷啊！」留在最後的佐伯教授開口說道。

「Monsieur 的意思是，在您那個時候，一下子就可以解決這種問題了？」

佐伯教授抬起白眉，點了個頭。

「沒錯，即使沒有人特別突出，但要是換成當時的真行寺外科三羽烏，櫻宮巖雄、鏡博之，以及我，絕對都會以各自的做法搶當先驅。」

天城聳了個肩，輕笑道。

「懷舊老人的忠告我多少會聽的，畢竟要敬老尊賢嘛！」

佐伯教授面無表情地起身，走出會議室，獨留天城在會議室。

被獨自留下的天城輕輕地哼著詠嘆調的其中一小節，嘴角微微上揚。

8 公開手術in櫻宮

四月二十八日（週日）

四月的最後一個星期日是連假的第一天。一早就必須出勤的世良來到了醫院大樓，卻看見被稱作是醫院鐵人的心血管團隊同儕，青木老早就在護理站工作了。這幅景色一點都不稀奇，但世良卻因為下一個看到的人是高階講師而嚇了一跳。

您今天不是沒事嗎？如此問了之後，高階講師點頭回答。

「雖然沒有我出場的機會，但身為佐伯外科的一員，出席也是應該的。」

「本來想說連假第一天就被叫來做這些事，還想抱怨幾句的，結果高階醫師那樣說，害我什麼話都說不出來了。連發個牢騷都不行，有夠衰的！對了，你有時間的話要不要一起去回診？天城醫生應該都沒去跟病患做事前溝通吧！」青木一邊看著高階講師踏著輕快的步伐離去，一邊說道。

經青木這麼一說，世良點了個頭。

「有青木支援真是放心啊！」

「那是因為手術結束後病患是由我照顧的，不用放在心上。」
「就算是那樣，也幫上大忙了。」
交談完後，兩人一同起身，前往手術病患的病房。

世良與青木一進到房間，就看到頭上黑髮參雜白髮的梶谷年子女士坐在病床上，雙手合十，不斷唸著南無阿彌陀佛、南無阿彌陀佛。一名中年男子坐在她身旁的折疊椅上，他戴著淺色系的太陽眼鏡、穿著不符時節的夏威夷襯衫，腳不停地抖動著。

「你們就是我媽的醫生嗎？我有一些事情想跟你們講啦！」中年男子抬起頭來說道。

世良想起病歷上的聯絡方式，記載著兒子梶谷孝利。

總算來了啊！世良在心中如此想到，同時也回應對方「請問是什麼事？」

「我是很感謝你們照顧我媽啦！但我剛才問護士才知道，你們要把我媽的手術變成一場表演是不是？」

「那是學術集會裡的其中一環，主要是為了讓更多醫師能夠學到外科手術的技巧。」

「觀眾是不是醫生倒是無所謂，總之就是要給大家看吧！那你們應該先跟我這做兒子的商量才對啊！」

「我們星期三有打電話到府上，也取得您妻子的同意了。」

「那種女人能算是個好妻子嗎？而且那傢伙跟我媽又沒有血緣關係，就算她說可以也不行啊！」

世良面如土色。難不成那天會議上說的惡夢就要在眼前發生了？

但是他也沒辦法，誰叫怎麼三催四請，她兒子就是不願來醫院，甚至還掛他電話。而世良也因為打了好幾次電話，都把她兒子的名字記起來了。光是要對方同意動手術就已經竭盡全力了，當然不可能詳細說明。儘管如此，他還是努力讓孝利的太太點頭同意了。當時電話那端感覺也十分疲累，現在想想，光看孝利的樣子就可以明白為什麼了。這一連串的過程，可以看出他們家的問題就出在這個兒子身上。

「既然如此，您覺得應該怎麼做才好呢？」

梶谷孝利因為世良的提問瞬間有點掃興的樣子，接著他不懷好意地笑了起來。

「問得好，醫生也認同這樣做就是在表演嘛！那照社會常理來看，當然也要給我們一點酬勞才對。」

不只要醫院幫忙治療，還要趁機敲詐一筆嗎？但由於公開手術並非尋常之事，主辦單位的立場偏弱，無法強硬反駁。

看著陷入沉默的世良，孝利正想趁勢說些什麼的時候。

房門打開，一名高大時髦的男人走了進來。孝利因此瞪大了雙眼。

公開手術的主刀醫師，天城雪彥拍了拍世良的肩膀，低聲說道：「這種程度的糾紛都無法處理的話就太窩囊囉！朱諾。」

接著他張開雙手，開朗地向那名中年男子搭話。

「您就是梶谷年子女士的兒子嗎？初次見面，我是今天的主刀醫師天城，這次非常謝謝你們協助參與公開手術。」

「哦、噢！你就是地位最高的教授醫生嗎？」瞬間被天城華麗的語調震懾住的孝利，馬上想起自己的優勢，他開口說道。

「沒那回事，我只是受雇於東城大學的底層醫生，比較會動手術而已啦！教授這個稱號真是令我不勝惶恐……」

天城以這種不知道是謙卑還是傲慢的說詞唬住了孝利。

「不是教授級的醫生也沒關係，聽得懂我說什麼就好。就是啊，我媽的手術變成一場表演的話，我們家可以拿到多少錢？」

天城眼中散發出冷酷的光芒。然而下個瞬間，他卻張開雙手，充滿朝氣地回答。

「真是單刀直入，這樣也能省去不少時間。為了對您的正直表示敬意，我也不拐彎抹角了。做為感謝你們協助這次公開手術的謝禮，櫻色中心會支付您一億日圓。」

「你說一、一、一億？」孝利瞪圓了眼睛，嘴巴也同樣張得圓圓的。

「一億還不夠嗎？」

站在一旁的世良與青木目瞪口呆地看著天城，但他只是若無其事。

孝利吞了口口水，急忙搖頭道。

「不、沒這回事，只是聽了有點驚訝。」

他搓了搓手，討好似地往上望著天城。

「那、那個、也就是說，不知一億圓可否當場以現金付款？」

極不自然的敬語表現。世良盡力忍住苦笑的同時，也為天城口頭答允對方會不會出事而感到不安。

「不太可能以現金付款，但是手術成功後一拿到錢，馬上就會支付給您。」對於世良的不安，天城只是無動於衷地說道。

「也就是說要先賒帳囉？」能如此輕易地將商業用語掛在嘴邊，大概是因為他曾經經營過日常用品店的關係吧！

「是的，但錢要下來應該沒這麼困難。」

「那請問大概會是在什麼時候呢？只要跟我說個大概就好，讓我有個頭緒這樣。」

「這就要看梶谷先生了。」

「看我？這話怎麼說？」

天城從西裝式的白袍口袋中拿出一個信封交給孝利。孝利一臉納悶地拆開信封，不要多久，他的臉都綠了。

「這、這什麼啊！」天城看著孝利的反應，微笑回答。

「這是手術費用的請款單，已經算您很便宜了，如果有哪裡不清楚的地方，我都可以為您詳細說明。」

「手術費用要一億圓？開什麼玩笑！」孝利說完之後，天城只是聳了個肩。

「您該不會覺得可以免費接受世界最先端的心臟外科手術吧？」

「我、我才沒有這麼想，要動手術就要付錢，這是應該的。」

那你還賴掉櫻宮市民醫院的手術費用！世良差點脫口而出。

「那您可以先支付手術費用嗎？」

「我當然也想付，但怎麼說一億圓這個數目也太大了吧！」

被反咬一口的孝利不禁惱怒。但他的反應實在令人同情，畢竟沒有多少家庭被這樣說了就能馬上拿出一億圓現金。

「真傷腦筋耶！要是沒辦法在手術前付款的話……」

「您該不會要說沒有錢的話就不能動手術吧！生命跟錢哪個重要啊？」

「當然是生命啊！因為錢沒有辦法買到生命嘛！」

世良目瞪口呆地注視著一直說些漂亮話的天城。

「但是，我付不出來一億圓啊！」

天城瞇起眼睛，盯著態度突然強硬起來的孝利。他的表情看起來就像是在微笑一樣，世良因此感到全身發寒。

「其實梶谷先生手上已經有一億圓了，您忘記了嗎？」

梶谷一臉不可思議地看向天城。

「我指的是公開手術的謝禮呀！只要拿那筆錢來付手術費用的話，一切就能圓滿結束了。」天城一臉淡然地繼續說道。

天城一臉開心地拍了一下手。

「對耶，我真是想了一個好方法，要是您沒辦法在手術前支付手術費用的話，就拿謝禮來抵手術費用就好啦！這樣我也不用付銀行轉帳的手續費了，真是一舉兩得！」

孝利感覺還想說些什麼，卻又欲言又止。天城趁機給了他最後一擊。

「您有什麼不滿嗎？您應該沒有突然不想讓母親動手術這種惡劣的想法吧！」

「才、才、才沒有那種……事。我媽就拜託您了。」孝利搖了搖頭，一面惱怒地說出不自然的敬語，一面低下頭來。

但在他說出這番值得讚賞的話之後，還是忍不住把內心所想的事情吐了出來。

「不過，要是我媽發生什麼事，到時候我可不會付手術費，而且還要跟你們收手術表演的費用吶！」

孝利語帶威脅地說。一般人聽了應該都會感到擔憂，然而天城只是爽快地回應。

「Bien sûr.（那當然。）」

天城誇張地張開雙手，梶谷年子轉向他雙手合十。

「感恩、感恩、南無阿彌陀佛、南無阿彌陀佛。」

「吵死了，死老太婆！」孝利轉向自己的母親，低聲罵道。

「C’est fini.（這樣就結束了。）接下來就交給你囉！朱諾。」天城從世良身邊走過，在他耳朵旁輕聲說道。

世良點了個頭，一抬頭，天城的身影就在那瞬間消失，只剩下青木一臉呆然地看著整個對話結果。

正中午，手術開始前兩小時。天城將手術成員聚集在新院區的頂樓，院長辦公室隔壁的接待室。他邀請大家享用擺放在桌上的三明治。

「讓我們發自內心，一同感謝 Monsieur 佐伯願意開放院長接待室給我們吧！」

天城這次指定要院長辦公室做為手術行前會的會場。在黑崎助理教授還在譴責這種欠缺常識的要求時，佐伯院長倒是乾脆地允諾了。

聚集在此的成員，幾乎都是一年前在東京國際會議廳舉辦日本首次公開手術的同班人馬。

第一助手是垣谷講師。他原本應該在大阪難波循環內科學會擔任研討會講者發表，但由於要處理難纏病患一家的問題，佐伯外科不得不將全力放在櫻宮外科會員大會這場大型手術上。在天城蠻橫的指名下，垣谷講師從研討會講者變成公開手術的第一助手。

第二助手青木是心血管團隊的底層人員，和世良一樣是第四年住院醫生。

麻醉醫師是醫院裡手腕最高明的第一人選、被視為將來的教授候選人的田中助手。

臨床工學技師並非大學相關人士，由於公司異動，這次由老練的崛江出馬。

手術護士是貓田與花房。據說這兩位人選並不是手術室福井護理長所指定的，而是佐伯院長強硬要求的。那些愛在走廊嚼舌根的人還煞有其事地說，都是因為藤原護理長哭著去央求榊總護理長，護理長才願意放人的。花房還兼任外圍的流動人員，也是流動人員世良的助手。

和前次不同，這次沒有主持人高階講師。天城向成員說明這次不會接受現場觀眾的提問，只會單方面地說明。因為他判斷在櫻宮這塊溫厚的土地上，在手術中問答一點意義都沒有。

「手術究竟有沒有辦法順利執行呢？跟上一次相比，這次的難度明顯提升不少。」

「第一助手這樣想可麻煩了。朱諾，總結一下病患的手術危險因子。」聽完垣谷如此說著，天城向世良說道。

雖然因為突然被點名而感到驚訝，但世良還是不慌不忙地回答。

「病人患有認知症，術後管理較不容易。另外病患本身患有糖尿病，血糖已經不受控兩個月了。再加上病患曾經做過靜脈曲張手術，萬一真的發生什麼事，也沒有辦法臨時替換成靜脈繞道手術。」

「朱諾，你這個不叫危險因子，只是懦弱的外科醫生在找藉口而已。」兩頰塞滿三明治的天城，打了一個大大的哈欠後，敷衍地說道。

被天城一語道破後，世良低下頭來。因為事情就像天城所說的那樣，他無法辯解。

「垣谷醫生，剛才提到的危險因子都是術後管理的問題，手術部分是不需要擔心的。這場手術的風險並不高，**Anastomosis**（吻合部位）也只有一個地方而已。」

「過去我們成功完成了公開手術，正是因為有了那次成功的經驗，現在我們可以很有自信地往下個階段邁進。萬一發生什麼事，我希望大家也不要慌張，繼續專心手上的工作就好。」天城將手中的三明治整片吞下，繼續說道。

從天城口中說出這般理所當然的話，反倒讓人覺得很不自然。之所以會這樣想，恐怕是因為世良比任何人都還要理解天城的心思。

「一個小時後，我們在第一手術室集合，在那之前大家可以自由活動。」

如此宣告後，天城走出房間。他的背影絲毫感受不到任何與迫在眉睫的公開手術相關的壓力。其他成員三三兩兩地離開，最後只剩下世良跟花房。

兩人獨處之後，花房走近佇立在窗邊的世良。

「手術沒問題吧？」花房問道。

原本站在窗邊遠眺著遠方閃耀水平線的世良回過頭去。

「有沒有問題不是我這種小醫生會知道的，那是天城醫生才會知道的領域了。」

「說得也是。」

「竟然敢在院長室做這種大逆不道的事情，真是不得了的護士啊！」世良握緊對方細長的手指，在她柔軟的秀髮間輕輕低喃著。說完這句話後，世良快速地啄了一下花房的脣瓣。

花房因驚訝而睜大眼睛。

「大逆不道的人是世良醫生。」快速拉開與世良的距離後，她低頭說道。

「差不多該走了，雖然還有半小時才到集合時間，但總覺得在這裡靜不太下心。」世良看向牆上的時鐘，開口說道。

花房點了個頭。

位於櫻宮丘陵山頂的東城大學醫學部附設醫院裡，陸陸續續開始聚集了不少充滿上進心的外科醫師。佐伯教授依照天城的建議，將別館的大講堂做為會場開放給主辦單位。

在櫻花電視臺的協助之下，大講堂裡設置了轉播機器以及三臺大型螢幕。然而這些事前準備的消息似乎不小心走漏了，報名參加的人數躍升，最後甚至超過了三百人。櫻宮市醫師會在不得已的情況下，只好限制參加人數。東城大學也因此追加提供了外科系與內科系的小教室，並為了讓更多人可以觀摩手術，甚至還開放第一演講廳給內部同仁直接觀看手術技巧。

世良原本想在前往手術室前先到大講堂偷看一眼，沒想到卻是錯誤之舉。

光是從距離醫院玄關一小段距離的位置看過去，都可以明白現場狀況十分混亂。

大講堂外頭聚集了穿著西裝的人群，還有人前去詢問工作人員，說他們從一個小時前就開始排隊了，現在卻說無法進去是怎麼一回事。大講堂可以容納三百人，後面的空間再擠一下的話，應該可以塞到四百人。而滿到講堂外的人粗估還有一百人左右。

——這裡至少也有五百人。

世良目瞪口呆地看著。

平常參加外科會員大會的人最多也才五十人，幾乎都是三十人左右，今天卻非同凡響。從大講臺折回往手術室的路上，世良腦中完全沒有走在自己身後、個性堅強的花房的存在，他的表情因緊張而僵硬著。

9 光速般的手術

四月二十八日（週日）

在世良抵達第一手術室後，患者已經在手術房裡了。貓田溫和地向她搭話後，梶谷女士便「感恩、感恩」地回答。麻醉醫師田中助手將透明的液體注射到梶谷女士的左腕靜脈，剛好一分鐘，病患便進入睡眠。原本負責照顧病人而隨侍在旁的貓田也趕緊去刷手，從手術房內消失。

星期日的手術房悄然無聲。但總覺得跟平常的氣氛不太一樣，或許是有兩名攝影組的關係吧！外部人士闖到手術室內部來，福井護理長大概歇斯底里地罵了好一陣子吧！兩名攝影組織之所以可以融入手術團隊，或許是因為率領團隊的是天城也不一定。

天城大概是形象和親和力都非常好的外科醫師。

攝影組在待機時，穿著手術衣的天城登場了。他環視著手術房，最後坐在放置於角落的圓椅。他將兩手放在胸前，閉上雙眼，姿態彷彿是在祈禱。

然而世良非常清楚，天城其實是個無神論者。

穿戴著拋棄式手套的世良與花房，開始對病患的身體做表面消毒。世良一將茶褐色的優碘棉球塗滿病患的身軀，花房便拿起沾滿氯己定的白色棉球將茶褐色的部位抹成透明。兩人的動作非常合拍。

垣谷與青木進到手術房裡。他們兩人從不知何時已經在手術臺旁準備的貓田手中接過藍布，不發一語地攤開。蓋上藍色布條後，底下便不是人類的身體，而是即將手術的區域。

世良蹲在地上開始敲起碎冰，這是為了等下要讓心臟浸泡在冰水而準備的。一旁的臨床工學技師幅江正專心致志地確認著人工心肺機的功能。

「開胸，裝設人工心肺機之前都由我們來負責嗎？」準備工作完成後，垣谷問向天城。

「這次從頭到尾都由我來，因為今天的手術要讓它在一個小時內結束。」天城站起身說道。

「一、一個小時內？這在物理上來說根本不可能。」

「只要徹底利用時間就有可能，所以從開胸開始我會親自出馬，不這麼刺激的話，這種手術就太蠢了，實在做不下去。」

天城在主刀醫師的位置就定位。會說蠢是因為不甘願做這種賺不到錢的手術嗎？抑或是這樣就沒有學習價值、只是一般的手術了？世良毫無閒暇去思考這種問題。

「攝影機，On！」天城一說完後，原本耀眼的無影燈下又多了一層攝影機的光，照亮了整個手術區。

下個瞬間，手術刀儼如閃電般唰地劃過，手術正式開始。

胸骨從桃色的肉塊中現形，他握住鋸刀，用鋼鐵之刃鋸斷胸骨，再以右手將鋸刀交到垣谷手中，並用左手從貓田那裡接過牽引器，再放進胸骨的切口深處。待心包露出後，天城才用耳麥向大家打招呼。

「櫻宮的各位外科醫生大家午安，我是主刀醫師天城。手術開始時間為下午兩點整，現在經過五分鐘，現在已經可以看到心包了。為了要在這名患者的心臟右支基部實施直接縫合術，接下來我會開始製作內乳動脈的血管。」

天城宛如機關槍般快速地說話，卻沒有停止手中的動作，讓內乳動脈露了出來。在那段期間，他還命令第一助手垣谷縫合血管切口。

「這次反而要縫合內乳動脈嗎？」

垣谷開口問道。上次的手術是因為日後還有機會用到內乳動脈的切口，所以才縫合另一側的血管。天城迅速地用耳麥回答。

「上次是把內乳動脈的切口跟另一側的內乳動脈縫合在一起，那是因為想到之後還有機會再用到，但這次的患者已經七十歲了，所以就不考慮了。」

天城以解說的方式用耳麥回答垣谷的問題。他一邊整理分離出來的動脈，一邊對助手垣谷與青木下指示。垣谷與青木正在進行他們的工作時，天城手中的剪刀頭也光滑地將血管壁挖了出來。「安裝人工心肺機、止血鉗、OFF、啟動。」

手術房內響起天城的指示聲，接著是人工心肺機開始運轉的機械聲。

「**Bien.** 現在開始直接縫合術。」

天城的手術刀劃斷負責供應病患心臟營養與氧氣的冠狀動脈，貓田將已穿上縫合線的持針器遞上。天城的指尖一閃，針便沿著那條線畫出美麗的弧線。他將接過來的線一一縫在新動脈的切口上，每個切口六針，一條動脈有兩端，須花上十二針。接過持針器花了三秒，以止血鉗夾住血管切口則是兩秒，讓線穿過針要五秒，再加上十秒縫合，接著再花上五秒切斷已縫合的切口。每個地方的縫合大約要花三十秒，最後他花了三百六十秒縫合十二處，亦即六分鐘。他的指尖努力追求著讓三十秒再縮短零點一秒的極限。那些利用遠端設備觀看手術的禮堂中的大眾都倒吞了一口口水，靜靜地凝視著天城的手法。當天城抬起頭時，指尖也完成了所有縫合。距離縫合開始，時鐘上的指針只移動了四分鐘左右。儘管如此，眼前卻已經出現了修復完全的冠狀動脈。世良不禁寒毛豎立。

天城指示臨床工學技師取下人工心肺機，電源信號往心臟送去沒多久，心臟再度恢復跳動。

天城凝視著縫合處，那裡目前是時間停止的狀態。

「縫合手術傷口。」好長一段時間，天城終於抬起頭來，一臉平靜地說道。

他移開牽引器，用針線繫緊胸骨。縫合皮膚的手法和剛才縫合冠狀動脈切口的縫法完全不同，顯得比較粗糙，但出現在眼前的縫合痕跡還是相當光滑。

天城停下手邊的動作，瞄了一下牆上的掛鐘，一臉嚴肅地對攝影機說道：

「C'est fini.（結束）現在時間是兩點五十五分，手術時間共五十五分。」

透過耳麥傳達的宣言也直接傳遞給位於大講堂的人們，世良的耳邊傳來大講堂的歡呼聲，那並不是他產生幻聽，而是世良向來敏銳的聽覺，聽到了來自遠方的鼓掌聲。世良感到眼前的天城背影十分耀眼。

天城拿下耳麥，扯掉滿是血跡的拋棄式手術服，瞥了一眼手術區。

「術後管理沒什麼特別需要注意的，剩下的你們就聽從主教黑崎的指示……啊，不可以用這個稱呼。」

天城急忙摀住嘴巴，並向垣谷看去。

「剛才的失言要幫我保密喔，黑崎助理教授現在正在難波參加研討會，只要這裡沒有人告密，我就不會有事了。」

對於天城滑稽的舉動，垣谷跟青木倒是老實地點了個頭，同時回應了術後管理的指示，以及要對黑崎助理教授保密這兩件事。

「櫻色中心的手術業務就到這裡結束了。朱諾還有一個工作，跟我走。」

天城穿著藍色的手術服和拖鞋，往手術房外走去。他的肩上還掛著一只皺巴巴的背袋，一點都不像是平常時髦打扮的天城會有的配件。世良追趕在他的身後問道。

「你穿著手術服是想要去哪裡啊？」

「問這什麼蠢問題，想知道我要去哪裡，跟著我走不就可以知道了！」

世良抬起頭來眺望著遠方，他的視線停在熱鬧歡騰的大講堂。

大講堂裡已然陷入了激昂，那是因天城的才能而颳起的熱潮。只是取出心臟冠狀動脈再做替換的簡單發想，卻因為它的單純更顯美麗，擊潰了在場的所有外科醫生。彷彿算準時機似的，穿著手術服的天城一現身於會場，大講堂內的熱潮更到達了顛峰。原本塞在講堂入口的外科醫生分成兩群，為天城闢出一條新路。講堂內的走廊擠滿了人潮，但那些人牆也在看到天城後，自然而然地讓出路來，讓天城可以直直地登向舞臺。天城悠然地走在勝利之路上，周遭的沸騰也隨著他的腳步漸漸平靜下來。

跟隨在英雄身後的世良小聲問道。

「接下來是要幫大家解說手術內容嗎？」天城聽聞回過頭來。

「朱諾猜錯了！做那種一毛錢都賺不到的事情要幹麼？」

經天城直截了當地回答後，世良覺得自己就像一頭笨驢子。

踏上講臺的天城宛如貴族般向大家敬了個禮。

那個瞬間，時間忽然停止了。下個瞬間，巨大的掌聲籠罩住整個會場，好像要摧毀這座古老的講堂似的。天城閉上眼睛，沉浸在那些掌聲之中。

「在醫療前線努力的各位，親愛的櫻宮的外科醫生們。」他拿起講臺上的麥克風，測試性地喊了幾聲後，向觀眾們說道。

天城意外的發言讓現場頓時鴉雀無聲，大家專心一致地聽著他的演說。天城看向觀眾席的某處，世良順著他的視線看過去，坐在那裡的是抱著兩隻胳臂、一臉不高興的高階講師。

「即使前所未有的好景出現陰影，經濟崩盤的破綻顯露，日本的國力卻依舊強大。儘管如此，醫療界也一轉看似永無止境的好景，開始變得艱辛。這種發展持續加速的話，日本的醫療便會受到徹底的打擊。因此，做為醫療尖兵的各位外科醫生，現在，我們有必要建築醫療前哨的碉堡。」天城微笑地繼續說道。

現場的觀眾因為天城突如其來的演講感到困惑，不曉得他到底想說什麼。

彷彿要回答會場全員的疑問似的，天城生動地宣布：「要體現理想的醫療，就必須在櫻宮市創立櫻色中心。關於這點，櫻宮市政府將會在最近公開官方發表，請各位再稍等一下。」

現場的來賓似乎都聽不太明白櫻花樹的意思，他們開始在底下窸窸窣窣。天城再度看向觀眾，在向高階講師的位置帶有一點宣戰的意味後，他的目光轉向另一側的座位。

「那麼，接下來我要為大家介紹今天的大功臣，梶谷先生，請到這裡來。」

世良驚訝地看向天城。但更驚訝的人是早上被天城擺了一道的手術病人的兒子——孝利。

「咦？啊、不、我又沒有做什麼事……」

孝利慢吞吞地回答，接著面露不安地起身。

「他是今天公開手術病患的兒子，梶谷孝利先生。各位之所以可以看到這場手術，都是因為有病患家人的理解與肯定，請大家給他們盛大的掌聲。」天城立刻接著說道。

孝利戰戰兢兢地看向周遭。天城一伸出雙手，會場便又安靜下來。

「其實這次的手術是義工性質，說起來我的手術原本就沒有健保給付，所以也無法申請健保。再加上梶谷先生一家人都是生活保護身分，就算接受健保以外的手術，也拿不出錢來。」

孝利有點難為情地縮了縮身子。高階講師目光如炬地瞪向天城。

「這場手術是由預定創立的櫻色中心負責實施的，但櫻花樹一毛錢都拿不到。關於這點倒是無所謂，我一個人忍一忍就沒事了。比較需要擔心的是他們有可能付不出錢來給負責術後管理的東城大學，照這樣下去，就算手術成功了，也無法保證術後能否安心靜養，因此……」

天城停止說話，他看向擠滿會場的觀眾，打開那皺巴巴的背袋。

「現在開始要對會場的各位募捐，我的部下會拿這個袋子下去，還請大家多多幫忙。另外，各位醫師都是高收入分子，捐款請以紙鈔為主，還請不要拿硬幣，這樣我們也比較好計算。」

只見在後方圍觀的一群人散亂地離開大講堂。天城見狀，嘴角露出一抹諷刺的微笑，並將背袋交給世良。

世良依照天城的指令，走進觀眾席的走廊。轉眼間，便有不少觀眾在世良走近後，往背袋投入紙鈔。雖然幾乎都是一千圓鈔票，但偶爾也會有比較熱情的人投入萬圓紙鈔。不知不覺，皺巴巴的背袋裡便充滿了紙鈔。

「今天是連續假期第一天，花兩個小時看那些無聊的戲劇，和花一個小時看我可能超越金氏世界紀錄的世界首場繞道手術相比，哪個更令各位覺得刺激過癮呢？就當作是看場特別表演，幫忙捐一點吧！」天城一邊觀察著現狀，一邊補充說道。

手拿鈔票的人牆越來越厚，世良帶著裝得滿滿的背袋回到講臺。天城向所有來賓敬了一個禮。

「非常謝謝大家的協助，朱諾，數一下總共有多少募款。」

世良目瞪口呆地看著天城。要在這麼多觀眾面前數鈔票嗎？

然而天城的命令是無法違抗的。他將紙鈔倒在桌上，從最多的千圓鈔票開始十張十張的束成一捆。其他來賓們都吞了口口水，安靜地看著堆積如山的紙鈔。

又過了一陣子，世良終於抬起頭來宣布總數。

「總共是九十二萬五千圓整。」

「這金額真是不上不下，只差八萬就滿一百了，那就由櫻色中心來……」周遭不禁喧譁起來，天城開口說道。

天城話才說到一半，觀眾席突然傳來毅然決然的聲音制止了他。

「不，讓我來出吧！」

坐在觀眾席最前列的一名老紳士站起身，他拄著拐杖走上臺，將嶄新的鈔票放進先前的鈔票堆裡。這個舉動立刻引來一陣掌聲。

天城向捐出大筆金額的紳士表達謝意，並如此命令世良。

「朱諾，把這些錢分成五十萬兩疊。梶谷先生，麻煩您再到臺上來一次。」

世良依照天城的指示，將一百萬圓的鈔票分成兩座小山，最後剩下一張五千圓紙鈔。

登上講臺的孝利目不轉睛地盯著桌上隨便分堆的紙鈔。天城將其中一堆小山，總共五十萬圓的鈔票放進背袋裡，走向孝利。

「如果這些你就滿意的話，就都給你了。但要是你敢毀約、之後還想客訴的話，到時候可是與整個櫻宮市醫師會為敵喔！」他在孝利的耳旁輕聲說道。

孝利點了個頭，小聲回答。

「您不僅免費幫我媽動手術，還給我這麼一大筆金額，我絕對不會那麼貪得無厭還抱怨東抱怨西的。」

天城微笑著來回看著觀眾席與梶谷孝利，這次他放聲喊道。

「這是大家的一點心意，感謝您協助公開手術。換句話說，這些錢都是老天爺給的，請將這筆錢花在您母親的術後治療上。」

孝利緊緊抱著從天城手中接過的背袋。皺巴巴的藍色背袋，現在看起來好像從一開始就是孝利的東西一樣。

孝利向會場敬了個禮後，輕聲對天城說道：「您簡直就是個活菩薩啊！醫生。」

天城指了指下臺的路徑。孝利的身影在掌聲中消失後，天城再度向觀眾席說道：「剩下的五十萬圓會交給東城大學醫學部附設醫院，感謝他們提供手術室的器材，還有假日還得加班動手術的各位醫護人員的薪水。這部分會交給佐伯外科的代表高階講師處理。高階講師，請移駕到臺上來。」

受天城指名，高階講師一臉不情願地走上講臺。

「不好意思，我忘記準備信封袋了，這樣把錢直接攤出來實在是很失禮，等下我會交代部下處理，還請您先笑納。」

高階講師沉默地點了個頭。

「最後這五千圓，就當作各位請今天實施手術的我，以及我的助理吃一頓小小的晚餐，這樣可以嗎？」天城拿起剩下那張五千圓，開玩笑地說道。

震耳欲聾的掌聲再度傳來。天城優雅地向大家行了個禮，再將那張紙鈔收在胸前的口袋裡。

「不麻煩的話，可以請您代表會場的各位，為大家致個詞嗎？」接著他轉向捐出最大筆金額的老紳士說道。

老紳士看著朝自己遞出的麥克風，瞬間猶豫了一下，但還是伸手接過麥克風。

他輕咳一聲，接著以嘹亮的聲音開始說道：「櫻宮市醫師會的各位，非常感謝大家在連假第一天，不辭千里前來參加櫻宮會員大會。我是櫻宮市醫師會的會長真行寺。」

世良瞪大了眼睛，凝視著那名紳士。

沒想到他竟然是櫻宮市醫師會的會長！

「首先，感謝天城醫生與東城大學的醫療團隊為我們演示了這麼精采的公開手術。同時也感謝現在人在難波參加循環內科學會而無法出席的東城大學綜合外科佐伯教授。原本應該一開始就要上臺跟大家打聲招呼才對，拖到現在才上臺，真是不好意思。」真行寺會長繼續說道。

接著他轉向天城。

「上次提到的新建設，櫻色中心，櫻宮市醫師會是持反對意見的。但今天看了天城醫生精湛的技術，以及以患者為優先的胸懷，實在令人欽佩。雖然是個人意見，但我個人很希望櫻宮市醫師會能夠改變主意，全面協助您。」

真行寺會長看著佇立在天城身邊的高階講師。高階講師沉默地閉上眼睛，刻意避開對方的視線。

「市府當局接下來要討論的課題堆積如山，除了買賣用地、調配建材，還要注意地區醫療的整合性，但如果櫻宮市醫師會願意出面協助的話，相信那些都不是難事。現場也有許多醫生，大家覺得如何？」真行寺會長將目光移回會場，繼續說道。

現場掌聲四起，但同時也伴隨著一些騷動，和先前的掌聲感覺有所不同。天城伸出雙手，走向真行寺會長。

「櫻宮市醫師會會長的英明判斷，將來一定會成為象徵櫻宮、不，是全日本醫療的黎明並流傳後世的吧！」

天城與真行寺會長握了個手。

盛大的掌聲包圍著兩人。

三十分鐘後，原本人山人海的大講堂早已不見半個人影。

空蕩蕩的會場，只剩下站在講臺上的天城與世良，以及坐在觀眾席上的高階講師三人。

「以前我曾說過，公開手術不過就是雜耍罷了，現在我要訂正這句話。」高階講師看著講臺，開口說道。

「哦？看來女王高階終於理解啦！」天城瞇細眼睛，輕輕笑道。

語畢，高階講師站起身，瞪著天城說道：「完全相反，這種東西連雜耍都稱不上，只是不入流的街頭表演而已。」

「女王真的很討厭我耶！」天城笑得心花怒放地回應。

「雖然你今天騙倒了那些單純的聽眾，但我知道你只是個會用錢來衡量病患的歧視者。」

拋下這句話後，高階講師直盯著天城。

「第一回合算我輸了，但是這不過是個小測試罷了，接下來才是重頭戲。」

高階講師離開位置，走出會場。

他的背後傳來天城挖苦的聲音：「那些捐款明天我會請朱諾拿過去的，請務必收下。」

「世良，你要是把那些錢拿給我我會很困擾的，請你明天直接拿給佐伯院長。」高階講師頭也不回地回答。

空蕩蕩的會場，只剩下天城的口哨聲迴盪著。

世良看著高階講師的背影，表情似乎在說話。

——這就是天城醫生啊！

公開手術前不久明明還找不到病患，結果不知怎地病患就出現在眼前了。本來大學醫局都對他帶有反感，但一回過神來，他卻為了守護大學醫局動了那場手術，甚至還讓大家積極地協助他。就連有所覺悟拿不到半毛手術費，結果大家卻自發性地捐款了。

更不用說原本已經窮途末境的櫻色中心建設，也因此有了進展。

櫻宮市醫師會真行寺會長在大眾面前公開表明會全力支持，這個舉動背後代表的意義不容小覷。

當然，原本應是持反對意見的櫻宮市醫師會之所以會拜倒在天城門下，也是因為天城高超的技術，然而這也同時證明了醫師會柔軟應對事物的功利主義。見機行事的醫師會長年被大家批判見風轉舵，但也是因此他們才能保有強大的實力。

而這正是天城的天命。

天命這種東西，只會降臨到那種不顧眼前的阻礙，勇往直前去突破、一心一意專注在自己的黃金之路的勇者面前。

天城的面前，沒有任何障礙。

就算有誰在那條路上設下障礙，就算那是被稱作帝華大學阿修羅的強者所設的陷阱，天城也會大步跨過那些陷阱，慢悠悠地邁向他的康莊大道。

天城的未來已經堅若磐石了。

然而這時的世良還不知道。

其實在這個時候，天城和高階講師的死鬥不過才剛掀起序幕罷了。

黑得發亮的高級轎車在沿海道路上飛快地奔馳著。

後座坐著兩名年老的紳士，拄著拐杖的真行寺龍太郎醫師會會長正在聽著身邊的三田村理事說話。

「都還沒確認櫻宮嚴雄副會長的想法，就公開發表要支持櫻色中心，會長老是一得意忘形就武斷獨行，真是令人困擾。」

真行寺會長精神抖擻地搖了搖頭，露出微笑。

「那個才不是得意忘形，請當成是樂觀進取的表現。不如說三田村理事才是，以前大家都叫你野馬，現在怎麼好像未老先衰了。這是真的有人這樣認為哦！還是注意一下比較好吧！」

三田村理事聳了個肩。

「未老先衰這個評價對我來說可是讚美，畢竟我都一把年紀了，真的被別人說老也無法反駁啊！」

「您真的有把握做到讓櫻宮市醫師會全面協助櫻花樹嗎？」接著他一本正經地說道。

「怎麼可能有啊！這種事。」真行寺會長立刻回答。

「那、那為什麼……」三田村理事一愣，支支吾吾地說道。

「那樣做比較有趣啊！光是想像那傢伙真的有辦法統率醫院，就忍不住想繼續看下去了啊！」

對於真行寺會長略帶俏皮的口吻，三田村理事只是無言以對。

「那是因為要處理會長這種不顧後果的臨時企劃的人是來日不多的我們吧！」

三田村理事嘆了一口氣。

「我明白了，會長的好奇心已經破表了吧！既然如此，也只能走一步算一步了。但在那之前，要先確認櫻宮嚴雄副會長會說些什麼。」

「不用擔心，我早就知道那傢伙會說什麼了，這就是會長跟副會長之間的心電感應。」

「是是，我明白了，看來今天晚上也回不了家了，您兩位一開始吵一定又要沒完沒了了。」

「沒問題的，一下就會結束了。」

「櫻宮院長在現實上的支出會被要求交出土地，跟我們不同，他沒辦法輕鬆做決定，必須詳加思考才能判斷不是嗎？」

沿著浪濤洶湧的海岸漸漸出現在窗外的，是櫻宮海岸的沙丘。

「三田村，聽好了，天城是那個佐伯特別聘請的王牌，然後副會長過去在我的教室裡可是和佐伯並稱三羽烏呢！他們倆原本就是肝膽相照的戰友，櫻宮嚴雄是不可能顛覆佐伯的決定的。」真行寺會長望向那片大海，開口說道。
三田村理事縮了縮身子。
「也是，畢竟他們都是東城大出身的。」
「他們是我的最高傑作，所以我支持他們是很合理的。但要是被誤解我也會很困擾的，我這麼做並不是為了東城大學的未來，而是以櫻宮市醫師會的利益去判斷所下的綜合結論。」真行寺會長歪了歪頭，看著三田村理事說道。
「但要是櫻花樹真的蓋起來了，有一部分的會員的生意都會受影響。」
真行寺會長瞇起眼睛笑道。
「就是這樣，三田村你才會到現在還只是個理事，你一直把櫻花樹視為是對手才會有這種結論，試著用愛的角度去看待所有事物吧！」
真行寺會長拿起放在車內桌上的櫻餅，放入嘴中，細嚼慢嚥著。
過了許久，他才將櫻餅一口吞下，接著說道：「說起來，就這樣讓醫師會吞掉櫻花樹什麼的不就行了！」
「也就是說，要讓櫻色中心變成醫師會的醫院？」
真行寺會長並沒有回答那個問題，只是看向窗外。
「你看，到蝸牛了。我猜櫻宮巖雄已經等不及要見我們了。別看他那個樣子，他意外地沉不住氣，那傢伙從他剛進醫院的時候就是這樣了。」
窗外可以看到將哥德式建築發揮到極致的碧翠院櫻宮醫院，莊嚴地在夕陽之下佇立著。

而正如真行寺會長所說，那頭銀獅子早已站在醫院入口，等著迎接他們兩位。

他的銀髮在夕陽之下閃閃發光。

第二部　夏

10 遭受強制遣返的男子

一九九一年五月七日（週二）

「要記得跟那些新人說集合時間是早上八點，一開始的訓練最重要，千萬不能馬虎，一定要嚴格鍛鍊他們！」

黃金週結束後的五月七日星期二，早上七點。那天早上，前醫務長垣谷如此告誡著世良，也讓世良回想起自己剛受命成為醫務長的時候。那已經是一個月前的事了，成為醫務長後的首次術前評估會議，幾乎可以說是他的苦澀初上任。然而他卻在那之後將這件事忘得一乾二淨。為了能夠集中心力幫忙公開手術，他再次被天城的櫻色中心借去，免除了醫務長的工作，那段期間都是由前醫務長垣谷替他執行這些工作的。雖然當時是約好借到黃金週，但一直到連假結束後的今天他才正式回到高階的研究室，重回醫務長崗位。沒想到一回來就必須去指導新進醫院的實習醫生，這項責任重大的工作讓他感到肩上十分沉重。

講師階級的垣谷是已經待了十年的住院醫生，經常擔任教學中心手術的第一助手或主刀醫師。相較之下，當上外科醫師不過四年的平凡醫生世良一點實績都沒有。就連工作也跟新人沒什麼兩樣，盡是些底下的打雜工作。這樣的自己真的有辦法指導新人嗎？

「你還是一樣幸運呢！新人都不曉得你之前在術前評估會議上的失誤，所以至今為止的失敗也可以說是一筆勾銷了。從現在起，就努力當個優秀的醫務長吧！」不曉得是不是看穿了世良的心思，垣谷拍拍世良的肩膀，開口說道。

垣谷體貼的輕鬆口吻反倒讓世良覺得更加難受。

七點半，世良對同儕青木與北島說道：「不好意思，我今天不能去抽血，因為早上有新進人員教育訓練。」

相較於直接點了個頭的青木，青木身邊一向野心勃勃的北島立刻露出諷刺的笑容。

「我們會乖乖聽從醫務長的指示的，請讓我代替您去做抽血工作。」

世良嘆了一口氣，拿起整理好的新人教育訓練文件，往大學醫局走去。

七點五十分，穿著嶄新白袍的新人們也都到齊了。今年的新人共有七位，是往年的一半，而且從東城大學直升的新人也只有一位，這種事在佐伯外科可說是前所未有。最近的醫學生都很機靈，他們對要在底下實習很長一段時間的外科、內科，以及婦產科敬而遠之，比較傾向去眼科、耳鼻喉科，或是皮膚科等實習時期較短、可以馬上創業的小型教學中心。

而佐伯外科之所以還存在，靠的是長年累積的名聲以及佐伯教授的超凡魅力。然而近年來，彷彿獨立出來就有獎勵似的，佐伯外科的專科逐漸分門別派，自立門戶。六年前是神經外科、五年前是胸腔外科，再加上四年前小兒科也獨立出來後，佐伯外科的勢力逐漸式微。儘管如此，那些教學中心的新進醫生總數卻多於過去只有一個佐伯外科的兩倍，由此可見分門別派這項決定是正確的。而其中也有些煞有其事的謠言表示，佐伯教授的最終目標即將到來，也就是將現在的佐伯外科，區分成心臟血管外科與腹腔外科。

這跟過去自立門戶的意義不同，倘若佐伯外科真的區分成兩種外科，或許也意味著佐伯外科將就此消失。因此，也有人開始臆測，會不會佐伯教授根本就沒想到這點。然而，這些瞎說都在去年春天招聘天城雪彥之後跟著被推翻了。

因此，現在又出現了新的謠言：櫻色中心的創辦是為了要當作心臟血管外科的搖籃來培育新人。不可否認，這些謠言對於學生們在抉擇未來志願時，也產生了微妙的影響。世良一邊想著這些事情，一邊踏進聚集了一年級新人的會議室。

最先映入眼簾的新人看起來十分瘦弱，還有著一張蒼白的臉，讓人覺得像一根豆芽菜，他的名牌上寫著松本兩個字。旁邊還有高橋、木村、山田、鈴木、山本等常見姓氏。今年的新進醫生，清一色都是菜市場名，也沒有顯眼的特徵。這些人之中，真的有能夠肩負起佐伯外科未來的人才嗎？世良突然擔憂起來。時針指向八點，會議室裡有六名新進人員，然而從垣谷那裡拿到的新進人員名冊上卻有七個名字。

——那傢伙是發生什麼事了？

世良看著唯一從東城大學內部申請而來的新人，感到有些徬徨。

八點整，佐伯外科是嚴格遵守準時的。

「歡迎大家來到佐伯外科，我是醫務長世良。」

第一次在大家面前報上自己的頭銜，世良不禁有點雀躍。他仔細確認著每位充滿緊張的新人表情，開口說道：「今天是新進人員教育訓練，首先會讓你們兩個兩個分組練習抽血、再來是參觀醫院內部，最後再一起去跟佐伯教授打聲招呼就算結束。明天開始才會進到醫院，正式開始相關工作。」

說明結束後，新人們一一離開會議室，牆上的指針已經超過八點十五分了。

第一天就遲到，毫無辯解的餘地。

世良將會議室的門砰地帶上。

粗略介紹完醫院大樓五層樓高的構造後，世良一行人回到會議室。那時已經大概過了一小時，超過上午九點了。先走進會議室的一年級生在開門的瞬間突然嚇了一跳，他停下腳步，瞄了世良一眼才毅然決然地走進會議室。下一名新人也是同樣的反應，最後換世良要進入會議室時，他往門內望去，果然也嚇了一跳。

一名身材高大的男子就站在房間中央，他用橡皮筋將一頭長髮紮在腦後。世良帶上會議室的門，質問那名高大的闖入者。

「你是誰？」

其實世良當然知道他的名字，但在其他新人面前，他也只能這樣問道。

身材高大的新人維持著立正的姿勢，眼神縹緲地回答。

「我是佐伯外科的新進醫生，速水晃一。」

「你知道今天的集合時間嗎？我們是說幾點集合？」

「早上八點。」

「但是你並沒有在集合時間出現對吧？」

「是的。」

雖然他保持著立正姿勢，但看起來卻很放鬆。頭髮跟鬍子都沒有修剪，紮到後面的長髮也溼答答的，看起來就像剛洗好澡一樣。周圍還飄散著香皂跟洗髮精的香味，讓人覺得非常乾淨。

「你該不會是因為去洗澡才遲到的吧？」

速水驚訝地抬起眉毛。

「是這樣沒錯，但也不是這樣。」

「我不想跟你做這種莫名其妙的對話。」

「我也是這麼想的。」

明明自己才是罵人的那個，為什麼卻覺得被壓制住了。

「也就是說，你沒有要為自己的遲到做任何辯解？」世良隱藏著自己的軟弱，乾脆地說道。

「沒有。」

聽到對方毫不膽怯的回答，世良忍不住惱怒地說道：「第一天就遲到也太丟臉了，做為處罰，在我說可以之前，你就給我一直站在那邊。」

「是。」

「其他人，現在我們要去練習抽血。」世良對其他有著平凡姓名的六名新人說道。

新人一個接著一個走出會議室。走在最後頭的世良在要踏出門外時還回頭看了一下速水，但速水只是維持著立正的姿勢，以銳利的目光看著虛空。

說明完抽血練習和抽血結束後的檢查流程後，世良讓一年級的實習醫生互相練習抽血，再讓他們使用臨床檢查室的血液解析裝置，確認自己抽血數據。這些都結束後，還順便帶他們去負責預約檢查的檢查室打聲招呼。

一年級生在房間一角互相抽血，世良則在他們之間來回走動並囑咐著。

「抽血的時候要集中精神，一次就讓它成功，不然就會弄壞比較容易找到的血管，反而變得更難抽。但最可怕的還是會因此失去病患對自己的信任。」

然而只是精神喊話是無法習得技術的。結果一年級生全員練習完抽血，已經至少是一小時後的事了。世良讓他們拿著各自的抽血管前往一樓。

一群新人從檢查室回來時已經超過上午十一點了。回護理站的路上，世良一行人在電梯遇到了垣谷講師。

「今年的新人有沒有哪個比較有用的？」垣谷小聲地問向世良。

「還不知道。」

「你的回答也太無聊了，醫務長也要努力討前輩歡欣才對呀！」

「那是醫務長的義務嗎？」

「沒錯。」世良對垣谷想都沒想的回答感到錯愕。但經垣谷這麼一說，世良也想起了某個人。

「我還不曉得今年新人的未來發展性，但有一名確定幫不上忙了。」

「真了不起，馬上就在觀察新人的未來去向啦！看來你比我還適合當醫務長！」

共乘電梯的另外六名新人認真地聽著兩人的對話。充滿緊張感的電梯抵達五樓，世良與垣谷走在實習醫生隊伍的最尾端。當垣谷一走進房間，立刻被嚇了一跳而停在原地。

大家都是一樣的反應啊！世良忍不住偷笑。

「那個傢伙呆呆地站在那裡是怎麼回事？」

印象中，速水一小時前的樣子，跟現在的站姿一模一樣。他一直維持立正的姿勢，一動也沒動嗎？

「他就是那個幫不上忙的新人，新人教育訓練才第一天，他就遲到超過十五分鐘了。」世良收起笑臉，向垣谷講師說道。

「正確來說，是二十五分鐘。」速水憨厚老實地告知。

「佐伯外科是嚴禁遲到的，實習第一天就遲到，之後被貼上不良品標籤也是理所當然的。但我還是必須問一下，你挑今天遲到的理由是什麼？」垣谷目瞪口呆地看著訂正自己遲到時間的速水，向他說道。

速水一動也不動地回答垣谷：「我遲到是事實，沒有任何藉口。」

「問你問題就回答，這個不叫藉口，是說明實情。」

速水猶豫了一下，接著直直地抬起頭來回答。

「我去洗澡了。」

「剛才我問你『是不是因為去洗澡才遲到』，你還說『是這樣沒錯，但也不是這樣』，所以你現在是在公然說謊嗎？」世良忍不住罵道。

「我沒有說謊，我早上是去洗澡了沒錯，但那並不是我遲到的理由。」

世良雖然心底不太高興，但仔細想想，速水說的話其實還滿有道理的。

「但就結果來說，你還是因為早上洗澡所以才遲到了吧！你是不是看不起佐伯外科？」垣谷看起來比世良還焦躁的樣子，他以嚴厲的口吻問道。

「我沒有看不起佐伯外科，我是因為尊敬佐伯外科才會這麼做的。」速水立刻回答，並緊接著說道：「我今天早上才剛回到櫻宮，因為已經一週沒有洗澡了，想說直接來醫院不太好，所以就在醫院地下一樓的大澡堂洗澡，還不小心在浴池睡著了。所以我並不是因為洗澡才遲到，而是因為連夜趕車的緣故。」

速水低下頭，小聲地補充一句。

「你竟然連醫院有大澡堂都知道！剛進醫院的傢伙應該不會知道才對啊！」聽完他的理由，垣谷目瞪口呆地說。

「我會知道這種不為人知的地方，是因為以前還是學生的時候，有個常常蹺課跑去那裡的同學跟我說的。」速水回答。

「那傢伙真不得了啊！」

「我也這麼覺得。」

看到速水泰然自若的回答，垣谷總覺得有點不是滋味。他試著從別的角度進行攻擊。

「話說回來，問題就是因為你拖到實習第一天才回櫻宮，而且還一週沒洗澡吧！反正一定是畢業旅行跑到國外玩瘋了吧！明明就知道今天要上班，卻沒有提前一天回來，做為一名社會人士，你已經出局了。」

「我也想早點回來，可是沒有辦法。回國的船是對方處理的，我不能自己決定日期。」速水無動於衷地回答。

「不是畢業旅行嗎？行程那種事好歹自己處理吧！」

垣谷看向世良，那道眼神似乎是在贊同世良方才所做的人物評價。

「因為我回程是被強制遣返的，所以沒有辦法自己決定哪一天回來。」速水聽完垣谷的話後點了個頭，接著回答。

「強、強制遣返？你到底在說什麼啊？」垣谷的表情一轉，他厲聲問道：「這到底是怎麼一回事？你給我好好說明一下，你這傢伙到底是跑去哪裡做了什麼事？」

「我去了日本北方四島之一的擇捉島，本來是偽裝成當地居民潛入進去的，結果被發現是非法入境，就被抓起來了。所以畢業旅行有一大半的時間都是在擇捉島的拘留所裡度過的。」速水爽快地回答。

「你、你、你這傢伙！」垣谷嘶啞地喊著。

世良也被嚇得目瞪口呆，只能呆呆地望著速水悠然自在的樣子。

垣谷揪著速水的脖子，把他拉出會議室。

「直接去問佐伯教授要怎麼處置這傢伙，世良也過來！」

「但是其他新進人員的教育訓練……」

「那種事叫北島處理就好！」

「你們自己看一下教育手冊，我馬上就回來。」世良瞄了一眼一年級的實習醫生，開口說道。

說完這句話後，世良一走出會議室，就看到在附近偷聽房間狀況的北島。

「你都聽到了吧！不好意思，新人教育訓練就交給你了。」

還沒等到北島回應，世良便快步追在垣谷後頭。

電梯中，垣谷將兩手環抱於胸前，瞪著身旁的速水。

「你真的是東城大學畢業的嗎？我怎麼沒印象你有來臨床實習。」

「他是垣谷醫生放暑假那時來的，那時候是我指導的。」速水偷偷瞄了一眼世良，無可奈何之下，世良只好對垣谷說。

「一開始的教育太糟糕了嗎？」

垣谷忍不住嘖了一聲。速水忍不住露出微笑，但很快又恢復先前的面無表情。電梯停下，電梯門開啟。長長走廊的盡頭是院長辦公室厚重的大門。

垣谷敲了門後，傳來「進來」的聲音。打開門後，出現的是每次都會看到的，佐伯外科高級幹部齊聚一堂的畫面。世良已經看膩這個畫面了，他在心中感到納悶，為什麼自己明明只是個微不足道的小醫生，卻總是在上級主管開會的時候頻繁出現。

正面坐著的是頂著一對白眉的佐伯教授，他的兩側是心臟血管團隊的領袖黑崎助理教授以及腹腔外科的領導人高階講師。櫻色中心的總帥天城雪彥則坐在佐伯教授對面的位置上，他伸出修長的腿，一臉無精打采的樣子。

「慌慌張張的，發生什麼事了？」

黑崎助理教授一說完，垣谷便用眼神催促著世良，世良只好指著站在他們身後的速水。

「這個一年級的實習醫生闖出大禍了，所以我們來請教要怎麼處置他。」

黑崎助理教授聽聞立刻皺眉，開口罵道。

「新上任的醫務長也太誇張了，不要每次新人犯了什麼小錯，就全部帶過來要教授幫你做醫務長的工作！」

「這也沒辦法嘛！誰叫朱諾又不是軍犬，他只是隻忠實的觀賞用犬而已。」

速水聽完兩人的對話便轉過頭去，在認出高階講師後，他點了個頭示意。高階講師也回點了個頭。

「天城的徒弟，你來說明那個新人捅了什麼婁子。」

黑崎助理教授一說完，世良便開始說明。

「他新人教育訓練遲到了二十五分鐘，因為跑去醫院的大澡堂洗澡。」

世良話一說完，天城便開始哈哈大笑。黑崎助理教授皺起眉頭，高階講師一臉呆愣地看向速水，佐伯教授則是瞇起了眼睛。

「第一天就遲到簡直豈有此理，但拿這點小事來煩教授，你們兩個也太不像話。」

黑崎助理教授的怒火直接轉向世良。

「把他帶來這裡是我下的判斷，因為這個新人真的很誇張。」垣谷趕緊說道。

「今天還是教育訓練，不可能鬧出什麼大事吧！」

高階講師跟著附和黑崎助理教授。垣谷戳了一下世良的腦袋，小聲罵道。

「我看你要怎麼負責，說明得亂七八糟，現在事情變得更麻煩了。」

世良感到十分沮喪，不然是要怎麼說嘛！不先說明那些事情怎麼能接著講更誇張的事啊！

「這傢伙似乎到昨天以前都被拘留在擇捉島，今天早上才剛回到櫻宮。」垣谷輕咳了一聲，開口說道。

「不是的，我是被拘留到前天，昨天到今天都在努力趕過來。」速水聽完立刻說道。

「你被蘇聯扣留了？給我好好說明這是怎麼一回事！」

黑崎助理教授不禁提高音調，但有這種反應也是很正常的，畢竟事情搞不好要從東城大學外科教學中心的新人教育訓練演變成國際外交問題了。速水若無其事地回答。

「我有個朋友認識俄羅斯黑手黨的人，他幫我弄到從海參崴出發前往擇捉島的船，然後我再扮成當地人潛上島。」

「你、你認識俄羅斯的黑手黨？」

速水搖了搖頭，冷靜回答：「不是，是『我朋友』認識俄羅斯黑手黨。」

「那不是一樣！你跟俄羅斯黑手黨幹了什麼壞事才被拘留的？」

在佐伯外科上級主管品行端正的會議中，從來沒有出現過俄羅斯黑手黨這種危險的單字，黑崎助理教授因為這個鮮少出現的詞感到忐忑不安。

「明明是日本的領土，日本人卻不能入境，這樣很奇怪吧！我想親眼瞧瞧那塊不講理的土地究竟是什麼樣子，所以才想過去的。」速水回答。

「真正的愛國主義者嗎？」天城小聲說道。

高階講師裝作沒聽到天城說的話，他開口詢問：「也就是說，速水透過俄羅斯黑手黨的引薦，偷渡到擇捉島上沒錯吧。但重點是你為什麼會被拘留呢？你做了什麼不合法的事情嗎？」

「不是的，我一上島就遇到強盜，還被他們扒個精光，都是因為我手中沒有木棒才會打輸他們的。結果我就跟全裸沒什麼兩樣，在街上閒晃的時候就被抓起來了。我本來還以為這輩子就這樣玩完了，沒想到才過了一週，他們就放我出來了。」

高階講師看著自己劍道社的學生不服輸的樣子，苦笑著問道。

「為什麼會被放出來呢？」

「因為他們的總統突然說要來日訪問，所以就特赦了日本學生。不過最幸運的是剛好有要去極北港的渡輪，所以他們就讓我搭那班渡輪，然後再換船坐到越後港時已經是昨天半夜了。我馬上就跑去市區的機車店，把老闆叫醒後拿到機車，再一路飛奔回來。」

一夜沒睡，難怪早上會泡到睡著。也是因此剛才才會一直站著不動，恐怕是連動的力氣都沒了。世良心想。

「這就是整件事情的前因後果，所以我們才想說，只能由佐伯教授親自決定這個新人到底適不適合待在佐伯外科，才會前來打擾。」

換句話說，垣谷想問的是，是否應該拒絕速水進到醫院比較好。黑崎助理教授不發一語；高階講師則在明白問題的嚴重性後，開始思考對策。相比之下，速水本人只是用食指搔搔鼻頭，拚命忍住不要打哈欠。

明明事情都已經嚴重到會被拒絕入院了，他看起來卻毫不在意。

過了一會兒，黑崎助理教授以嚴厲的口吻說道：「在他被拘留又被強制遣返的時候，很明顯就已經違法了，我認為先延後入局比較好。」

「我是覺得他在當地沒有做什麼非法行為的話，其實也還好。對吧，速水？」

黑崎助理教授向佐伯教授提出建議後，高階講師向速水說道。

「可是他們說偷渡本身就已經違法了。」

速水乾脆地拒絕原本可以拯救自己的好意。

高階講師露出了拿他沒轍的表情，聳了個肩。但還是忍不住伸出援手，他再次向速水問道。

「話說速水你會說俄文嗎？」

「我不會，不過事務官的日文很好，他替我翻譯了很多事情。再加上警衛人也很親切，他們知道我是醫學生後，還帶我去醫務室參觀，讓醫生演示許多手術技巧給我看。所以與其說我是被拘留，不如說我比較像是在俄羅斯醫院的外科實習。」

「現在才說這些話掩飾已經太晚了！」

黑崎助理教授罵道。看來繼垣谷之後，連黑崎助理教授也把速水當成麻煩人物了。現在說什麼都為時已晚了。

然而速水卻露出一臉不可置信的樣子。

「我只是在說事實而已，他們還讓我幫忙比較輕鬆的手術，就連醫務室的護士也都稱呼我為醫生。」

現場因為速水異於常人的發言陷入一片寂靜。

鴉雀無聲的房間，突然響起一陣掌聲與笑聲。

發出那些聲響的人正是同樣異於常人的外科醫生，天城。

「**Très Bien.** 既然能把被拘留想成是在外科實習，這種頭腦簡單的大傻瓜要是成為外科醫生的話，應該也能捨棄日本吧！如果你被佐伯外科拒絕的話，我們櫻花樹可是很歡迎你的喔！剛好世良醫生才剛離職，我們很缺人呢！」

「我們還沒有說不收他。」高階講師立刻說道。

辦公室裡陷入一片騷動，高階講師對兩手交叉於胸前、閉著雙眼的佐伯院長說道：「速水只是莽撞了點，並沒有惡意。要是因此拒絕這種前途有望的學生，對佐伯外科來說是損失。」

「要是讓這種破壞規則還毫不在意的傢伙進來，會讓整間醫院暴露於危險之中。就算看起來再怎麼不講理，也必須遵守規則啊！」黑崎助理教授立刻接著說道。

黑崎助理教授注視著高階講師，接著天城也跟著插話。

「所以不應該讓他進到意見分歧的佐伯外科，而應該讓他來我們櫻花樹才對，Monsieur.」

正如天城所說，佐伯外科的意見的確分為兩派，再加上天城這股外來勢力，現在的佐伯外科令人聯想到三國演義的勢力圖。

11 獅膽鷹目

五月七日（週二）

佐伯教授睜開雙眼，看著速水，接著低聲問道。

「你當初為什麼會選擇佐伯外科？」

「因為劍道社的顧問高階醫生也在這裡。」速水瞄了一下高階講師，開口說道。

「什麼嘛！原來是女王高階的人啊？」天城打從心底感到失望似地說道。

速水抬了一下眉毛，搖了搖頭。

「我在劍道方面的確受到了高階醫生的薰陶，但我並沒有接受他外科方面的指導。我會選擇佐伯外科是因為別的理由。」速水沉默了一陣，接著繼續說道：「我之所以會選擇佐伯外科，是因為我想解開三年前的謎題。」

速水瞄了一下世良，繼續說道。

「三年前，我來到佐伯外科臨床實習，那時有位老師出了一個謎題給我們，當時我沒解開那個謎題，所以我才決定要進到佐伯外科。」

「什麼東西啊，所以是什麼謎題？」黑崎助理教授問道。

「負責指導我們的老師告訴我們，佐伯外科世代流傳了四個字：『獅膽鷹目』。要用獅子的膽量去面對病人，並以老鷹的眼睛去診斷病情。他跟我們說還有下一句話，卻沒有告訴我們是哪句話。我想知道下一句話是什麼，所以才申請來佐伯外科。」

「你竟然用這種理由來決定實習醫院，實在是太蠢了，我跟你說，下一句是……」黑崎助理教授一臉不可思議地說道。

佐伯教授舉起單手，制止正要說出答案的黑崎助理教授。他問向速水：「你還記得告訴你這句話的醫生叫什麼嗎？」

「是一位姓渡海的醫生。」

辦公室裡的空氣瞬間凝結起來。

「那，你在那之後就一直在思考下一句是什麼嗎？」

速水點了個頭，佐伯教授接著說道。

「那你有答案了嗎？」

速水猶豫了一下，接著乾脆地點了個頭。

「嗯，但我不確定這是不是正確答案。」

「說說看，我來給你打分數。」

速水沒想到佐伯教授要直接幫他口試，他猶豫了一下子，但很快便毅然說道：「獅膽鷹目，鬼手佛心。」
現場瞬間陷入沉默，接著是一陣哈哈大笑，發出笑聲的人無他，正是佐伯教授。
「哈哈哈，真是傑作，的確有前後呼應。」
旁邊的高階講師露出苦澀的表情。笑完之後，佐伯教授對速水說道：「本來想讓本人來告訴你正確解答的，可惜這個願望無法實現了。為了對你這三年努力思考答案表示敬意，就由我來告訴你正確答案吧！」
佐伯教授輕咳了一聲，一臉嚴肅地說道：「獅膽鷹目，行以女手。」
「這句話是什麼意思？我的文言文不太好。」
「後面那句話的意思是，要像女性一樣細心地去動作。」
「哦，真是無聊的訓詞耶。」速水搖了搖頭。
「笨蛋！這可是我們綜合外科教學中心歷代前輩用心守護下來的傳統，你說它無聊是什麼意思！」
速水注視著激動的黑崎助理教授，開口說道：「我覺得我的答案比這句話好多了，外科醫生要取出讓人痛苦不堪的病灶，比起女性的手，我認為帶有佛心的鬼手更能傳達外科的奧妙之處。」
佐伯教授瞇起眼睛。
「讓我說的話，你用的詞或許比較適合不成氣候的外科醫生，菜鳥首先都要經歷鬼手的階段，才會回到等同於佛的女性之手。不過渡海應該也滿足了吧！畢竟他不費吹灰之力就能向佐伯外科報一箭之仇了。」

速水抬起頭來，反駁佐伯教授。

「你說是因為我是菜鳥外科醫生才會說這樣的話嗎？」

佐伯教授大聲一喝。

「別自大了，你這匹野馬，你連那種程度都還沒到呢！」

被這樣斥責之後，速水擺出不高興的樣子。世良目瞪口呆地望著速水，被佐伯教授如此嚴厲地責罵之後竟然還想反駁，真是難以置信的剛強。

佐伯教授閉上眼睛，環抱起兩手。

「有關這個問題兒童的處置，我現在宣布。」許久，他才嚴聲說道。

佐伯教授將目光從速水身上移開，依序看向垣谷、黑崎助理教授，以及高階講師，然而他並沒有轉向天城。黑崎助理教授與垣谷倒吞了一口口水，高階講師則是放棄似地閉上雙眼。世良屏住呼吸，注視著速水。

眼前的速水終於忍不住打了一個小小的哈欠。

就在這時，佐伯教授嚴厲地說道：「這匹野馬就由佐伯外科收下了。既然他受過渡海的薰陶，也只能說是命中註定了。」

「剛才一直在說的這個渡海到底是誰啊？」在場的人們不發一語，唯獨天城一臉納悶地說。

沒有人回答天城的問題。這時，突然傳來了敲門聲，佐伯教授喊了聲「進來」後，出現在大家面前的是北島。

「新人訓練的預定計畫是在這時要來拜見佐伯教授，該怎麼辦才好？」

原本一臉嚴肅的佐伯教授，下個瞬間重新戴上溫和臉孔的面具。

「讓他們都進來。」

六名新人走了進來。他們先是瞄了一眼維持立正站姿的速水，之後便低下頭。世良這時才想起速水的同學曾經這麼說過。

——那傢伙永遠都是主角。

佐伯教授面向一九九一年度新進的七名醫師，開始說話。

新人們聚精會神地聽著，深怕聽漏了擁有外科超凡魅力的佐伯教授說的隻字片語。

「感謝各位在外科面臨逆風困境之際加入佐伯外科，不論是哪個時代，擁有技術的外科醫生都是被需要的，請你們拿起自信，努力鑽研技術。以上就是我要跟大家說的話。佐伯外科九一年度新人共七名，希望各位都能勤奮踏實。」

結語提到了七名新人，亦即佐伯教授當場宣布承認速水進到佐伯外科。原本一動也不動的速水畢恭畢敬地敬了個禮，其他實習醫生也跟著低下了頭。

北島領著七名新人離開院長辦公室，世良與垣谷也跟在後頭。

佐伯教授叫住走在最後的速水。

「喂！小子，收你進醫院也有個條件，給我把那頭邋遢的頭給我剪了，免得病人看了不高興。」

速水點了個頭，他走回房間，環視了周遭，接著拿起桌上的剪刀，乾脆地剪掉紮在腦後的那束頭髮。

「暫且先允許我這樣吧，剩下的我回家再剪。」

「這間房間採光跟通風都很好耶！感覺可以直接從屋頂跳下來。」速水正要走出辦公室時又回過頭來，一臉事不關己地說道。

「你要這麼做也可以，但可不准失敗喔！會給我們添麻煩的。」佐伯教授瞇起眼睛，笑著說道。

速水露出微笑，又敬了個禮才走出辦公室。

速水離開後，黑崎助理教授目瞪口呆的聲音在空蕩蕩的辦公室裡迴響著。

「那傢伙該不會在教授罵他的時候，一直都在想那些無聊的事情吧？」

佐伯外科的上級主管們都是一副驚呆了的表情。

過了一陣子，天城站起身。

「Monsieur 佐伯，要是覺得那匹野馬很難搞的話，隨時都可以把他丟給我喔！」

教授回以一個微笑。黑崎助理教授緊接在天城之後起身。

「真難得我跟天城會有意見相同的時候。那傢伙會將災難帶來我們佐伯外科的，不遠的將來，必定會證明我所說的是對的。」

黑崎助理教授咚咚咚地走出辦公室。

辦公室裡只剩下佐伯教授與高階講師。

高階講師抬起頭來。

「他就是我之前說的，渡海醫生一族的人，不能把他交給天城醫生。」

「那不然就給優秀青年你照顧囉？」

高階講師搖了搖頭。

「雖然我很想這麼做，但對速水來說不太適合。他對我有點反感，而且我跟渡海醫生抱持的信念也不同。」

「那要怎麼做才好？」佐伯教授挑起白眉詢問。

「首先要將徹底灌輸他佐伯外科的精神理念，能將脫軌的速水拉回來的只有一人，因此我希望可以將他交給黑崎助理教授。」

佐伯教授瞇細眼睛，沒有聲響地笑了。

「優秀青年，看來你越來越像我了，但似乎也只有這個選擇了。那事情就這樣決定了！不過你必須直接去拜託黑崎。」

「這是我的榮幸，看來我只能這樣回答了。不過，這應該是管理整間教學中心的某位教授的工作吧！」高階講師輕笑道。

「這種事讓提議的人去說最有說服力，當然，你要直接說是我的命令也無妨。」

「還真的把事情都丟給我了啊！」

高階講師聳了個肩，發出嘖的一聲。

「總有一天，你也會爬到最頂端的，先把這招學會對你有利無弊，畢竟盡最小努力來得到最大效益就是最無敵的王牌。」佐伯教授點頭說道。

「是是，真謝謝您現在就教會我這招啊！」

高階講師敬了一個禮後，走出辦公室。

七名一年級的實習醫生與世良、垣谷，以及北島離開十三樓的院長室，回到五樓的醫院大樓內。

垣谷與北島回頭去做他們的分內工作，世良對著待命的實習醫生們說道：「明天開始就會正式醫院的工作，絕對不准遲到。那今天就到這裡解散。」

速水有點難為情地笑了一下，比其他一年級的都還要快步離開房間。

「速水，才第一天而已，看你做了什麼好事。」

世良如此說道後，速水停下腳步，回過頭來。

「對不起，我是無心的。」

速水搔了搔頭。看他那副單純的樣子，實在無法對他生氣，真傷腦筋。

「世良醫生才第四年就當上醫務長，真是厲害啊！」速水說道。

「我只是被塞了一個打雜的工作罷了。」

「世良醫生，我已經來到這裡了，接下來只剩要打爆你而已。」

你還記得嗎？像在說著這句話似的，速水看起來有點開心，同時也有點焦躁。

那是堂堂正正的挑釁，也是一張正式的挑戰書。

「雖然我是來帶你們的，但你可不要以為可以輕鬆打敗我。而且要是放任你這種傢伙不管，一定會出大事的，上面的教授大概都是這樣想的。明天開始就沒這麼好過了，有所覺悟吧你！」

「Roger！」

聽完世良說的話，速水總算有點新人的樣子，老實地點了個頭。

隔天，高階講師前去黑崎助理教授的起居室拜訪。

「真稀奇啊！你竟然會來我的房間。」

黑崎助理教授端出用茶包泡的紅茶；高階講師往對面的沙發坐下。

「其實是有件事情想請您幫忙，說得更正確一點，這應該是佐伯教授想請您幫忙的才對。希望助理教授您能擔任今年新人實習的負責人。」

黑崎助理教授閉上雙眼，品嘗了一下紅茶香味後輕輕啜飲了一口，接著說道：「我拒絕。」

「為什麼？」

「那是醫務長的工作，今年的醫務長是你研究室的小鬼，你自己負責。小鬼做不好的話，你就自己下去做，本來就應該這樣才對。」

高階講師搖了搖頭。

「今年比較特別，世良有其他任務在身，我也不適合。」

黑崎助理教授注視著高階講師，接著才吐出一句。

「那個難搞的新人嗎？」

高階講師點了個頭。

「速水跟一般人不一樣，要是一開始的指導出了錯，將來恐成大禍。」

「那你自己來不就好了？那傢伙是你劍道社的學生吧？」

高階講師嘆了口氣。

「就是因為他是我劍道社的學生才更不行。針對他的指導，必須將外科的恐怖徹底灌輸給他，但是速水並不畏懼我。對他而言，也不希望在這裡跟我扯上關係。」

「那些都是謊話，你給我老實招來！」

黑崎助理教授想都不想的回答讓高階講師愣了一下，只能僵硬著前傾的姿勢。過了一陣子，他才像在做柔軟體操似的，伸展了一下。

「唔嗯，黑崎醫生的眼睛還真利呀！雖然我也不是全然都在說謊就是了，沒辦法，我就說實話了，但您可別因此生氣啊！」

「不用做這種多餘的擔心，你不是一直在惹我生氣嗎？」

高階講師將目光往上移，看了一下黑崎助理教授，苦笑說道：「我會希望黑崎醫生能夠指導速水是因為黑崎醫生是一個偉大的凡人。」

黑崎助理教授瞪大了眼睛。高階講師若無其事地繼續說道：「那些剛當上醫生的人，起初都會幻想自己是天才，但他們最後都無法達到天才的領域。而能夠領導這群平凡眾生的偉大凡人，就只有黑崎醫生您了。」

「你接下來是要說因為你是天才，所以不適合教導別人嗎？」黑崎助理教授注視著高階講師，接著說道。

高階講師大力地搖了搖手，否定對方的話。

「怎麼可能，我也是凡人，不過和黑崎醫生的類型不太一樣。總而言之，黑崎醫生做為凡人的經驗值比較有說服力……」

「你的話充滿了矛盾，特地安排這些不就是為了那匹野馬嗎？你認為他不是凡人，結果現在卻說我是凡人所以要把他交給我，這個論點充滿了破綻。」

「哎呀哎呀，真是會在小地方執著的人呢！」高階講師抱起兩隻手臂，小聲地說道。

接著他抬起頭來開口：「沒辦法了，我就老實說吧！速水是個天才，但他要是再繼續這樣自由奔放下去，將來一定會遇到凡人的阻礙。在那些感覺遲鈍又恬不知恥的凡人之中，他勢必會遇到窮途末路、進退兩難的窘境，最好只好放棄他優異的才能。您不覺得這樣太過可惜了嗎？」

原本一直盯著黑崎助理教授雙眼的高階講師移開目光，舉起食指繼續說道：

「只有一個辦法可以防止這件事情發生，那就是打從一開始，就讓偉大的凡人徹底灌輸他凡人的思考方法，除此之外別無他法。」

黑崎助理教授目不轉睛地盯著高階講師，吐了一口氣。

「你以為說到這種分上，我就會答應你的要求嗎？」

「咦？難不成您要拒絕？這可是佐伯教授親自下的命令耶？」

「廢話，我也是有自尊的。」黑崎助理教授用力地點了個頭。

「自尊嗎……自尊啊！」高階講師將兩手環抱於胸前，陷入思考。過了一會兒才抬頭說道：「拿那種話來說嘴的話，世界會變得狹小的。黑崎醫生不論好壞，一直都是位居第二名，因此，您更應該接受這個委託。」

「煩死了，我說要拒絕就是要拒絕。」黑崎助理教授冷淡地回答。

「真可惜，這樣佐伯外科便如風前殘燭了。」高階講師聽聞，喃喃自語著。

「你這句話我可不能裝沒聽見，你這麼說是什麼意思？」黑崎助理教授忍不住質問起那句低喃。

「黑崎醫生拒絕的話，我只好把指導工作交給另外一位醫生了，但我實在是不想這麼做啊！」

「你要拜託誰接這個工作？」高階講師輕笑道：「聽說大家都在傳我們是佐伯

外科的三羽烏呢！黑崎醫生、我，以及天城醫生。」

「等等，你該不會要把新人的基礎教育交給天城吧？」

「這也沒辦法吧！雖然我也不想這樣，但也沒有其他的人選了。」高階講師嘆了一口氣，開口回答。

「等等，絕對不行，不能讓佐伯外科的新人染上拜金主義。」

「但那其實也算是時代的潮流，仔細想想，與其對他施打討厭的凡人疫苗，不如直接注入天才的純正精華還比較簡單。如果真的變成這樣，也只能說是命中註定吧！」

黑崎助理教授深深地埋入沙發，他問向高階講師。

「為什麼你自己不能上？」

「在劍道的世界裡，一切都是平等的，我跟速水就是這種關係。但現在的速水需要的是有人教導他社會裡的階級關係，這和我目前教導他的理念完全相反，因此我無法勝任這個工作。不過，這也只限定對速水而已就是了。」高階講師平靜地回答。

「我要是接受這個委託，就等於我承認我在你之下了。」黑崎助理教授呻吟般地說道。

「這跟上下關係一點關係也沒有，而且就頭銜而言，黑崎醫生也是助理教授，明明就在我之上。」高階講師爽朗地笑著說道：「天城醫生絕對會吸引那些前途一片光明的年輕人，但是他們並不是天城醫生那種天才，能夠引領他們走向正途的只有黑崎醫生這種凡人。」

黑崎助理教授抬起頭，不高興地瞪著高階講師。高階講師毫不在意地繼續說道。

「這個決定將會關係到黑崎醫生的未來，正因為黑崎醫生經常位居第二，才更有資格當上教學中心的領導人。但要是將新人教育交給天城醫生的話，等到櫻花樹建立之後，黑崎醫生也會被排除在外了。」

高階講師的話語宛如一支支射出的箭，在黑崎助理教授堅硬的甲殼上劃出許多裂痕。

話說到此，高階講師更放話說出關鍵性的一句話。

「這樣好嗎？讓那個討厭的拉丁混蛋蹂躪佐伯外科？」

「我知道了，我接就是了。」黑崎助理教授抱住頭，將身子埋入沙發，過了一下才呻吟似地說。他抬起頭：「但要是你那匹野馬被凡人的我執給搞壞了，我可不負責喔！」

高階講師的臉頰浮現出令人毛骨悚然的冷笑。

「那種程度就被操壞的話，就證明他也沒什麼大不了的。不如說，要是他是這種不上不下的才能，早點毀了他還對這個世界比較好。」

高階講師從沙發上站起，向黑崎助理教授行了一個禮。

「謝謝您願意接下這個工作，佐伯教授一定也會很開心的。」
高階講師大步走出房間，獨留彷彿凝固成雕像的黑崎助理教授站在身後。
「這就叫作踢皮球吧？偶爾照著上面的規則走還真輕鬆，感覺會上癮呢！」他以輕快的步伐漫步於走廊，用鼻子哼著歌說道。
窗外風光明媚，海鷗輕巧地飛離窗邊，在光影漫射之下劃出不同的時空。

自速水進到綜合外科教學中心後已經一個月了。在新人無所作為的評價中，唯獨他散發著璀璨的光芒。
不僅工作效率高，也能馬上掌握要點，在必要之時出現在必要場所。行政工作雖然做得比較馬虎，卻不會有什麼致命性的失誤。
實用技術方面更一馬當先，手術技巧的穩定性轉眼間便直登世良等第四年住院醫師的水準。
「速水同學學得好快，是有什麼訣竅嗎？」
某天下午，像豆芽菜一樣纖瘦、看似不太可靠的一年級實習醫生松本突然這麼問向速水。剛好經過的世良立刻躲在一旁偷聽。
「沒有什麼特別的訣竅說。」

「那麼難的手法，你都不用練習就突然可以做出來了嗎？」

「你之前沒有參加臨床實習嗎？」速水好像完全聽不懂松本在說什麼似地回答。

松本一臉奇怪地回答：「當然有啊！」

「那個時候不是可以觀摩很多手術嗎？」速水乾脆地說道。

「但就只是看一下而已……難不成你光用看的就會了嗎？」

「咦，大家不都是這樣嗎？」速水驚訝地反問回去。

松本目瞪口呆地看著速水。

「哎，簡單說來就是這樣，對了！我在擇捉島的拘留所時，附設醫療設施的人也有稍微讓我動一點外科手術，可能是這個緣故也不一定。」速水這時才發現自己又說出異於常人的話，他慌張地補充說道。

「別吹牛了，你怎麼可能可以去北方領土實習，根本就沒有船可以開到北方領土。」原本一直安靜地聽著兩人對話的高橋忍不住插話道。

「我只跟你們說喔！我是請認識俄羅斯黑手黨的朋友幫我偷渡過去的。」

「那你又是怎麼從拘留所出來的？」松木與高橋似乎完全將他說的話當成是笑話，他們不可置信地說道。

「剛好那陣子他們總統來日本，就順便特赦日本的罪犯啦！雖然他們說是機密叫我不能說就是了。」

「那你在這裡一直說沒問題嗎？」

「就是在這種地方才可以說啊！那是對於外務省[7]來說才是機密啦！」

「才稍微稱讚他能力不錯，既然就可以吹這麼大的牛，真厲害耶！」松本和高橋對望了一眼，開口說道。

「為什麼你們不相信我啊？」

速水越是拚命解釋，聽起來越像是在吹牛。

躲在一旁偷聽的世良拚命憋著笑，十分痛苦的樣子。

話說回來，雖然速水遭受強制遣返這件事被下了封口令，但也只有一部分的長官知道這件事。

世良現在才發現速水根本不曉得封口令這件事。竟然忘記要求最重要的本人速水關緊嘴巴，這樣一來，封口令也沒什麼意義了。

「你該不會在北方領土上自稱是醫生吧？」正想打斷他們的談話時，原本在旁聆聽的鈴木也跟著插話問道。

「我當然說自己是醫生啊！因為我有自信一定會通過國家考試，只要有證照，不管在哪個國家都是醫生吧！」

「這在法律上來說完全站不住腳喔，但這樣一來，速水之後應該會選擇極北救

7 日本對外關係事務之最高主管機關，等同外交部。

命急救中心吧！那是東城大學專業實習相關醫院裡最遠的醫院。」

「我不想去北邊，我怕冷。」速水聳了個肩，繼續說道：「總之我想說的只有一件事，那就是一有機會就要拚命觀察，之後再練習就會了。只要這樣做，不管是臨床實習還是拘留所的醫務站，都可以將外科技術的基礎技巧學以致用。」

世良後來便離開那裡了，因此也不曉得他們最後是怎麼結束對話的。

但可以確定的是，新人已經將速水視為中心人物了。

——我馬上就會追上你。

他的腦海浮現出那張明明應該是學生的實習報告，卻寫成要打倒指導教官的挑戰書。

世良感覺自己的脖子好像被刀架住似的，忍不住打了個寒顫。

在那之後，速水逐一刷新了大學醫局的學習紀錄。

抽血、打點滴＝第三天、皮膚縫合＝第七天、ＩＶＨ（中心靜脈營養導管插入）＝第十四天、外科手術第二助手刷手＝第二十天、甲狀腺腫瘤手術主刀醫師＝第三十二天。

速水一一打破至今為止教學中心的最佳紀錄。

學習狀況是由指導前輩確認後再蓋上合格印章的，因此狀況非常客觀。尤其在大學醫院，要當上主刀醫師，通常都得花上半年，所以速水的晉升速度可以說是非常特例。

雖然這是因為速水擁有超出一年級實習醫生的實力，但同時也是因為他特別有天分。

速水以飛快的速度習得技能這件事，不知何時成了佐伯外科的人氣話題。

世良感到速水的腳步聲一直在身後追著自己。

12 迂迴曲折

六月六日（週四）

氣象局宣布進入梅雨季後數天，世良被天城叫了過去。這陣子只顧著關心新人醫生速水進步快速的世良，在心中對於時隔已久的召喚感到不安，他朝著赤煉瓦棟前進。如他所料，天城的心情就如同今天的天氣一樣惡劣。

「上杉會長真會見風轉舵，明明說好七月要動手術了，今天才在那邊講什麼幹話，說討厭公開手術。」

「身為一般市民，我可以理解他的心情。」世良向難得爆粗口的天城說道。

但即使這樣緩頰，也無法安撫天城的怒氣。

「動手術的時候他根本就睡著了，手術公不公開哪有差！然後我威脅他如果不想要公開手術的話，我就不幫他動直接縫合法了，結果他竟然給我說普通的手術也沒關係！想也知道一定是維新大學的菅井私下對他洗腦了什麼，既然這樣，我就幫他做跟不上時代的內乳動脈繞道手術！」

世良想起上杉汽車會長原本的主治醫師，同時也是學術界的重鎮菅井教授微笑的樣子。不能相信總是面帶笑容的人，世良心想。

雖然天城剛才說跟不上時代，但內乳動脈繞道手術其實也是世界最先端的技術了。

聽他一副沒什麼大不了的說法，更能體悟到天城的厲害之處。無法安撫天城激動心情的世良乾脆換了一個話題。

「所以這次你想怎麼用公開手術？」

「我想辦在醫師會的例會上，但還沒通知他們就是了。」

「這樣的話，你就用普通的手術來賺一筆不就好了。」

「現在吹的是什麼風？朱諾竟然會把下流的金錢掛在嘴邊。」

「我雖然不太會應付像天城醫生您這麼執著金錢的醫生，但我更不會和有很多錢卻對小事斤斤計較、討價還價的人相處。」

世良一解釋完，天城便開心地拍起手來。

「Très Bien. 你終於清醒了，對耶，只要想辦法賺一筆就好了吧？」

世良對自己的漫不經心感到後悔，沒想到天城完全搞錯重點還因此感到十分開心。

但仔細想想，其實也不算是搞錯重點，而是那個建議非常符合天城的個性。

「我就聽從你的忠告，不要公開上杉會長的手術，但是只幫他做內乳動脈手術然後再跟他收一大筆手術費！真是令人愉悅的解決方法耶！朱諾。」

天城移動起擺置在桌面的西洋棋盤上的棋子，那裡放了一枚世良從沒看過的棋子。

世良拿起那枚棋子，原來是另一名騎士（Knight）。

其他旗子都是紫水晶或黑曜石製的，只有這顆棋子像紅寶石一樣散發著鮮紅光輝。

「這個是？」世良開口問了之後，天城並沒有回答，只是嘴角上揚。那個瞬間，世良突然明白了。

——這只棋子是速水。

世良感到內心有些苦澀。天城並沒有注意到世良的變化，只是輕快地站起。

「既然決定好對策了，我們就去上杉汽車術前問診吧！」

雨滴依附在玻璃窗上，天城丟掉手上的鑰匙，改換了另一把。

「梅雨真討厭，雨天的話還是開小綠吧！」

這麼說完之後，他突然皺了皺眉頭。世良見狀，拚命努力忍住不要笑出來。

過去在幫義大利路奇諾公司社長動手術時，天城要求對方交出客製化的高迪以作報酬。明明是輛高級名車，但一想到要在梅雨季節開著綠色的高迪，不知怎地，讓人聯想起雨蛙的模樣。恐怕天城也正想著同樣的事情吧！

抵達上杉汽車總公司的廣闊腹地時，已經是午後了，雨也下得更大了。雖然沒有事前預約，但他們還是順利被迎接到接待室。
等了五分鐘後，出現的並不是上杉會長，而是他的祕書久本。
「因為你們是臨時拜訪，會長的時間無法配合，真是非常抱歉。」
天城的臉色一變，一面看著窗外的雨，一面輕笑道。
「沒事的，反正手術也是由祕書代理接受對吧！」
久本聽了天城挖苦似的回應，表情瞬間陰沉了下來，但馬上又轉回能幹的會長祕書面容。
「前幾天拜託您的事情怎麼樣了？」
「我們盡量尊重上杉會長的意思，公開手術和直接縫合術都會依照會長所希望的取消。」
「那真是太好了，謝謝您的諒解。」久本開心地說道。
「相對的，手術費用一毛也不能少。請你們按照之前所說的，湊齊三億圓，捐贈給櫻花樹財團。沒問題吧？」那個瞬間，窗外突然響起一陣雷聲。天城低聲說道。
「我會再向會長確認一次，應該是沒什麼問題。」
「就上杉會長的總資產而言，三億圓不過只是小錢吧！」
久本微笑著看著天城，接著問道。
「請告訴我關於手術預定日和事前需要準備的事項。」

「手術預定在七月初，地點在東城大學附設醫院。因為還有其他手術在排程上，所以沒有辦法再調整時間了，這點還請諒解。」

「私立醫院應該很好通融吧？」

「維新大學的話，應該會特別禮遇你們吧！你們想的話，去找他們也可以。」

「會長希望是由天城醫生您幫他開刀，我們不可能會去找他們的。」

久本虛弱地回應天城帶刺的話語。維新大學的菅井教授是上杉會長的主治醫師，但因為手術能力不夠，所以被對方捨棄，改找天城幫忙。

「因為維新大學拒絕提供術前檢查資料，所以手術前兩個星期還需要住院檢查，做血管攝影。」

「那種帶有危險性的檢查一定還要再做一次嗎？」

久本困惑地詢問，天城聳了個肩。

「要抱怨的話就去找不願意提供資料的維新大學抱怨，誰叫你們一開始不請維新大學寫介紹書轉院，還祕密拜託我幫你們動手術。現在菅井教授在鬧脾氣了，這也算自作自受吧！」

久本的表情尷尬了一下。上杉會長是汽車界的龍頭，大家都知道他唯我獨尊的個性。久本打開行事曆，一邊書寫一邊問道。

「我們會調整事前住院的部分，六月中，大概三天沒錯吧！」

天城點了個頭後起身，正要走出接待室時又回過頭來。

「上杉會長已經跳過一般人在接受我手術之前，必須要有的洗禮 Chances simple. 那已經給他特別優惠了，請你們理解。」

久本一臉訝異的樣子，天城露出微笑，繼續說道。

「也就是說，請一定要將那筆錢完整無誤地捐贈給財團。」

「我們會妥善處理的。」久本回答後，天城便與世良一同走出接待室。

為了躲避暴雨，兩人快步衝回小綠裡頭。

「這樣就解決一件事情了。」世良開心地說道。相比之下，天城的聲音倒是一點都不開心。

「朱諾，你知道做生意最重要的部分是什麼嗎？」

「簽契約吧？所以今天的會面可以說是大成功吧！」

「太天真了！做生意最重要的就是要能夠把錢收回來。在蒙地卡羅時，大家都是事先付款的，所以沒這個問題。但這次上杉會長有可能會要求手術後才付款。」

「怎麼可能，他可是聞名天下的上杉會長耶！再怎麼樣也不可能那麼狡猾吧！」世良瞪大了雙眼。

「我也希望如此，通常只要跟錢有關係，就會出現令人意想不到的事情。如果他願意付錢，應該會排除萬難見我們才是，畢竟這個關係到他自己的健康。他不願意見我，就表示他可能在某處偷聽我們講話，再思考要怎麼回應我們。老是要擔心這些無聊的事情，這就是狹隘島國日本的極限，這樣的日本是不可能培育出可以領導世界的大人物的。」

接著天城笑著問向世良。

「我問你一個問題，對你而言、或是對你尊敬的女王高階來說，幫有可能跳票不付錢的患者動手術，也是天經地義的義務嗎？」

天城直截了當的提問讓世良陷入沉默，無法回答。

「只要上杉會長心情好，願意付錢的話，就算他逢人就說我是低劣的守財奴、差勁的外科醫師，我也沒差。」

天城將駕駛座的窗戶開到最大。雨水和天城毫不留情的話語就這樣打在世良的臉上。

「嗯，大概就是這個樣子。身為一名醫生，您會怎麼評價天城醫生？」

「荒謬至極。」正當天城的小綠穿梭在小雨中，快速開往櫻宮市區的時候，祕書久本也在上杉汽車的會長辦公室裡對眼前的男子如此說道。

方才一直待在隔壁房間打量著接待室的高階講師，用短短幾個字判定天城有罪。

窗外的雨聲變得更加激烈。久本一臉對方說得正合他意的樣子，繼續說道。

「而且維新大學菅井教授和會長的關係一直到現在也十分良好，菅井教授之所以不願意交出資料，是為了表示對天城醫生平日行為的抗議。菅井教授在自己的堅持與對會長的關心之間感到兩難，在跟帝華大學的西崎教授聊過之後，才會想請高階醫生過來這裡了解狀況的。」

「……真是令人髮指的魑魅魍魎的聯絡網啊！」高階講師以久本聽不到的音量喃喃自語後，抬起頭來說道：「會長不需要拿錢出來捐贈，日本不需要櫻色中心那種設施，不能讓那種虛有其表的花在櫻宮綻放。請會長接受天城醫生的手術，捐贈方面我會全力阻止的。」

「真是令人放心，那就拜託您了。」

高階講師站起身，心中卻突然懷疑自己的判斷是否正確。就結果而言，自己只是在幫令人厭惡的既定體制，帝華大學的恩師西崎教授與維新大學的幕後黑手菅井教授做事而已。

高階講師一邊帶上會長辦公室的門，一邊將浮上心頭的想法給驅逐。

——若建立以金錢為上的醫療系統，那窮人該怎麼辦？

前幾天公開手術中，病患家屬的感謝之情突然浮現腦海。

穿著夏威夷襯衫的不孝兒子，抱著會場觀眾所捐贈的錢，開口說道。

——您簡直就是個活菩薩啊！醫生。

高階講師甩開那些念頭，快步往門外走去。他伸出雙手確認雨勢變小後，傘也沒撐地往鬱鬱蒼蒼的森林走去，消失在其中。

五天後，附設醫院三樓的院長接待室中，正展開醫局營運會議。出席成員照舊有佐伯教授、黑崎助理教授、高階講師、垣谷講師、櫻色中心總帥天城，以及擔任紀錄的醫務長世良。

「報告，上杉會長的手術日已經確定了。」天城開口說道。

「你該不會連上杉會長的手術都想弄成公開手術吧？」

在黑崎教授如此盤問之下，天城聳了個肩。

「我本來是這樣打算的，但因為要尊重上杉會長的想法，所以這次就不公開了。」

「那是當然的，每次都把手術當成表演，醫療本身會被你玩壞的。」

「我不覺得醫療本身是那麼脆弱的東西呢！」

不理會天城的反駁，垣谷講師開口詢問相關的行政事務。

「手術當天和循環系統內科的事前住院檢查的日期都辦妥了嗎？」

「手術預定在七月十日星期三，需要借用東城大學醫院的手術室。已經事先預約好手術室了。六月中會做血管攝影（Angiography），這部分會由櫻花樹來負責。」

「不行，東城大學都是由循環系統內科來做血管攝影的。」

「心臟外科醫師都不幫自己的手術患者做血管攝影嗎？這樣不就是把術前評估都丟給別人做，也太不負責了。」天城驚訝地詢問。

黑崎助理教授目光銳利地瞪向天城。

「這是新院區在建設之時決定的事，雖然心臟血管外科團隊也不認同這項決定，但規定就是這樣，我們也沒辦法。再說東城大學全體教學中心都是一心同體，內科的檢查就是佐伯外科的檢查。」

「什麼狗屁道理，那前幾天梶谷女士怎麼就不用請循環內科做？還是有例外吧？」

「只要有前一間醫院提供的檢查資料，就可以省略循環內科的檢查。不過很少有這種情況。」垣谷講師搖了搖頭。

高階講師輕咳了一聲，從中插話。

「請遵照醫院的規定，去跟循環系統內科的江尻教授討論檢查日期，一切都要先從那裡開始。天城醫生雖然已經動了兩場手術，但兩場都是非常態手術。如今新人也進到醫院了，為了給他們好榜樣，請配合東城大學的系統手術事項。」

「你想說的是，我的手術會給那匹野馬帶來巨大影響吧？」

天城輕笑道。被說中要害的高階講師沉下臉來。

「這跟個人無關，而是要先有醫院組織的整合性系統……」

「好啦，我會先去處理那些事的。總之先去跟江尻教授交涉，手術目前預定在七月十日執行，如果交涉失敗的話就會延期。」

「看你講得這麼輕鬆，你又知道江尻教授是怎麼樣的人？他可是比我還要更嚴謹的，你這個樣子去找他只會吃苦頭的。」

「我當然知道，去年在醫院全體營運會議第一次見面時，他就罵我不要武斷獨行，但我想他應該是溝通一下就沒問題的人。」

天城如此回答完黑崎助理教授後，不懷好意地笑著站起。

「那我就直接去找江尻教授了，另外我想再借一下朱諾。」

「醫院這邊沒有工作的話，就去幫天城醫生。」高階講師對正在做會議筆記紀錄的世良說道。

垣谷將手伸向世良剛才抄寫的會議紀錄，貼心地說：「我來幫你記錄吧！」

「得到教授的許可之後，我想直接臨時召開醫局營運會議。」

天城開口請示後，黑崎助理教授開口回答。

「臨時醫局營運會議只要有主要成員的誰開口邀請幾個人參加就可以了，一直被你使喚的那個小鬼因為是醫務長，也算是主要成員，如果你想召開會議的話就拜託他吧！」

「哎呀！朱諾什麼時候這麼會把握機會升官啊？」

「這都是託天城醫生的福。」

世良想都不想便直接回答天城挖苦似的取笑，天城面帶微笑地說。

「那醫務長，這部分就拜託你囉！」

「其他醫生看樣子也都同意，沒問題的。」

天城和世良離開辦公室後，一直維持沉默的佐伯教授開口說道。
「優秀青年，你在打什麼主意？」
高階講師抬起頭，注視著佐伯教授的白眉，接著才低聲說道。
「哪有打什麼主意，我一直掛念在心的也只有保護佐伯外科的秩序、守護日本的醫療，如此而已。」
一直環抱著雙臂、閉目養神的佐伯教授在一片寂靜之下，張開了雙眼。
「優秀青年，你的判斷就是我的判斷，想做什麼就盡量去做吧！但是……」
佐伯教授突然止住不語，他注視著高階講師的眼底深處。
「……但是，秩序也有各式各樣的次元，我有我的秩序，未必跟你的秩序是一樣的，這點請你銘記在心。」
「那我想提問，如果我的秩序和教授的不一樣，那時候該怎麼辦呢？」
佐伯教授瞄了一下黑崎助理教授，輕笑道。
「這也沒什麼，到了那時，我的秩序和你的秩序就會產生衝突，如此而已。」
「也就是說，要全面開戰了？」
原本流暢的筆記著會議紀錄的垣谷突然停下手中的筆，黑崎助理教授也吞了一口口水。
院長辦公室的空氣彷彿凝結了一般。
「這又不是現在才需要重新確認的事情，你想叫它作全面開戰的話，那就這樣叫吧！畢竟真要說的話，我們從很久以前就已經開戰了！」佐伯教授很快地做出反應，大聲說道。

高階講師輕笑後站起身。

「我明白了，那我先回去工作了，不好意思失陪了。」

高階講師離開辦公室後，佐伯教授嚴厲地對黑崎助理教授與垣谷講師說道。

「等天城跟江尻醫生確定好日期後，你們一定要全力協助他。」

黑崎助理教授看似想說些什麼，但終究還是什麼都沒說。

「倘若VIP病患的手術成功，東城大學便會一舉成名。但要是失敗……」

佐伯教授沒再繼續說下去。黑崎助理教授與垣谷講師對望了一眼。

總之天城先讓世良按一般流程申請血管攝影，正如他們所料，對方斷然拒絕了。知曉事情的天城直接前往循環系統內科的教授辦公室。

世良對著他的背影問道。

「你有事先申請要見江尻教授嗎？」

「我們都是同個大學的職員，有需要這麼講究規矩嗎？」

聽到天城故意將江尻教授稱為「職員」的世良立刻反駁道。

「先跟教授預約見面才是禮儀，不能因為在同間大學工作就省掉這個步驟，再說天城醫生的櫻色中心和東城大學一點關係都沒有。」

天城停下正要敲門的手，轉向世良。

「你說得有道理，但應該是過去發生過什麼，你才會這麼在意這些小事吧。換句話說，江尻教授是會在意那些事情的人囉？」

世良點了個頭。

「沒有預約就闖進去，我擔心會讓事情變得更糟。」

「的確，那種人不只喜歡糾結一些雞毛蒜皮，還很愛誇耀自己的能力。不過這次不要先預約會更有效果，畢竟是緊急事件啊！」

天城伸手敲了門。拜託江尻教授一定不要在辦公室裡啊！世良在內心祈禱著。然而老天並沒有聽到他的請求，「請進」，他們聽到一聲尖銳的回應。打開門後，出現的是穿著西裝、正推著眼鏡的江尻教授，他從文件中抬起頭來望向這裡。

「沒有預約就直接到副院長辦公室找人，果然是歐美人士的作風。」

我就說了吧！世良一臉戰戰兢兢的樣子。

「大事不好了，循環系統內科的既得利益要被侵犯了！」然而天城只是若無其事地回答。

「進來。」江尻教授瞪大了眼睛，他目不轉睛地盯著天城，接著才低聲說道。

天城點了個頭後，瞄了世良一眼，比了一個V的手勢。

江尻教授走向沙發坐下後，示意天城跟世良也跟著坐下。

「希望你以後要斟酌使用既得利益這個詞，我們循環系統內科並沒有存在那種字眼，你這樣說話，其他人可能會誤解的。」

江尻教授一邊說，一邊擔心受怕地看著四周。

「循環系統內科教學中心沒有既得利益嗎？那是我誤會了嗎？我知道了，我不會再多說什麼，不好意思先告退了。」天城向看似心裡有鬼的江尻教授說道。

天城正要起身的時候，江尻教授著急地舉起兩手制止他。

「等一下，或許是我們對既得利益這個詞有不同的見解，如果是循環系統內科的本分，我們一定會好好做到的。總之你先說說看是什麼事吧！」

看著江尻教授驚慌失措的樣子，世良好不容易才忍住笑。這樣掩飾反倒讓人覺得江尻教授身邊盡是既得利益。

「其實是我聽說，佐伯外科要自己做手術前的心臟血管攝影檢查。」天城開口說道。

「那不能說是我們的既得利益被侵犯，而是他們單純的違反約定。血管攝影在新院區的建設完成時，就已經說好由循環系統內科來負責了。」江尻教授瞪大了眼睛。

「但是佐伯外科好像要自己做這次緊急繞道手術的術前血管攝影。」

「為什麼會有這種事情？」

江尻教授以尖銳的聲音質問天城。

「因為下個月上旬的繞道手術預約不到血管攝影，這樣會趕不上手術時間的。」

對方可是ＶＩＰ，再這樣下去，有可能會轉到其他醫院。佐伯教授擔心這點，一聲令下，就決定由綜合外科自己做血管攝影。」

天城將來這裡之前，世良想要預約卻被拒絕的真實故事加到對話裡，聽起來十分有說服力。

「我們這裡的血管攝影預約確實都已經滿了，而且不自量力的ＶＩＰ意外地也不少呢！話說回來，請問是哪位ＶＩＰ？」江尻教授狼狽地說道。

「上杉汽車的上杉會長。」

才剛將紅茶放到嘴邊的江尻教授不禁嗆了幾下，將紅茶都噴了出來。

「上杉會長不是櫻宮最高級的ＶＩＰ嗎？你怎麼不早說？」

天城拿出白色手帕，細心地擦拭著噴出來的紅茶。

「因為我對教授說的有很多不自量力的ＶＩＰ這點也深有同感。」他開口說道。

「我會直接將會長的檢查排進流程，再請問一下，會長希望什麼時候做檢查呢？」

「他最希望可以排在下個星期二。」

江尻教授拿起話筒，直接向檢查室預約成功了。

「請告訴上杉會長，循環系統內科的江尻會盡一切所能，妥善處理的，還請他放一百萬個心。」

「我了解了，那檢查的部分就麻煩江尻教授處理了，再請多幫忙。」

天城站起身，優雅地行個禮後，走出教授辦公室。

世良一追上來後，在電梯室等待的天城輕輕笑道。

「嗯，就是這樣囉！」

「……我剛才真不該質疑您的。」感到心服口服的世良急忙行了一個禮。

「那就趕緊在今天下午召開臨時醫局營運會議吧！時間是五點。」

「今天下午嗎？」

電梯室的掛鐘顯示現在是下午三點，要在五點召開營運會議實在不太可能，但似乎又不是做不到。

「不是有句成語叫事不宜遲嗎？不用擔心，我只是單純要報告結果而已。」

世良前去護理站通知會議的主要成員。

雖然沒有聯絡到垣谷，但也順利聯絡到佐伯教授、黑崎助理教授，以及高階講師。

黑崎助理教授為此感到驚訝，高階講師也不禁脫口而出「也太快了」，佐伯教授則回答「知道了」。順利聯繫到長官們的世良鬆了一口氣，向天城報告事情皆已辦妥。

下午五點，天城告知醫局營運會議成員江尻教授的回答。

「總之就是這樣，江尻教授的教學中心會在下星期二幫我們做血管攝影，這樣七月的手術就沒問題了。」
「真虧你能讓那麼強硬的江尻教授點頭，你到底用了什麼手段？」
黑崎助理教授好奇地詢問後，天城賊賊地笑了起來。
「我就說病患是上杉會長，他就妥協了。名聲跟地位果然很重要啊！」
佐伯教授舉起單手。
「做得好，這樣我也能認真處理大學醫院改革一事了。」
「那真是恭喜您了。」
天城雖然不解佐伯教授的言外之意，還是社交式地回應了。佐伯教授一臉苦澀地來回看著黑崎助理教授與高階講師。
「還有其他事情要報告嗎？」
黑崎助理教授與高階講師都搖了搖頭，佐伯教授看向高階講師。
「那優秀青年，你明天跟我一起去參加醫院整體營運會議。」
高階講師一臉無奈地點頭。
「那邊的小子也一起去。」佐伯教授接著轉向世良說道。
我嗎？世良不禁回問。佐伯教授點了個頭。
「怕什麼，你是醫務長，參加營運會議是很正常的，給我有點自覺。」
經佐伯教授這麼一說，世良也無法拒絕了。

「那就決定七月十日是上杉會長的手術日，請大家全力支持天城總帥。」佐伯教授抬起白眉，開口說道。接著他又突然想起什麼似地補充：「差點忘了，下星期三，醫科五年級的臨床課程就交給天城總帥了。」

「把那些小雞的課程交給我？現在吹的是什麼風？」

「你還不懂我的意思嗎？我這麼做是要讓佐伯外科都有所覺悟，櫻色中心的天城總帥將正式在這間教學中心占有一席之地。」

天城側眼看向一臉不開心的高階講師，點了個頭。

「可以隨便我講的話當然很歡迎，那我就恭敬不如從命了。」

「當然不能讓你想講什麼就講什麼，為了避免你亂講話，我會讓優秀青年去監督你。只要一超出佐伯外科的界限，他就會出面阻止你的。」

「那我也有個條件，我想要帶幾名醫局的成員過去，其中一位當然是朱諾啦！」

「你要帶幾個人都無所謂，細節就交給醫務長了。」

佐伯教授的話也宣告著醫院營運會議的結束。黑崎助理教授與高階講師走出辦公室後，天城也向佐伯教授敬了個禮，走出辦公室。

高階講師將兩手交叉於胸前，倚著牆壁，在辦公室外等著天城的出現。

「真有你的，竟然可以在那麼短的時間內說服那個優柔寡斷又愛拖延的江尻教授。雖然你說是因為報上ＶＩＰ的名號，但我不認為光這點就能說服他，你到底用了什麼招數？」

「我威脅他再這樣下去，就會失去獨占血管攝影的利益，一聽到這邊，他的氣勢就軟下去了。」

「原來如此，這樣就說得過去了。沒想到是一步之差啊！」

天城歪著頭，一臉訝異地看著高階講師。

回到研究室後，高階講師立刻撥了通電話。

「我是佐伯外科的高階，原本跟您約今天六點，但因為事情有了著落，不用見面也沒關係了。不好意思給您添麻煩了。」

放下話筒後，高階講師嘆了一口氣。

「天城跟世良這對組合的動作比想像中還要快，若不重新計畫，櫻色中心就會被蓋起來了。」

他再度拿起話筒，撥動著數字盤，一邊聽著話筒傳來的電子音，一邊喃喃自語著。

「可以的話實在不想走到這步……」

接著他將身子深深地沉入沙發，等待著話筒另一端的回應。

13 佐伯爆彈

六月十二日（週三）

下週三，六月十二日，醫院三樓的大會議室裡聚集了醫院整體營運會議的成員。

這場會議的重要程度僅次於教授會議，是附設醫院主要成員每個月都會召開的例會。一年前，身為公開手術成員的世良也參加過這個會議，當時穿著白色西裝外套的天城，還在胸口別了一枚閃閃發亮的銀色星型勳章。然而今天天城卻沒有出席會議。

世良覺得心情不是很好。因為如果是陪同天城出席，大家便會認可世良的存在；但如果只有世良出席，只會被當成佐伯外科不自量力的醫務長。

佐伯院長坐在最上位，左側是江尻副院長，右側是緒方理事長。理事長於上次公開手術時，曾被叫去處理行政事務，一直到現在，時不時都還會聽到他在跟誰抱怨那件事。另外三名固定成員中，關係惡劣的曾野放射線技師長與遠藤藥局長一同缺席。這兩人只要有其中一方出席，擔心對方乘機下手的另一方一定也會跟著出席。所以不是一起出席，就是一起缺席，還有人因此以為他們感情很好。

榊總護理長則跟那群吵鬧之人保持了一段距離，顯得自在舒適。

做為決定醫院基本方針的重要會議，出席者似乎有些不足。而且六名固定成員中，還有兩組關係惡劣，導致場面十分冷清。在這種充滿火藥味的氛圍中，善於奉承的緒方理事長與有著典雅氣質的榊護理長則舒緩了不少氣氛。

然而今天還多了兩名旁聽者，一位是佐伯教授的心腹高階講師，另一位是東城大學的無賴兼櫻色中心總帥天城的部下，世良。

從江尻教授的角度來看，自己簡直像被佐伯外科包圍了似的，這讓他感到十分焦躁不安。他不斷想著天城的警告，再加上高階講師那天又突然取消見面，江尻教授內心的暗鬼簡直多到要滿出來了。

議題順利地進行，當司儀宣布會議結束時，佐伯院長抬了一下白眉。

「我對大學醫院的營運方針有個提案。」

江尻副院長一臉戒備，暗想「來了！」。緒方理事長則與榊護理長對看了一眼。

「託大家的福，我順利當了兩年院長，這個秋天將要舉行下任院長選舉，我打算再次競選。」

會議室裡喧鬧起來。被視為與之抗衡、也打算再度出馬的江尻副院長臉色也跟著慘白。

他作夢也沒想到，佐伯院長竟然會在選舉公開前四個月、在這種正式場合上、而且還是在自己面前，如此大搖大擺地宣布他會再度出馬。

「在這種場合上提院長選舉參選之事，似乎不太好吧！」江尻教授輕咳了一聲，開口說道。

「哦！江尻副院長之前也和我角逐過院長的位置吧！看來我神經有點太粗了，不過不用擔心，因為這個參選宣言並不一定對現任院長的我來說比較有利。」佐伯院長立刻笑道。

「越早宣布對現任越有利，這是選舉的常識。而且佐伯院長的實際表現也很好，從沒聽過有誰對您的施政感到不滿。」

江尻教授的奉承其實都是明擺著的事實，佐伯體制內外對佐伯院長的評價甚高。即便兩年前的選舉他深受毀謗中傷，但那些流言也都在今年平反了。

「我要提的大學醫院改革案，將會觸及到根本上的問題，甚至會引發議論、招致反感。如果要做改革的話，說要參選下任院長也是很合理的。要是現在不表態的話，那些人不知道又要說什麼了。之所以會發表參選宣言，也是想要將這份力量用在改革上，並沒有其他意思。」

佐伯教授的說法就好像完全不把江尻教授當一回事似的，世良心想。為了避免這種想法露餡，他只好趕快低下頭，避開江尻教授突如其來的目光。

「不先聽佐伯院長的提案，我沒辦法做任何表示，還請您先說明。」

佐伯院長輕咳了一聲，開始說明心中醞釀已久的計畫。這項計畫將在後年，以佐伯主義之名，成為東城大學歷史上的名演說並廣為流傳。但在這個當下，在場的成員無論是誰，都無法想像未來會發生那種事情。

「大學醫院機構改革第一步，我將統合臨床醫學部門以及基礎醫學教學中心。首先，先合併生理學與呼吸道疾病科，接著再像呼吸內科與胸腔外科那樣，重新編排涉及內科與外科的臟器組織，建立可以依照內科診斷、外科治療，對臟器分門別類的綜合診斷醫療。我要建立這種普遍體系的新式醫療中心。」

「那就是要瓦解現行的醫院制度了，這種不加思考的臨時動議，教授會議不可能會同意的！」

江尻教授用力地以拳頭敲打桌子。對於對方激烈的抗議，佐伯教授只是將兩手環繞於胸前，抬頭仰望著天花板。

無法忍受被對方忽視的江尻教授不掩焦躁地再度提問。

「我先問你，我的循環系統內科會變得怎樣？」

佐伯教授避開江尻教授的目光，開口回答。

「希望你能考慮跟生理學合併。」

「那外科的重整呢？」

這才是重點，外科的循環系統部門隸屬於佐伯外科。換句話說，江尻教授問的正是正中要害的問題，佐伯外科在這場改革中又會變得怎麼樣呢？

佐伯教授乾脆地回答。
「當然也會進行。」
「也就是說，佐伯外科會納入我們循環內科囉？」
江尻教授尖銳地提問，但佐伯教授卻輕易地避開那道提問。
「我還沒有確定最終型態，畢竟綜合外科是心臟血管外科與腹腔外科的複合體。」
「如果你堅決要在大學醫院實行這種巨大改革，『請自隗始』，希望你能從自己的教學中心開始改革，再來提案。」
「不用擔心，佐伯外科的重組會和大學醫院改革同時進行，畢竟教學中心的統一還是廢除都不需要花上太多時間。」佐伯院長瞇細眼睛笑道。
「不會花上太多時間？那您打算怎麼處理臨床教育改革？」江尻教授睜大他細長的雙眼，嘶啞地說道。
「關於新人實習，我將以一元化為目標。」
「我實在不明白您到底在說什麼，而且我想不只是我，在座的其他人應該都跟我抱持一樣的想法。」
江尻教授話一說完，周圍的成員便一同點了個頭，其中也包括佐伯教授在佐伯外科的下屬，高階講師以及世良。
「我會讓所有新進醫院的實習醫生到新創的急救中心去實習，在院長的統領下走向一元化。換句話說，初期實習會統一在大型急救中心做，讓新進醫生先接受這方面的鍛鍊，再分配到其他教學中心。」佐伯教授深深地嘆了一口氣後，開口說道。

「開什麼玩笑！佐伯醫生的蠻橫改革會讓大學醫院整個解體的。」

江尻副院長沉下臉來提出抗議。但佐伯院長只是笑著肯定他所說的話。

「但如果不這麼做，想要再創日本的醫療奇蹟幾乎是不可能的事。醫療在高度細分後，雖有助於技術的進步，但墨守成規的本位主義也會更加橫行霸道。因為超出自己所學，有許多內科醫師連一點小擦傷都無法醫治，這樣吃虧的只是病患。為了改正歪風，這次改革的主旨便是回到醫療的本質。」

「您指的醫療本質是什麼？」佐伯教授過於唐突地說出了這番話，讓江尻教授也理所當然地繼續問道。

「對病患伸出援手，就是這麼簡單。現在的醫生總是拿非自己專業或沒時間來推託，對困難視而不見。為了改正這股歪風，我要把急救醫療設為實習醫生基礎實習中的重點，先習得必需的技術，才能開始醫療相關事務。這樣一來，在碰到緊急情況時，有受過東城大學基礎實習的醫生都能應對自如，也能馬上前往現場幫忙。」佐伯教授抬了一下白眉，大聲地說道。

這番高尚的宣言，令在場的眾人彷彿失去了說話的能力。

過了一陣子，絞盡腦汁的江尻教授才又開口說道：「真是不得了的計畫，您該不會從招聘天城醫生的時候，就一直在計畫這些了？」

佐伯院長輕輕地笑了一下，沒有回答江尻教授的問題。宛如要證實他的推理無誤，江尻教授再次問道。

「雖然您的理念十分高雅，但這個計畫真的有辦法實現嗎？而且隸屬於神經外科的救命急救部也才剛成立，現在就要他們負責所有實習醫生的教育，簡直是痴人說夢。」

「這點不需要擔心，我們綜合外科會全面協助急救的基礎實習。」

佐伯院長乾脆地回應對方合理的批判。江尻教授搖了搖頭。

「結果這才是您的真心話吧？將新人集中到自己的教學中心，藉以掌握權力。只要能夠管理所有實習醫生，想對東城大學做什麼就能做什麼。」

「包含基礎實習，我會在他們在剛進醫院的兩年內，徹底學會外科的基本技巧，之後再讓他們自行選擇專業志願。這樣一來，年輕醫生一進到各科教學中心，都能馬上成為戰力，這不就是我們心心念念的事情嗎？」

江尻教授再也無法反駁，他的脣瓣不停地顫抖著。佐伯教授抬起白眉，看著他的樣子。

「這樣做確實蠻橫，但站在新世界的角度來看，蠻橫才能造就革命的萌芽。我當然知道這種巨大改革不可能在一朝一夕完成，因此我想先從兩個測試開始著手。我會在下次的教授會議上提出臨時動議，希望可以整合手術室與外科醫院大樓的護理部，以做為急救中心的基礎。」

「其他教授不可能會同意這麼亂來的事情吧！」

江尻教授氣若游絲地說完後，佐伯教授露出微笑，接著說道。

「醫院的決策有部分的權限掌握在院長手中。剛開始，我會統一管理各教學中心所持有的特別病房，等院長選舉過後，再正式啟動。」

「開什麼玩笑！這樣完全是在干涉其他教學中心的內政！」

江尻教授氣急敗壞地喊道後，榊總護理長抬起頭來。

「我印象中，之前已經和前院長約好了，不會再有特別病房的出現。」

江尻副院長的表情迅速繃緊，那是只有教授們才知道的黑暗內幕。而眾所皆知，溫柔的榊總護理長一向反對特別病房的存在。醫院裡的其他護理長雖然都知道特別病房只是被改名換姓了，並沒有因此消失，卻沒有人提出疑問。

不知道是幸還是不幸，榊總護理長早在幾年前就脫離第一戰線，所以並不曉得實情。與她沉穩的外貌相去甚遠，榊總護理長其實是位頑強的保守主義者。一旦她知道特別病房的存在，今後醫院內的政治必定會產生漣漪。

被逼到死路的江尻教授，不得不表明自己的經營方針。

「我們循環系統內科教學中心當然不會有那種特別病房，今後也絕對不會出現。」

「既然沒有，那就算讓院長統一管理，也不會有什麼問題吧！」

佐伯教授諷刺地回應後，江尻教授羞紅了臉，半句話都說不出來。

「這樣一來，好不容易摧毀的陋習又要復活了吧？」榊總護理長立刻接著說道。

佐伯教授搖了搖頭。

「確實我也不喜歡這種專門提供給權貴的利益，但若積極地在私立醫科大學導入這項設施，便能提高醫院收入。順便一提，前幾天循環系統內科特別幫忙血管攝影的ＶＩＰ病患就有提到想要特別病房，再這樣下去，我們就無法回應這類需求了。」

「既然如此，這次就算例外……」

佐伯教授舉起單手，阻止江尻教授順水推舟說下去。

「我也不忍向江尻教授要求特別待遇，讓他違背自己的堅持。再加上這次的ＶＩＰ預定在櫻色中心做手術，就測試而言，十分適合作為院長統一管理特別病房的首位病患吧！」

「這種做法跟東城大學的理念『病患都是平等的』有所牴觸。」

江尻教授眼見自己只是被強迫幫忙血管攝影的雜事，收入就要跟著被徵收了，不禁顯得十分焦躁。然而佐伯院長輕易地突破江尻教授的想法。

「正如您所說，就權限而言，要是把特別病房設置在綜合外科教學中心，似乎太過偏袒自己人了。但只要俯瞰整個醫院，便能明白綜合外科才是最合適的場所。我打算將目前病房使用率最低的，神經內科教學中心位於醫院頂樓東邊的兩間空房做為特別病房，並將他們命名為離天國最近的房間『Door to Heaven』。」

眾人鴉雀無聲，這麼一來，江尻教授的抗議也被完全封殺了。

「剛才那些都是已經確定會實施的了嗎？」

打破沉默的是榊總護理長。佐伯院長回答道。

「VIP病患上杉會長的住院日期迫在眉睫，目前唯獨這件事是已經確定的，關於這點我也得到神經內科右田教授的允諾了。」

江尻教授來回看著高階講師與世良醫務長這兩位旁聽人士，開口問道。

「前幾天天城醫生沒預約就跑來我這裡，在那之後高階講師又臨時取消跟我見面，難道那些都是為了要達成佐伯院長的計畫嗎？」

江尻教授以顫抖的聲音說道，高階講師立刻回答。

「那是誤會。但就算我這麼說，這種情況下您也不會相信我的吧？」

「廢話！我才沒有天真到會相信這種蠢話！」

坐在高階講師身邊的世良拚命地搖著頭，但江尻教授彷彿對眼前的景象視而不見，他激動地說道。

「這種會嚴重影響整個大學醫院的重大改革，拿到如此微不足道的會議上宣布也太弔詭了，您應該在教授會議上說明這些才對吧！」

「我會在下次的教授會議上提到這些，但我認為這項改革更應該在醫院全體營運會議上提出。因為與其說這是臨床醫學的問題，不如說這還攸關大學機構的教育問題。」

「佐伯院長是貴人多忘事，只有教授才有資格投票選出院長，您打著要縮減其他教授權限的口號，難道您以為這樣與大家為敵還能夠選上嗎？」

江尻教授以顫抖的聲音說道，佐伯教授回答。

「能夠選上，我倒是沒這樣想過，但我一定得選上。」

榊總護理長舉起手來。

「我只想確認一件事情，剛才佐伯院長的意思是，今後大學醫院將正式提供目前為止都沒有公開的特別病房，我這樣理解可以嗎？」

佐伯院長注視著榊總護理長。

好一陣子，他才緩緩地點了個頭。

「我明白了，要是您能在跟我討論整合手術部與綜合外科的護理部時也提到這點就好了。如果您當時有跟我說的話，情況也會有所不同吧！不過現在說這些都為時已晚了，我會再思考要怎麼處理護理部的問題。」榊總護理長平靜地說道。

冷颼颼的氣氛瞬間覆蓋全場。

佐伯院長抬起白眉，點了個頭。

江尻副院長咕咚一聲從椅子上站起。

「東城大學不能由這麼霸道的院長管理，我在這裡宣布，我也會出馬參選院長。」如此放話後，江尻教授慌亂地離開會議室。

確認其他人沒有要說的話後，佐伯教授一臉嚴肅地宣布會議結束。剩餘的與會者一同起立，匆匆忙忙地離開會議室。大家都想早點離開，回去研究剛到手的院內的天大消息。

會議室裡只剩下佐伯教授的心腹高階講師，與逆賊天城總帥的代理人世良。

「真沒想到您的計畫竟然可以這麼偏激。」

高階講師如此說道後，陷入了沉默。佐伯教授開口詢問。

「優秀青年，如果是你的話，你會怎麼設定這項改革的最終目標？」

「讓院長一人高高在上，其他人則都落到一樣的位階以求平等。我有猜對嗎？」高階講師將兩手環繞於胸前，陷入了沉思，接著開口說道。

佐伯院長凝視著高階講師，好一陣子才哈哈大笑起來。

「要怎麼做才有辦法讓這種無理的想法成真呢？」

「想要將現有制度無限趨近於那樣的組織，以目前的狀況來說是有可能的。第一步要統一協調急救中心及大學醫院的各項組織，所有病患交由院長直接管理的急救中心初診，再分配到因應的專業科部，這樣也能保存既有大學醫局的框架。不過，一旦開始實施，應該會相當困難吧！」

「哦，怎麼說？」

「一旦這項系統順利完成，便只有院長獨自位於高位，其他人都會在院長之下。這樣就連剛進醫院的新人，也會和原本就在醫院工作的教授們平起平坐。您覺得那些只會吹噓的無能教授可以接受這種事嗎？」

佐伯教授一臉開心地點了個頭。

「但若想建立急救中心，也得同時建立在那之後的專門醫科制度，否則計畫就會泡湯。換句話說，如果不同時做劇烈的組織改革以及革新既有的系統制度，那就只是一邊踩著加速器、一邊踩著剎車罷了，還有可能讓受命改變的組織走向窮途末路，停止所有活動。」高階講師繼續說道。

「非常精闢的解釋，但我無法從這番見解明白你的想法。優秀青年，你是想跟著一起改革，還是不想？哪個？」佐伯教授注視高階講師的神情，開口說道。

「這項改革最困難的地方，就是為佐伯外科帶來豐碩的果實吧！要是能一手掌握手術室與ＩＣＵ，所有診斷都會納入佐伯外科的影響之下。這也巧妙地印證了江尻教授所說的話，這項改革將會確立佐伯獨裁政權。」高階講師搖了搖頭，低頭說道。

「我已經聽膩了這些有的沒的，我要問的是，簡單說來，優秀青年你究竟有沒有覺悟要踏入這樣的改革？」

高階講師輕輕地笑了一下。

「覺悟？我才沒那種東西。只要您一聲令下，我就會替您辦到，粉身碎骨，在所不惜。我對於稱霸東城大學的野心一點興趣也沒有。」

佐伯教授皺起白眉，凝視著高階講師。

許久，他才將目光從高階講師身上移開，轉向世良。

「我明白優秀青年的想法了。喂、小子，幫我帶話給天城，我要在綜合外科教學中心裡建立急救中心，還要同時設置ＩＣＵ的基礎實習，這些都一併委託給他。只要他想的話，就讓他負責急救中心和基礎實習系統。這樣跟他說的話，他應該會馬上飛撲而來的吧！」

世良倒吞了一口口水。

高階講師凝視著佐伯教授的白眉，好不容易才擠出一句話來。

「這樣簡直就像是要把東城大學賣給天城醫生一樣。」

佐伯院長冷靜地搖了搖頭。

「並不是那樣，那不過是第一步罷了。接下來只要你們各自用盡智慧，就連我也無法猜到最後的結果，不過……」

話說到這裡，佐伯院長來回看了一下高階講師與世良醫務長。

「……不過，只要你們在這個過程中盡一切所能，總有一天東城大學也會受到整個日本的重視吧！就算將來不免走向崩壞一途，應該也能成為日本醫療再生的基礎。話雖如此，想要達成這個目的，勢必會髒了自己的手。若不是憑自己意志、有所覺悟踏進這項計畫的人，我也不願交付他這項重責大任。」

佐伯院長宛如宣布死刑般，如此告知高階講師，並輕咳了一聲。

之後他便緩慢地走出會議室。

被遺留下來的高階講師與世良陷入沉默。

「世良，我以研究室主管的身分命令你，剛才佐伯教授所說的話絕對不能告訴天城醫生，除此之外，之後不管天城醫生有什麼計畫，都必須逐一向我報告。」

高階講師鐵青著臉，開口說道。

世良瞪大了眼睛。

「這樣做好嗎？」

「一旦櫻色中心順利成立，東城大學的秩序便會分崩離析，還會漸漸走向崩壞。假使如此，我們有義務要保護東城大學，你不這麼覺得嗎？世良。」

世良看著高階講師堅定的眼神，內心卻感到十分困惑。

但現在除了點頭別無他法了。

14 Door to Heaven　六月十八日（週二）

上午十點，十幾名穿著白袍的醫師整齊地排站在醫院玄關等待。

一輛黑得發亮的高級轎車駛了進來，那是上杉汽車引以為傲的頂級轎車〈永恆〉。

白袍底下穿著西裝的江尻副院長站在隊伍中央，因為動員了全體醫生，也能隱隱約約看到幾名女醫生。除此之外，還有三名非同科的醫師，不大開心地站在隊伍的一角。

他們是接下委託，負責院長直轄特別室Door to Heaven、隸屬於神經內科教學中心的右田教授與有働助理教授，以及負責施行手術的櫻色中心天城總帥的代理人兼綜合外科教學中心醫務長世良雅志。

車子停下後，從副駕駛座下車的會長祕書久本敏捷地打開後座的門。

鏗鏘，銀杖的聲音響起，上杉汽車初始傳人、堪稱汽車界龍頭的創業家，同時也是櫻宮活生生的傳說——上杉歲一會長悠然地現身於眾人面前。

江尻教授立刻行了一個九十度的鞠躬，其他醫生們也仿效了他的行為。前來東城大學看病的患者與家屬都不斷打量著這邊的樣子。江尻教授與其部下足足敬禮了二十秒後，才終於抬起頭來，伸手握向上杉會長的手。

「我是這次負責幫您檢查的江尻，這三天還請您不用特別拘謹，有什麼事情儘管吩咐。」

上杉會長得意地點了個頭，環視周遭。

「不好意思還麻煩江尻教授親自出來迎接，前陣子多謝了。話說，好像沒看到要幫我動手術的天城醫生啊？」

「這次只是因為檢查住院，所以醫生還不需要出面，但是他也有派代理人過來。」

上杉會長瞇起眼睛，打量著世良。

受到對方的施壓，世良感到腳下不穩。

江尻教授使了個眼色後，一名醫生將輪椅推了出來。

「聽說您的腳不太方便，所以特別準備了。」

上杉會長瞬間浮現惱怒的表情，但立刻又恢復冷靜，開口說道：「雖然我需要拐杖支撐，但腳其實沒什麼問題，不然要爬樓梯也是可以的。」

「特別病房位於醫院最上層，就連年輕一輩的，爬到一半也會氣喘吁吁。」

「聽說最近的年輕人體力都不太好，看來是真的呢！」

上杉會長發出宛若水戶黃門[8]的笑聲後，其他白袍醫師也一一跟在他的後頭前進。大廳裡已經有醫生先幫忙占了一部電梯，上杉會長與祕書久本走進電梯，江尻教授、右田教授，以及有慟助理教授也緊接在後，接著其他蝦兵蟹將也跟著走進電梯。

超重燈號顯示，世良目送著夾雜抱歉與惡意表情的人們離去。電梯一班班地從世良眼前通過，他有所覺悟地走向大廳後側的緊急出口專用樓梯，大步往螺狀樓梯的上頭衝刺，但才剛到五樓綜合外科就已經喘不過氣了。

這一年來，在大學醫院工作的世良體力下降了不少。爬上五樓後，他一邊發出吆喝聲為自己打氣，一邊努力往上爬，好不容易才到了十三樓的神經內科，別名極樂病房。

一打開緊急出口的安全門後，一名年老的病患突然出現在眼前。

「到了到了，哎呀呀，辛苦你了！」

老人超脫世俗地打了招呼後，不知為何還給了他一根香蕉。世良將香蕉收到口袋，一邊喘氣一邊向對方行了個禮，他的目標是走廊盡頭的特別病房。而他馬上就知道目的地在哪了，因為病房前早已聚集了大批穿著白袍的醫師。

8　日本知名歷史人物，被多次翻拍成影視作品，可以視為《包青天》日本版，主角在每次事件圓滿解決後，都會爽朗地發出「哈哈哈」的招牌笑聲。

世良穿越人群，走進病房。病床邊只有四個人，會長祕書久本、循環系統內科江尻教授、神經內科右田教授與有働助理教授。世良因此感到些許畏縮，但還是站在房間一角並如此告訴自己：我可是代表天城出席的。

上杉會長在床上坐起上半身，眺望著窗外。

「這裡可以眺望整個櫻宮，真是難得一見的美景啊！啊，那裡就是我們上杉汽車，對面還有碧翠宮那座奇怪的建築。」

「這間病房是這次特別為了上杉會長住院才緊急準備的。」

「看來年輕人的體力真的很不好耶！真的可以讓這些年輕人負責我寶貴的心臟嗎？」上杉會長瞄了一眼滿身大汗且氣喘吁吁的世良，接著面露微笑地說道。

「難得你跑得這麼急，但不好意思，現在開始要幫上杉會長做檢查了，還請各位先離開病房。」房內眾人因上杉會長的諷刺哄堂大笑，江尻教授得意洋洋地對世良說。

世良一邊咳嗽一邊點頭。同樣被下令驅逐的神經內科右田教授與有働助理教授露出同情世良的樣子。

「請告訴我檢查預定時間和檢查結果會在什麼時候出來。」世良走到門邊，突然回過頭來問。

「那種小事等一下去問我們內科的醫務長。」

世良無法反駁看似有點惱怒的江尻教授，只好走出病房。關於上杉會長的檢查時程和結果報告，他半點資訊都得不到。

真是一點忙都幫不上。光是想像之後會被天城這樣念，世良就覺得十分洩氣。

「喂、那個。」正當江尻教授要開始幫上杉會長做檢查時，上杉會長伸手制止了江尻教授並對祕書說道。

「這個……難不成是上杉會長的血管攝影報告嗎？」久本祕書拿出一個大信封。在確認裡頭的東西後，江尻教授面露驚訝地說。

久本祕書點了個頭。

「為什麼這個會在這裡？我聽說維新大學不願意提供血管攝影報告，所以我們才必須再做一次。」江尻教授歪頭問道。

「那只是菅井教授無法認同天城醫生的做法才會那樣，我非常能夠理解他的心情。但在我決定要住院檢查後，他又後悔得不得了，說不想遷怒到江尻教授，所以才又拿報告給我們。」

上杉會長如此說道後，久本祕書又補充說道。

「只要有這份報告，就不需要再檢查一次了吧？」

「有報告的話當然不用再檢查，考慮到上杉會長的身體，這樣做是最好的。不過這樣做我也沒辦法提供什麼協助了，真是可惜……」江尻教授東張西望地看著周遭，慌忙說道。

「光是能入住這間特別病房，我就覺得身體舒服多了，而且還是由江尻教授您來照顧我，這已經令我喜出望外了，就當作我之前是在這裡檢查就好了。」江尻教授話一說完，上杉會長便瀟灑地說道。

他抬起下巴指示久本，久本便從衣服內的口袋拿出一個信封交給江尻教授。確認厚重信封裡裝了什麼之後，江尻教授惶恐地將信封退了回去。

「啊，不行的，這麼做會讓我很困擾的。」

「就當作是我任性的賠禮，不這麼做的話，我心裡過意不去。」

兩人互相推讓幾次後，終於在上杉會長說出「大家都知道我們上杉，要是被世人知道我們東西拿出來又收回去，成何體統」這句話後，江尻教授才勉勉強強地收下信封。

「在下一定會盡心盡力，努力讓上杉會長您恢復健康的。」

「那麼事不宜遲，有幾件事要先拜託您。首先，這份機密報告一定要在手術前夕才能交給天城醫生。」上杉會長一臉滿足地點了個頭。祕書久本開口說道。

「可是這樣手術可能會有風險。」江尻教授提出反駁。

「不要緊的，菅井醫生曾經說過，像天城醫生那麼厲害的人物，只要在手術前看過這個報告就沒問題的。」

「但是，為什麼要這麼做呢？」

「上杉會長不太高興天城醫生提出的過分要求，所以不想被天城醫生牽著鼻子走。」久本在確認上杉會長點頭示意後才徐徐道來。

「請問，那個怪人做了什麼失禮的事情嗎？」

「天城醫生在這裡也算異類吧？其實關於這次的手術，他提出兩項非常誇張的要求，第一個是他想將會長的手術以公開手術的方式呈現。」

江尻教授因久本的說明感到憤慨。

「這實在是太失禮了！兩個月前，他才在櫻宮市醫師會協辦的外科會員大會舉行過公開手術，那時的患者是生保病患，聽說他不只把那場手術弄得跟表演一樣，還在現場募款籌手術費用，從現場那群明理的醫生手中敲詐了一筆。但沒想到他竟然還想對會長您做這種事，真是太誇張了！」

「其實上杉會長原本也同意做公開手術的，但由於日期沒辦法配合，所以後來才婉拒了。現在聽您這麼說，看來當時的決定是對的。」

「那真是太好了，順便請問一下，另一條過分的要求又是什麼呢？」

「他要求我們捐錢給櫻花樹集團，而且還是很誇張的金額喔！」久本看著上杉會長皺眉的樣子，氣憤地說道。

「您說誇張，請問是多少錢呢？」

「三億。」

江尻教授一聽，嚇得說不出話來，好不容易才勉強擠出一句。

「竟然強迫病患捐獻這麼大的金額，這要是傳到外頭了，東城大學就完蛋了，還請您幫我們保密。」

「但天城醫生說這件事已經獲得佐伯院長的同意了，所以我們一直以為這是東城大學整體的意見。」

「剛才說的內容有些地方不太對，天城雖然是我們這裡的異類，但佐伯院長可是非常支持他的呢！佐伯教授打算要做一項危險的改革，這項改革可能會動搖東城大學的根本。他前幾天才剛在公開場合發表這件事，鬧得整個東城大學雞犬不寧呢！」江尻教授低聲說道。

久本向上杉會長使了個眼色，然而江尻教授完全沒有注意到兩人的一舉一動，只是繼續說道。

「我為了打倒佐伯教授，決定出來參選院長，現在也有近半數教授願意支持我。如果能再得到上杉會長您的支持，這場選舉也能說是勝利在握了……」

「拜金主義醫療如此横行霸道，又怎麼能幫助社會？藉這次住院，我們上杉汽車上上下下一定都會站在江尻教授這邊的。」上杉會長一臉嚴肅地說道。

「非常感謝您，上杉會長的英明判斷拯救了櫻宮的醫療。」

「希望能在江尻醫生當選院長時，再次從您口中聽到這句話。」

久本祕書如此說道後，上杉會長點了個頭，補充說道。

「另外還有一點不情之請，這間房間住起來很舒服，只住兩天總覺得有點可惜，希望能讓我多住一天，好好享受一下。」

「這點您儘管放心，我們就讓預訂檢查日延到後天吧！因為沒有必要做檢查，想延到哪就延到哪。」

三人放聲大笑，就在這時，傳來了敲門聲。江尻教授沒好氣地應聲。

「誰啊？現在還在檢查中喔！」

門開啟後，出現的是方才三人討論的主角天城雪彥。三人倒吸了一口氣，江尻教授位於門邊，在他身後的久本立刻將信封放回手提袋。

天城推開江尻教授瘦弱的身軀，走近上杉會長的枕邊。

「好久不見，上杉會長。因為您公事繁忙，一直沒機會見到面，雖然這是您委託我動手術後第一次見面，但看您還是跟之前一樣健朗，真是太好了。」

「天城醫生，沒有事前預約就這樣闖進來是很沒禮貌的喔！」

天城一邊回頭，一邊瞪向江尻教授。

「沒禮貌的是誰？沒有先問過主刀醫師，就直接接病患進來住院檢查，真是不可置信。而且你以為我想過來啊，還不是因為你不願意提供我代理人檢查時間和報告出來的日期，我只好自己來問你了。」

「天城醫生都開口了，我也躲不了了。所以你想知道什麼事情？」在天城咄咄逼人之下，江尻教授只好勉強說道。

「我想請問目前的檢查時程，還有什麼時候可以看到報告結果。」

「我之後會再跟你聯絡。」

「那太浪費時間了，不用這麼麻煩，請你現在就告訴我。」

「外科醫生老是跟野蠻人一樣，這麼急躁，血管攝影預定在後天做，下午一點開始。不過報告要等我們內科的會議結束後才會送到外科，現在還沒確定下次會議的時間。」江尻教授瞄了上杉會長一眼，開口說道。

「不能在會議之前先讓我看嗎？」

「這樣做的話就只是一張沒有經過診斷、毫無立場的報告而已，我們循環系統內科無法接受這種不負責任的做法。」

「那請讓我一同觀摩內科的檢查。」天城如此說道後，江尻教授的臉僵硬了起來。

「循環系統內科教學中心的檢查是沒有公開見習的。」

「連檢查也不給觀摩？真是過時又不合乎常理的系統。」

天城發出嘖的一聲。

「這是我們這裡的標準做法，不信你可以去問問黑崎助理教授。」江尻教授挖苦似地笑著回答。

「這種既沒有邏輯又綁手綁腳的系統會阻礙醫療的進步，簡直蠢斃了。既然如此，我只好祈禱佐伯院長能夠早日執行大學醫院的改革了。」

江尻教授驚訝地抬起眉毛。天城轉向上杉會長，開口說道。

「檢查部分就交給江尻教授了，但我今天是來跟上杉會長確認一件事的。」

「你又要提出什麼無理的要求嗎？」
「您拜託我幫您動手術時跟我約好了兩件事，第一件公開手術被您反悔了，第二件捐款給財團也毫無動靜，現在您說我提出無理的要求，似乎沒什麼道理吧？」
「那是我們雙方理解有誤。」聽完上杉會長如此說道，天城輕笑道。
「我要拜託您的事情跟這些沒有關係，而是希望您可以幫忙教授醫學院的學生。」
「我們應該已經拒絕公開手術了。」久本回應後，天城笑著回答。
「我充分明白會長不願意將自己的血肉公開，我只是希望您能向那些醫學生說明擔任手術病患的心情而已。讓上杉汽車的會長親口對他們說明，相信他們印象也能更為深刻。另外，讓他們知道上杉會長私底下的樣子，對貴公司來說也十分具有意義，因為他們將來都很可能成為貴公司的重要客戶。」
「但還是要先問過會長的意願……」久本尚未說完話，上杉會長便已舉手制止他繼續說下去。
「什麼時候要幫他們上課？」
「明天下午。」經天城一說，上杉會長環抱起兩隻手臂。
「還滿趕的呢！所以我應該怎麼做？」
「我在上課中會說明會長罹患的疾病以及對應手術，結束後會向會長提問，還請您回答時不要有所保留。另外，這堂課是為了讓醫學院的學生可以明白繞道手術的概要，相信內容對會長來說也不難理解。除此之外，醫學院的學生也可能會詢問您幾個問題。」

上杉會長高傲地點了個頭。

「為了那群未來的醫師，我也只能接受你的要求。明天下午幾點？」

「第三節課是下午一點開始，我會在上課前十分鐘前來接您。」

再次確認上杉會長同意後，天城也不加理睬江尻教授，直接走出病房。

「剛才的事情可以證明天城醫生總是對我們提出過分的要求了吧！」久本對被遺留在原地的江尻教授說道。

「要是讓哪種傢伙掌管大學醫院的話，櫻宮、甚至是整個日本的醫療都會崩壞的，絕對要阻止他！還請您一定要支持我。」

江尻教授深深地向兩位鞠了躬後，離開病房。

只剩自己與祕書久本獨處後，上杉會長也拿下和藹可親的面具。

「這教授看起來不太可靠，沒問題嗎？」

「請您放心，我還另外準備了一手，那步才是殺招。」

上杉會長瞇細眼睛，看向窗外廣闊無際又閃閃發亮的櫻宮灣。

「哎呀，明天就要對那些未來的客人說謊啦！」

「這種時候就要遵循會長的生意手法，一切以利益為優先。」

聽完久本如此說道，上杉會長滿意地點了個頭。

15 自大狂妄的醫學生

六月十九日（週三）

六月十九日，下午一點。

穿著西裝型白袍的天城佇立在宛如研磨缽的階梯教室，第一講義室的最下層，用銀線刺繡出來的星型圖案在他的胸前閃閃發亮著。

學生出席了半數。因為是下午第一堂課，出席率算高。世良坐在第一排，隔壁是穿著西裝的上杉會長，以及他身旁的祕書久本。負責監督的高階講師則將兩手交叉於胸前，坐在另外一側。講義室後方有一名身材高大的實習醫生，那是被大家叫作野馬、異於常人的新人外科醫師——速水。

天城直接指名他來擔任這堂課的助教。世良腦裡浮現天城起居室裡那張棋盤的局面，紫水晶的棋子之外，還多了一只紅寶石的紅色騎士。

他在心中確信那只棋子一定就是速水，同時也為此感到十分苦悶。

上課鈴聲響起，宣告課堂正式開始。

「野馬先生，幫我把門關上，遲到的人沒有資格上我的課。」天城向站在後方、一動也不動的速水說道。

速水將門帶上並上鎖。天城站上講臺，環視周遭。

「各位真是幸運，雖然今天是由我來幫大家上課，但我還身兼預計在後年成立的櫻色中心總帥，所以明年就不會再教課了。話說回來，你們有誰知道我是誰嗎？」他問向一名女學生。

「我有看過您去年接受櫻花電視臺的訪問。」

女子學生說完後，天城點了個頭。

「是胸腔外科學會研討會公開手術後的訪問吧！那樣就夠了，現在開始上課。關於今天的上課內容『心臟繞道手術』，知道這是什麼手術的人請舉手。」

幾隻手舉了起來，天城點了一名學生，並要求他用一句話簡單說明手術概要。學生慌張地闡述著自己的概要。

「繞道手術是為了讓阻塞的冠狀動脈血液可以流通，而製作另外一條通道的手術。」

「Excellent. 只用了一句話，非常完美的回答。下一個問題，繞道手術的類型有哪些呢？旁邊的同學。」

「利用大腿靜脈的繞道手術？」受到指名的女學生小聲地回答。語尾上揚證明了她對自己的回答不是很有信心。

「那是正確答案之一，還有其他的嗎？」

女學生用幾乎快要聽不見的聲音回答「不知道」之後，將頭低下。

「真可惜，誰叫日本的心臟外科只會動這種舊式手術，但這樣的回答在日本國內的考試已經可以拿滿分了。不過，現在的世界趨勢已經開始使用動脈取代靜脈導管了，冠狀動脈繞道手術，顧名思義當然要使用動脈。靜脈的血管較薄，一旦受到動脈壓力，馬上又會形成阻塞。前幾年，美國做了一項大規模的世代研究[9]，發現使用靜脈的繞道手術在五年之內，有八成會呈現完全阻塞的狀態。」天城安慰似地說道。

這數字高得異常，講義室裡立刻喧譁起來。天城一邊看向上杉會長，一邊補充說明。

「更可惜的是，日本目前還沒有任何地方可以實施靜脈繞道手術以外的繞道手術，就連日本頂尖的帝華大學和維新大學，也只能做到靜脈替換繞道手術。但在各位成為醫師時，櫻宮應該也成為世界中，心臟外科手術最頂尖的地區了。因為能夠做繞道手術，完成型態 Direct Anastomosis（直接縫合法）的設施——櫻色中心要開始蓋了。那麼，我現在就開始為大家講解這個只能在我們櫻宮做的繞道手術！」

天城轉向黑板，飛快地畫起圖來。

9 Cohort Study，又稱追蹤性研究或縱貫性研究，是一種探索病因的流行病學研究方法。

「繞道手術中通常不太管已經阻塞的血管，而會在它旁邊做一條新的道路，這條道路的材料過去都是採用靜脈，最近開始慢慢確立使用動脈，共兩種。而在最近，第三種新式繞道手術也成功樹立了，那就是我所開發的直接縫合法。把阻塞的血管切除，替換成正常血管，這樣就不用刻意繞道，而是把壞掉的那條路換成新的血管的手術。」

學生們深深地被天城滔滔不絕的講述吸引著。

「雖然這個原理誰都想得到，老實說非常單純，但為什麼不是每個人都能夠做到呢？原因是因為這種手術需要非常不合理的高超技術，目前世上只有我能夠執行這個手術，所以櫻宮才能在繞道手術中登上世界最高峰。」

在場的學生都因為天城華麗的詞藻熱血沸騰起來。上杉會長小聲地詢問「真的嗎」之後，世良點了個頭。

「順便一提，今天的課程請到了最近預定動手術的病患，他將會為大家說明手術前的心情，請大家給他熱烈掌聲。」天城瞄了一眼上杉會長，開口說道。

隨著掌聲四起，天城將麥克風遞給了上杉會長並開口問道。

「那麼，提問開始。請問您為什麼會決定要接受這個手術呢？」

上杉會長以銳利的目光看向天城，開口回答。

「因為我聽說身邊這位天城醫生的手術非常高明。」

「這真是誠懇又令人愉悅的回答啊！再請問您，手術前的心情還好嗎？」

那瞬間，上杉會長深深吸了一口氣，接著又像要將那口氣吐出似地冷靜回答。

「那當然是既擔心又害怕。」

「那您覺得要怎麼樣才能減緩這份不安呢？」

在天城接二連三地詢問之下，上杉會長快速地回答。

「全心全意信任為自己動手術的醫師，就只能這樣。」

「非常標準的回答呢！其他同學還有什麼問題想問嗎？」

「是什麼讓您下定決心要接受日本尚未正式承認的手術呢？」一名男學生舉起手，起身說道。

「因為他們說只有這個手術才能治好我的心臟，我又不是因為喜歡才想接受這麼危險的手術的。」

「那為什麼您願意到我們醫學院的課堂上來呢？」

「為了日本醫療的未來。」

「也就是說，您在決定接受這場手術時，也有考慮到增加手術病例這點，並願意將自己奉獻給日本醫療囉？」

「我是沒有想過這點，不過你現在這樣說，感覺好像也算是有吧！」如此回答之後，上杉會長看向提問的學生。

「真特別的問題，你叫什麼名字？」

「彥根，我叫彥根新吾。」

戴著銀框眼鏡的瘦弱學生報上自己的名字後，坐回位置。天城輕咳了一聲。

「真是出色的訪問。其實這位先生是櫻宮、不，應該說是日本引以為傲的汽車界龍頭，上杉汽車的上杉會長。各位，請再次掌聲！」

掌聲與驚訝聲籠罩整間教室。

「上杉會長對櫻宮醫療貢獻良多，還跟我約好，手術成功後，他會捐獻三億做為櫻花樹的建設基金。」

「剛才說的是會長私人跟醫院內部的事情，跟上課內容無關。」一片嘈雜中，上杉會長一臉困惑地回過頭去，高階講師立刻開口說道。

「哎呀，女王醫生喊停了，沒辦法。」

正當天城打算收手時，教室裡響起另外一人的聲音。

「那就當我再追加一個問題。」

聲音的主人是剛才提問的彥根。彥根向天城行了個禮，開始發問。

「之所以會捐獻這筆巨款，也是要充當一部分的治療費嗎？」

上杉會長瞇起眼睛注視著彥根，卻無法回答。

「假使如此，我認為這種事是不被允許的，因為如果這筆金額變成這場手術的公定價，那一般市民就無法接受這種治療了。醫療面前，人人平等。應該要有最低限度的安全保障。」彥根盯著天城的雙眼說道。

天城看向如此批判的彥根，開口回答：

「沒想到現在還有這麼幼稚的學生，嚇死我了。我還以為這種幼稚的種族早在學生運動受到挫折時就已經絕種了。順便一提，你將來想要走哪方面？」

「我還沒決定，畢竟現在才五年級。」

「但至少有比較想去的地方吧！畢竟你都能這麼清楚地表達自己的意見了。」

彥根陷入思考，接著毅然決然地說出：「可以的話我想進到厚生省，我想從事醫療行政相關的工作。」

「也是啦，大概就是那種地方吧！所以，即使從醫療行政的角度來看，你也覺得這種捐贈行為是不被容許的嗎？」

彥根毫不理會天城的挖苦，點了個頭。

「是的，日本的經濟本來就受到醫療費用的壓迫，現在醫療費亡國論也廣為人知並受到大力支持，應該要從哪裡縮減這方面的負擔才對。」

「有趣，過去一向反對現有體制的醫學生，現在竟然要擁護體制了。」

天城看向坐在最前排的高階講師，開口說道：「我接下來要說的話也跟課程沒關係，你可以睜一隻眼閉一隻眼嗎？女王高階。」

高階講師點了個頭。

「畢竟這是學生自發性的提問，做老師的也只能回答了，我會裝作沒看到的。」

「那我就不客氣了。你是叫彥根吧！你剛才說你認為國家在醫療方面投入太多金錢，必須要有所節制，減少過多的花費對吧？」有了高階講師的保證之後，天城看著彥根說道。

「是的，要是因為增加醫療費用導致國力衰敗，那日本就賠了夫人又折兵了。」

「這種想法從根本上就錯了，要真像你說的那樣，那你有沒有想過，為什麼政府要投入這麼多經費在醫療上呢？」

彥根搖了搖頭。

「社會就像個緩慢搖晃的巨大鐘擺，世界萬物都會受到它的影響。太平洋戰爭剛結束那半世紀，醫療的鐘擺也盪到了最高點。政府之所以會投入龐大經費在醫療上，讓所有國民可以享有健保，是因為對當時的市民而言，醫療就是最迫切又實在的東西。」天城仰望著天花板，平靜地說道。

彷彿受到感召似的，彥根一心一意地注視著天城。

「敵軍空襲，街道被大肆破壞。因為打敗仗，過去的自信也被粉碎一地。在那個時候，人們首先祈求的、市民心心念念的、無論是誰，最想得到的東西就是醫療。為了實現人民最優先的希望，才會有投入過多醫療費的政策出現。」

世良聽著天城說出那番話，內心卻是完全不同的感受。

他作夢也想不到，那位曾經夜夜在大賭場暢飲著香檳、以大筆賭注做為消遣的大金主，內心竟懷抱著大戰結束後殘留的瓦礫砂石，以及以醫療做為復興的想法。

他忍不住感到錯愕，自己至今究竟看到了天城的什麼。

「日本奇蹟般地順利復興國土，成為世界第一富有的國家，卻也因此忘記了初衷。那便是對國家而言，最重要的東西即是醫療這個理念。這個理念也等同於要珍惜每一位市民。過去因為敗戰付出昂貴的代價，好不容易才明白的真理，日本人卻在戰後沒多久徹底遺忘了。這件事從醫療費亡國論這種膚淺論文的出現，就可以略窺一斑了。」

天城繼續說道。

「但是那篇論文就是為了要維持國家發展，所以才廣受支持的不是嗎？」

「那只是短視近利的官僚看不透該往什麼方向前進，所以才推出的世紀最蠢政策。總有一天，日本的醫療會因為那篇論文走向崩壞的。」

「如果那篇論文說得不對，那只要大家反對，那篇論文的話也不能怎麼樣不是嗎？」

彥根如此問道後，天城搖了搖頭。

「對那些官僚來說，社會支不支持一點關係也沒有。其實可以說官僚唯一的優點就是堅持不懈，他們會一直往決定好的方向前進，就只有這樣而已，這種單純的愚昧也是很驚人的。那些官僚已經決定要縮減醫療費用，接下來只要他們一看到什麼可以達成目標的機會，就會一直往那個方向前進吧！就跟什麼都不思考，只要能放在嘴巴裡的東西，通通都會帶回巢穴的黑蟻一樣。軟弱的市民也無法反抗那些缺乏遠見的政策。不對、等等、說不定醫療現場會發生從未有過的悲劇，到了那時……」

話說到一半，天城突然停下，痴痴地望著虛空，彷彿心已神遊到哪裡去似的。

「哎呀，不說了，假設不過就是假設罷了。不過巨大鐘擺已經盪下、開始逆行了。再過不久，這個國家的醫療就會走向悲慘又無法挽回的地步了吧！」

「就算是那樣，我也相信醫療行政會做出睿智的判斷，創造美好的未來。」

彥根說完之後，天城一臉諷刺地笑。

「盲信即是無知，這是純潔的心才有辦法編織出來的美麗情感，但你最好把我的忠告也記在心上。如果你打算要走醫療行政的話，至少要花五年待在醫療現場，否則你就只是待在毫無實體、充滿虛妄的蟻穴中，在你失去理想與未來後，便會慢慢窒息。」

天城的話在彥根的心中迴響著，他沉默了一下子，才又擠出一句話。

「那要待在醫療現場的話，老師有建議的地方嗎？」

「外科吧！如果你的野心是要進入醫療行政的話，建議你實習地點選在帝華大學。坐在那裡的那位高階講師就是帝華大學畢業的，想要進去的話請他幫你介紹吧！有這種緣分要好好把握。」天城立刻回答道。

高階講師對彥根點了個頭。就在這時，鐘聲響起。

天城的表情宛若如夢初醒般。

「有一點我要訂正一下，這次上杉會長選用的手術並不是我原創的直接縫合法，而是漸漸成為世界標準的內乳動脈繞道手術，所以剛才彥根同學所擔心的問題只是杞人憂天罷了。雖然好像應該一開始就要先說明這點比較好。」

天城平淡地解釋之後，上杉會長的表情似乎有些僵硬，恐怕是正在心中後悔自己的選擇吧！看到對方的表情變化，天城微露苦笑。

「那今天的課就上到這裡，雖然剛才沒有講什麼關於繞道手術的內容，但那種東西只要你們去讀教科書，就可以通過國家考試了。比起那個，我剛才說的內容還比較重要，你們以後應該是不會有機會再上到像今天這樣的課了，今天有出席上到這堂課的你們真的很幸運。」

天城側耳聆聽著鐘聲的餘韻，繼續說道。

「聽好了，你們一定要徹底對抗醫療費亡國論！就算無法戰勝這個時代，社會也繼續高舉削減醫療費這種冠冕堂皇的藉口，你們也絕對不能讓心中的燭火熄滅。只要你們記得這一點，總有一天鐘擺便會開始逆行。」

天城拋下了這句宛若遺言的語句，走出教室，他身後的教室則充滿了各種喧囂。

「真是有趣的演說，天城醫生是走浪漫主義的吧！」上杉會長對世良說道。

世良不知道該回什麼比較好，只好選擇沉默。高階講師走近上杉會長。

「等一下會由我來帶您回病房，善後就拜託世良了。」

高階講師與上杉會長及祕書三人往教室門口走去。在經過站在最後一排、一動也不動的速水時，高階講師向他搭話。

「你覺得天城醫生的課怎麼樣？」

「非常令人感動，但內容是不是真的還待考證。」

高階講師一臉滿足地點了個頭。

「Good，這樣就沒問題了，看來你沒有被危險的病毒感染。」

高階講師走近緩慢前進的上杉會長。電梯前聚集了方才上完課的學生，但一見到上杉會長，他們便默默地讓出一條路。電梯門關上後，上杉會長說道。

「剛才他在學生面前提到捐贈的事情了，你身為監督，出來阻止的速度卻過慢。把事情交給你真的沒問題嗎？」

「請放心，那種口頭約定輕輕鬆鬆就能被推翻了。」

「我在這裡就像刀俎上的魚肉，既然已經把事情交給你了，也只能完全倚靠你了。」

高階講師點了個頭。電梯門開啟後，他們已經抵達醫院大樓最上層，極樂病房。長長走廊的盡頭，可以看到新設置的特別病房 Door to Heaven 的門扉。

正當天城離開第一講義室、上杉會長與高階講師在電梯祕密談話的當下。附設醫院最上層的院長辦公室中，黑崎助理教授正在向佐伯院長提出抗議。

「我聽說佐伯醫生在醫院整體營運會議上公開了非常不得了的事情。」

「我說我要再次參選院長選舉，有什麼問題嗎？」

「我指的不是那個，是您公開發表要改革大學醫院，尤其是急救中心的構想。」

佐伯教授一臉茫然地眺望著窗外，接著才像想到什麼似地拍了一下手。

「哦！我確實有提到這個，但我不記得我有說了什麼會讓黑崎不高興的事情。」

「請不要顧左右而言他。」黑崎助理教授一臉不高興地繼續說道：「我非常贊成您要創立急救中心，也贊成統一管理實習醫生的基礎實習，重點是要讓誰來負責這點。」

「我記得我那時候是說要不要乾脆全權委託給天城。」

「怎麼會是這樣！天城對我們東城大學來說完全就是個外人，雖然他的技術高超，但個性就像浮萍一樣漂浮不定。讓那傢伙負責新人的基礎實習，根本是自殺般的行為。」黑崎助理教授瞪大眼睛，大聲喝道。

「或許就像你說的那樣沒錯呢！」

佐伯教授乾脆地認同黑崎助理教授下的評斷。

「話一旦說出口就不能再收回來了，但幸好這件事是跟驚人的佐伯爆彈一起出現，讓那群愛在走廊上說三道四的人過於驚訝，反而沒注意到最重要的部分，真是不幸中的大幸。」黑崎助理教授一臉沮喪地接著說道。

「原來他們把我當時的發表叫作佐伯爆彈啊？嗯，原來如此。」

黑崎助理教授一臉說溜嘴的表情，然而佐伯教授並沒有趁機吐槽，只是繼續問道：「所以你要我怎麼做？撤回急救中心的構想嗎？」

「急救中心的構想和合併ＩＣＵ的論點都非常出色，包括基礎實習的部分也不需要撤回，但希望您可以撤回當初公布的負責人。」對於佐伯教授的疑問，黑崎助理教授先是輕咳了一聲，接著才說道。

「要我撤回也可以，那要換成誰比較好？」

黑崎助理教授瞬間猶豫了一下，但馬上又毅然決然地抬起頭，直直盯著佐伯教授。

「在大學醫院裡，和ＩＣＵ關係最密切的就是我們心血管團隊。我們每天都一定都會因為患者在那，所以必須頻繁出入ＩＣＵ。因此包括急救中心，以及ＩＣＵ的建設，都請交由下屬我來處理，拜託您了。」

佐伯院長瞇起白眉之下的雙眼，注視著黑崎助理教授。

「我是沒關係啦，但黑崎，你真的有辦法做到嗎？」

「有辦法做到嗎？您為什麼不能直接命令我，叫我要好好負起責任就好了？」

黑崎助理教授毫不隱藏憤怒的表情，反駁說道。

「那是因為啊，人還是有分擅長跟不擅長的事情啊……」佐伯院長一邊嘆氣一邊說道。

黑崎助理教授用力挺出身子。

「就算我不擅長，也比把新人教育這種攸關東城大學未來的事情交給一個外人好。只要您一聲令下，不才如我，也一定會跨越千辛萬苦，抱著必死的決心，用盡全力把事情做好的。」

佐伯教授看著黑崎助理教授不肯罷休的樣子，聳了個肩。

「你還是老樣子，講話一定要這麼誇張。好啦好啦，那就把這項任務交給你吧！」佐伯教授看著一臉安心的黑崎，微笑說道：「比起這些，黑崎啊，你沒辦法停止那種誇張的說話方式嗎？」

「非常不好意思，我的本性笨拙。」

佐伯教授站起身，看向窗外的大海。

「我一直認為，你才是佐伯外科的真正傳人，但那只限於平常的事情。再過不久，暴風雨將會往櫻宮侵襲而來，到了那時，太過正直又不懂得臨機應變的你，真的有辦法挺過那場暴風雨嗎？」佐伯教授回過頭來，接著說道：「不，剛才那些就當作是我在自言自語，只要命令你挺過去就行了吧！」

黑崎助理教授點頭。

「不才黑崎，就算粉身碎骨也在所不惜，一定會盡力達成您的期望，還請您千萬不要放棄我。」

「所以我不是說了，你的說話方式實在是……」

話說到一半，佐伯教授突然止住不語。

「我明白你的心意了，但我希望在天城這場繞道手術之前，教學中心所有人都必須團結一致。萬一手術失敗，無法想像佐伯外科會受到多麼大的衝擊，那我想在大學做的改革也將失去向心力。所以不管你們私底下想怎麼爭，都得給我等手術結束之後。」他一轉嚴肅，接著說道。

「謹遵教誨，這次我一定會放下個人恩怨，團結整個心臟血管外科團隊，一心一意做天城總帥的後援。」

黑崎助理教授行了一個大禮，轉身離去。

佐伯教授注視著黑崎助理教授離去的背影，喃喃自語著：「人生就是如此不如意啊！神乎其技的人沒有忠義之心；忠心耿耿的人卻沒有高超技術。」

在此同時，隸屬於綜合外科醫院大樓的藤原護理長也被叫到同一層樓的總護理長辦公室。榊總護理長先是輕聞了紅茶的香味，接著含了一口，閉上雙眼。

「佐伯院長開啟潘朵拉的盒子了。他在醫院全體營運會議上，宣布要由院長統一管理目前各教學中心私下使用的特別病房。」她平靜地說道。

藤原護理長倒吞了一口口水。

「這樣有害於病患的平等與利益，榊總護理長平常都是這麼說的吧！」

「是嗎？他們平常還不至於明目張膽，所以我都睜一隻眼閉一隻眼。但現在都公開表明了，做為統率兩百名護士的領導者，我不能不公私分明，對吧？」

她沒有看著藤原護理長的眼睛，只是喃喃自語著。

「醫療現場不容許正當化經濟上的不公平，所以我想破壞佐伯院長的大學醫院改革。我需要藤原妳的幫助。」

榊總護理長握住藤原護理長的手。那是一雙非常柔軟、令人想一直握著的溫柔的手。

藤原護理長臉上浮現複雜的笑容，點了個頭。

然而那並不算是正式的回答。

因為榊總護理長的要求太過於沉重，導致她無法立刻回答。

16 看得見海的手術室　七月八日（週一）

上杉會長的繞道手術就在兩天後。

七月七日星期日，他住入了與上次相同的、位於十三樓極樂病房中的特別病房 Door to Heaven。這麼一來，也確立了佐伯教授想在東城大學成立新型特別病房的政策。

隔天，星期一下午的術前評估會議中，天城對著虛空大聲吼叫。

「東城大學已經沒救了，循環系統內科就只給我們一張主要影像，這樣根本沒辦法討論。黑崎醫生一直都是在這樣的環境下跟他們共事的嗎？」

黑崎助理教授目不轉睛地看著觀片燈上那張唯一的冠狀動脈血管攝影影像。

「沒辦法，江尻教授是完美主義者，只會給我們他滿意的影像圖。但就我這樣看來，這張圖已經很清楚表明阻塞的部分了。」

「確實是看得出來左邊跟右邊的根部都已經嚴重阻塞了，但光靠這張就說我們來做繞道手術吧，這實在是說不過去。」天城不停地發著牢騷。

「你不行嗎？我們過去一直都是這樣的。」黑崎助理教授對天城說道。

「真的叫我做下去的話，當然也做得到。」天城不高興地反駁。

黑崎助理教授瞇起眼睛，看著那張影像。

「話雖如此，總覺得這張影像跟平常江尻教授給的影像不太一樣。」

黑崎助理教授陷入沉默。由於佐伯教授不在場，只要黑崎助理教授同意，會議就算結束。正當擔任司儀的世良打算開口時，天城再度開口了。

「朱諾，內乳動脈的造影呢？」

世良因此嚇了一跳，但同時也安心地點了個頭。

「循環系統內科並沒有安排內乳動脈造影，所以沒有資料。」

天城發出嘖的一聲。

「所以我當初才想一起檢查啊！我也知道像這種基本手術是大隱靜脈繞道手術的設施裡，內乳動脈的造影一點幫助也沒有，所以才不需要照。但連在這裡工作的醫生都拿不到相關的醫學資料，實在是太荒謬了！」

沒有人能回應天城的惡言惡語，也沒有哪個笨蛋會故意去跟天城這個外星人兼人類高手辯論。

「沒有其他問題的話，會議就到這裡結束。」

世良宣布完這句之後，術前會議結束。會議室裡的電燈亮起，其他醫護人員三三兩兩離開會議室。在這之中，身材高大的實習醫生速水走向天城。

「我有一件事想拜託您，請問我可以觀摩這場手術嗎？」

「Bien sûr.（當然）除了我的直接縫合法之外，內乳動脈繞道手術就是目前世界最先端的技術了，一定可以學到不少的。」

「我聽說上杉會長拒絕公開手術，這樣沒問題嗎？」

「只是在手術成員底下打雜而已，不需要取得病患的同意啦，不用擔心。」

速水的臉色一沉。

「怎麼了？不願意當打雜的嗎？」

「其實我醫學院的學弟也說想要觀摩。」

「醫學院的學生不是有臨床實習嗎？難得有這麼熱心學習的學生耶，雖然我也很想幫他啦，但如果是學生就要病患同意了。順便一提，是哪位學生？」

「上星期在老師的課上說要進厚生省當官僚的那個傢伙，其實我跟他常湊在一起打麻將，他一直盧我，說不管怎樣都想觀摩這次的手術。」

天城抬起頭來。

「那個小子啊！那就不能相提並論了，你可以跟他聯絡嗎？」

「我讓他在房間外面等，想說這樣比較快。」

「Bien. 事不宜遲，野馬同學也一起來吧！」

「要去哪裡啊？」

「問這什麼蠢問題，除了去取得病患同意之外我們還能去哪？」

天城說完這番話後，速水的表情也跟著神采飛揚起來。在一旁聽著兩人對話的世良，靜靜地看著兩人離去。沒有人回頭叫住世良。

「真的沒問題嗎？」

彥根戰戰兢兢地詢問。櫻色中心的總帥天城、異於常人的實習醫生速水，以及戴著銀框眼鏡的醫學院學生彥根，三人走進前往十三樓極樂病房特別病房 Door to Heaven 的電梯裡。天城拍了一下彥根的肩膀。

「你在怕什麼啊？要是對方不同意的話，就更用力拜託，只要意志夠堅定，就能突破難關的。啊如果再怎麼拜託，對方都不同意的話，那就乾脆地放棄吧！你們年輕人，與其擔心這個、擔心那個的，不如做就對了。」

「說得也是。」彥根的表情因此緩和許多。

但當電梯停止、開啟電梯門的瞬間，彥根的心情與表情又像凝固了一般。

「事情來由就是這樣，希望您能讓這名學生觀摩手術。」

上杉會長坐在病床上，抱起兩隻手腕。站在一旁的祕書久本開口接話。

「這樣違反我們的約定，天城醫生應該知道我們已經拒絕公開手術了。」

「這不是公開手術，而是有上進心的醫學生自發性的請求，這個學生就是之前和我在課堂上激辯，說要進厚生省的那個人。」

上杉會長抬起頭，端詳起彥根，接著平靜地問道。

「原來是你啊！為什麼你那麼想觀摩我的手術？明明想走醫療行政，現在卻對天城醫生的最新型手術有興趣？」

彥根點了個頭，看了一下天城，挑釁地說道。

「我可以說實話嗎？我只是想親眼見證天城醫生究竟是真的有那個實力？還是只會出一張嘴的醫生而已？」

彥根來回看著天城與上杉會長，繼續說道。

「會想觀摩這場手術是因為上了天城醫生的課，把醫療行政批評得體無完膚的天城醫生自己到底有多厲害，如果天城醫生其實沒什麼能力，只會紙上談兵，那我就可以堅信自己的信念。不過，如果天城醫生真的是擁有世界頂尖技術的優秀外科醫師，那個時候……」

「那個時候就怎樣？」看著語尾略帶保留的彥根，上杉會長忍不住催促問道。

「那個時候我就會砍掉自己至今為止的理論，從零開始重新思考。」彥根抬起頭，斬釘截鐵地說道。

「換句話說，我的手術會決定你的人生囉？」

上杉會長環抱起兩隻手腕，閉上雙目，不發一語。

「有趣，如果是這樣的話，我就特別允許你觀摩我的手術吧！」接著他張開眼睛說道。

「非常謝謝您。」天城與彥根同時低下頭來。這時，本來一直在旁沉默不語、看著三人交談的速水突然開口了。

「我有一個問題，會長本來不願意公開手術，為什麼現在卻推翻自己過去的決心？」

「這個實習醫生跟一般人不太一樣，是我們佐伯外科的超級問題兒童。」上杉會長一臉訝異地看著速水。天城拍了拍速水的肩膀，開口說道。

「哦，原來是物以類聚呀！」

上杉會長喃喃自語後，抬起頭來看著速水。

「我並沒有改變想法，就算是現在，我也不同意公開手術那種類似醫療表演的東西。但剛才聽完這個學生所說的理由，我認為他並不是抱著遊山玩水的心態。假使我答應他的請求，說不定能讓這名醫學生有所長進，這樣對日本的醫療也有幫助，因此我才會同意讓他觀摩我的手術。」

「假使如此，會長所說的就不對了。來觀摩公開手術的外科醫生也不是抱著遊山玩水的心態，大家都是想要來偷取我的技術的貪婪之人，但只要毫無保留地讓他們看到我的手術祕密，日本的醫療技術一定會有所進步的。如果要按照會長剛才所說的真心話，那您應該是想做公開手術的才對呢！」站在速水身邊的天城開口說道。

上杉會長吐了一口氣，仰望著天城。

「你真的是很會把人弄得不開心啊！」

「我只是恪守自己的信仰而已。我所追求的就是讓病患幸福以及日本醫療的進步，如此而已。」

「但你卻是個守財奴。」上杉會長臉上浮現了諷刺的笑容。

天城無視上杉會長話中那份濃烈的沉悶心情，只是輕鬆地說道。

「我並沒有利慾薰心，只要能喝到蒙地卡羅的大賭場的香檳就滿足了，除此之外無欲無求。」

「光是這樣，對一般日本人來說就已經是非常奢侈了。」

「不管是誰，總會有一兩個可以被容許的缺點。」

發現自己在口舌之上贏不了天城的上杉會長改變方向，看向彥根。

「本來我想讓你觀摩手術沒錯，但現在我改變心意了，我要出個作業給你。手術結束後，你告訴我在你親眼看過天城的手術後，他要求的捐贈金額是否合理，希望你不要有所顧忌，我想知道你真正的想法，再來決定實際到底要不要捐贈。你接受這個條件嗎？」

「我不過是一個醫學生，這項任務對我來說……」彥根吞了一口口水。

上杉會長露出陰沉的笑，看向彥根。

「如果你做不到這點，我就不同意你觀摩這場手術。我不想要連那種程度的覺悟都沒有的傢伙觀看我的手術。」

「我知道了，我接受這個條件。但是我還只是個學生，不能保證我能做出妥當的判斷。」這句話彷彿瘴氣般侵蝕著彥根的神經，彥根點頭說道。

「我早就知道了，我只是想知道善於批判的學生會對天城下什麼幼稚的評斷而已。就像兩面對照的鏡子，說不定會映出什麼看不到的東西，不過就是在期待這個罷了。對了對了，我差點忘記最重要的條件了，就算你在手術中知道我滿腹黑水，也絕對不能洩漏出去啊！」

上杉會長笑了起來，宛如一個惡作劇的孩子。天城代替彥根回答。

「請您放心，從事醫療相關人員都有義務保密所有跟病患有關的祕密。」

「聽你這麼說，我就放心了。」上杉會長輕笑起來。

彥根向會長敬了一個禮後，三人一同往病房外走去。

走到門邊時，天城突然回過頭來。

「對了對了，我也差點忘了說一件很重要的事了。雖然我們之間有些誤解，也一直擦身而過，但後天我一定會讓您看到最完美的表現。話雖如此，會長在手術中都是睡著的狀態，也無法親眼看到就是了。」

「這就叫做畫蛇添足，我已經決定讓天城任意處置我的心臟了，那就代表我相信你的技術。雖然我還不允許你可以偷看我的心底，但也足夠表示我對你有充分的信賴了。」

「足夠了，正如您所說，我多嘴了。」

隨著輕快的腳步聲，門也被帶上了。上杉會長看向窗外，眺望著閃閃發亮的櫻宮灣。

「會長說得真好，你們今天學到了平常在課堂中學不到的事。不管做什麼事，都會牽扯到責任與自身評價。我自己也疏忽了，讓你們不用付出任何代價就可以觀摩手術，這樣只會養出嬌生慣養的小孩。」

電梯門開啟，五樓，綜合外科教學中心。

「我也要出個作業給你，請你先去弄清楚繞道手術的現狀和問題，這樣你才會更明白後天手術背後所代表的意義。這並不是你的義務，而是我開給你的處方箋。」天城先行踏出電梯，同時也對還停留在電梯內的彥根說道。

電梯門闔上彥根點頭的姿態。站在天城身邊的高大速水深深地鞠了一個躬後，才往護理站的方向回去。

那個舉動令正巧經過的世良停下腳步，遠遠地眺望著。

過了兩天，七月十日星期三，上午八點半。第一手術室顯得比往常般更混亂。進到開刀房的上杉會長，在循環系統頂尖麻醉醫師田中助手的手中，進入了全身麻醉。由於上杉會長年紀老邁又患有糖尿病，麻醉風險也相當高，因此麻醉時間越短越好。在做全身麻醉的同時，擔任流動人員的世良與花房也在對病患身體做消毒工作。

在那之後，結束刷手的天城進到刀房。一站到主刀醫師的位置後，還沒等助手到齊，便對遞器械的護士使了個眼色，開始開胸。

擔任流動人員的世良呆呆地望著天城毫不在意形式的做事方式，他的作風是盡量將時間的浪費縮減到最小。

稍微遲了點才進到手術室的垣谷與青木，在看到獨自開始手術的天城後，立刻慌忙地加入手術區。垣谷壓低聲音，向護士要求鋸刀。

裸露的胸骨被銀色的刀刃斬斷。在牆邊觀摩的彥根因為混濁的金屬音感到有些不適，速水則蹲在他身邊，專注地將冰塊搗碎。被輕薄心膜包覆住的心臟探出頭來，宛若尚未化蛹的毛毛蟲，不斷地抖動著。

一切開心膜，心臟本體也一口氣被解放，映入大家的眼簾。這時的心臟恰似剛羽化的蝴蝶，激烈地扭動著身體。

「跟血管攝影表示的一樣，左右兩邊的根本都呈現嚴重阻塞了，適用內乳動脈繞道手術。垣谷醫生，停止心臟跳動，裝置人工心肺機。」天城用指尖碰觸心臟，開口說道。

在垣谷的指示下，青木從速水手中接過碎冰，再嘩啦啦地倒入心膜裡。上杉會長的心臟宛如臨終前不斷掙扎的毛毛蟲，跳動漸漸緩慢，最後停止。天城宛如一名昆蟲學者觀察著心臟的變化，確認術野停止跳動後，他的目光移向即將做移植的血管材料。就在這個當下，手術室裡響起一聲大喊。

「這是怎麼回事！內乳動脈硬化得比冠狀動脈還嚴重！」

其他手術人員與觀摩人員都將視線集中於天城的指尖。天城敏感地睥睨著周遭，將手中的止血鉗丟到負責遞器械的護士的盤裡。

速水與彥根神情緊張地盯著手術區。

「這樣內乳動脈也不能拿來當繞道手術的血管了，所以我之前才說要觀摩血管攝影的檢查呀……」

「那改用大隱靜脈怎麼樣？」垣谷如此提議後，天城搖了搖頭。

「大腿部沒有做消毒工作，而且現在才突然說要換地方取血管，不可能。」

「那要終止手術嗎？」

垣谷以顫抖的聲音詢問後，手術室裡呈現一片死寂。世良環視周遭，發現大家都將天城視為是最後的希望一樣，將視線集中在他的身上。彷彿在回應那些目光似地，一直專注在對內乳動脈觸診的天城抬起頭來。

「不需要，我用觸診發現這裡還有一些地方保有彈性，只要剪出兩段短一點的血管，就可以使用直接縫合術（Direct Anastomosis）。」

「你以前有同時在兩處做過直接縫合的嗎？」

垣谷詢問後，天城乾脆地搖頭「沒有喔」。

天城仰望著上空，無影燈在那輝煌地閃耀著。

那瞬間天城閉上雙眼，他的表情看似在對什麼祈禱著。

垣谷正想開口時，天城的聲音也再度響起。

「手術刀，尖刀型的。」

負責遞器械的護士將銀色的手術刀遞到天城手中，手術也踏入了未知的領域。

過了一陣子，天城才再度喊出其他器具。偶爾也抬起頭，讓流動人員的護士花房為他擦汗。

一直以來都十分冷靜做手術的天城，第一次露出苦悶的表情。

手術室裡安靜得只聽得到秒針走動的聲音。又過了一陣子，天城抬起頭來，將擷取好的血管展示給第一助手垣谷，那是兩條大約四公分的血管。

「最多就是這樣了，兩次縫合都必須一次決勝負，絕對不容許失敗，請你協助我。」

垣谷一臉緊張地點了個頭。天城的指尖在那瞬間顫抖了一下，但下個瞬間他不再迷惘，倏地開始做冠狀動脈的分離作業，指頭也持續靈活地動作著。

他乾淨俐落地吻合纖細的血管。世良、速水，甚至彥根都被他華麗的手法給深深吸引住。就連局外人也看得出來天城的縫合看似亂七八糟，但只要線一拉緊，就能完美地接連在一起。

出血量三百！麻醉醫師田中喊道。天城抬起頭，喀噹一聲將持針器扔進彎盆裡。那是歷史上前所未有的，同時做兩處直接縫合法成功的瞬間。

但世良注意到了，在一切結束的瞬間，天城的右肩才終於鬆懈了下來。

將移除人工心肺機與傷口縫合的工作交給助手後，天城離開手術區，蹲在房內的其中一角。花房將溼毛巾遞給天城，天城用眼神道謝後便將毛巾胡亂地往臉上擦去，接著再次維持蹲著的姿態，一動也不動。過了一陣子，他才注意到彥根與速水一直盯著自己看，便舉起拇指指著自己的胸口。

「明白了吧？外科醫生才是醫療之王。」

速水點了個頭之後，天城虛弱地笑了一下。

「而動手術的時候，經常會與死神擦身而過。」

速水的表情變為僵硬，沒有再次點頭。

天城視線一轉，問向彥根。

「你會跟會長說剛才發生的事情嗎？」

彥根陷入思考，接著冷靜地搖了搖頭。

「我只會跟會長說這是一場很厲害的手術，畢竟這是事實。」

「你不告訴他真相嗎？」天城如此問道後，彥根瞬間有些猶豫，但馬上又用力地點了個頭。

「如果知道真相後病患並不會比較幸福的話，不要讓他們知道也好。我覺得這也是醫生的工作。」

「那另外一道作業，關於三億圓的捐贈，這個金額是否太超過，你又要怎麼回答？」

似乎已經猜到對方會這麼問了，彥根流暢地接著回答。

「我準備了兩個答案，如果我是主刀醫師，我不會要求對方私下捐贈三億。」

「嗯哼，很普遍的回答嘛！」

「但如果我是上杉會長的話，我絕對會捐出這筆錢的。因為我會想將自己受到的恩惠分享給其他人。」面對天城語尾的冷淡，彥根補充說道。

天城露出微笑。

「真會做人處事，但是這樣三億圓就飛了喔！」

「不過這已經是我絞盡腦汁唯一能想到的答案了。而且雖然我這樣說，但其實我並不會這樣回答上杉會長，我打算裝作沒這個作業。」

「這樣不會違背你的原則嗎？」天城驚訝地瞪大眼睛。

「誰叫不管我怎麼回答，上杉會長應該都不會滿意吧！」戴著銀框眼鏡的彥根輕笑道。

「你想臨陣脫逃嗎？」

「請把這個稱作勇敢的撤退，現在的我還無法跟那隻強大的妖怪一決勝負。」

彥根俯視著半睡半醒的上杉會長，開口說道。

彥根注視著眼前仍舊沉睡於麻醉狀態的上杉會長，深深地一鞠躬後，他往門口走去。

途中又突然想起什麼似的，他繞回病床前，在病人的耳朵旁大聲說道：「非常謝謝您給我這個寶貴的機會，讓我能夠觀摩這場手術。」

「上杉先生，有聽到我的聲音嗎？手術結束了喔！」彥根離開之後，麻醉醫師在上杉會長的耳邊大聲叫道。

病患以呻吟聲回應麻醉醫師。世良看著剛從麻醉中清醒並拔除氧氣管的上杉會長，他的嘴角微微張開，意識還很模糊。

天城再次抱著膝蓋蹲了下來。就連在醫護人員俐落地處理麻醉恢復，甚至垣谷與青木推著病人前往ICU時，他都動也不動地蹲在那裡。

收拾結束後，負責遞器械的護士身影便從開刀房消失。協助手術的護士花房也帶著她的美麗背影一同離開刀房。

輝煌耀眼的燈光下，只剩下蹲在地上的天城、往他走近的世良，以及離他們有點距離，維持站立不動的速水三人。

「今天這場手術真是太糟糕了。」天城喃喃自語著。

「才不會，天城醫生的手術跟平常一樣華麗。」

「不用安慰我了啦朱諾，在知道內乳動脈沒辦法用的時候，我的膝蓋抖了一下，我還太嫩了。」

「但是手術不是順利結束了嗎？而且還是你第一次同時在兩處做直接縫合術耶！真的非常厲害。」

「雖然順利結束了，卻是最糟糕的手術。都是因為我起了傲慢心，沒有事前確認好內乳動脈，說到底失敗的原因就在這裡。朱諾，我太驕傲了。」

「那是因為東城大學的作業系統就是這樣啊，你又沒有辦法。」

儘管世良拚命安慰，天城也只是不斷說著喪氣話。

「在我決定妥協的那個當下，就已經註定這場手術會失敗了。從一開始我就得自己確認內乳動脈才對，不管他們怎麼說，都應該要堅持才對。結果最後還要靠學生臨陣脫逃來拯救我，真是太難看了。」

「手術的結果就是一切，我贊成彥根的判斷。」

「就算朱諾能夠允許這種結果，老天爺也不會原諒我的。我自己很清楚，滅亡的日子不遠了。」

「不過是差點殺死一個人而已就在這邊自怨自艾，這樣一點都不像是平常的天城醫生。如果那位告訴我外科的根本是什麼的醫生現在就站在這裡的話，大概會嘲笑天城醫生是『沒用的傢伙』吧！」

天城抬起頭來。「你說的那傢伙是誰啊？」

「手術室的惡魔，佐伯外科的直系傳人，渡海征司郎醫生。」

原本一直站在一旁，一動也不動地聽著兩人說話的速水突然抬了一下眉毛。

「怎麼好像在哪聽過這個名字耶！手術室的惡魔，渡海……」
世良聽著天城的喃喃自語，感覺手術室裡的時間都靜止了，過去與現在在世良的內心交錯著。
「這間房間都看不到海啊！」天城站起身，伸了一個大大的懶腰，開口說道。
「手術室裡面本來就看不到海吧！」
世良一臉不可思議地說完之後，重新拾起笑容的天城攤開雙手，面向牆壁說道。
「朱諾，這個世界是很大的，蒙地卡羅心臟中心的手術室就能看到碧藍海岸的湛藍海岸喔！面向海的那面牆有一片很大的窗戶，從那裡望出去，就可以看到成群的白色海鷗自由自在地在大海上空飛翔。」
天城瞇細眼睛，彷彿在找尋看不見的海鷗。
過去在蒙地卡羅觀摩天城手術的時候，世良是透過螢幕轉播觀看的，因此並不知道那些事。那時天城偶爾會從術野抬起頭，碧藍的水平線便會映在他的瞳孔中。
天城眼中的風景與世良所眺望的世界，絕對是不一樣的。
那個時候，世良終於領悟。
——我這雙手，永遠無法到達天城醫生的領域吧！
「對了！朱諾，櫻色中心的手術室就做成可以看到海的手術室吧！從手術室就能看到太平洋！你想不想看？」

世良忍住不讓眼淚下滑，點了個頭。為什麼他總覺得自己永遠都看不到那幅景象了，這個念頭悄悄閃過他的腦海。

「你呢？要不要也加入我的手術團隊？」天城瞄了一下速水，開口說道。

速水佇立在原地，一動也不動，無法回答。

天城的臉上閃過一絲寂寞，但馬上回頭看向世良。

「我們去看海轉換一下心情吧！朱諾。」

天城大步走過速水，並拍了一下他的肩膀。

「我想起來為什麼會聽過渡海這個名字了喔！沒想到你就是Monsieur唯一認定的，惡魔族譜裡的繼承人呢！」

「天城醫生為什麼要在我面前示弱呢？」速水低聲問道。

想隱藏的話，再怎麼樣都能夠忍住不說那些喪氣話的。面對這個疑問，天城笑道。

「這麼做是為了你喔！野馬同學。翱翔在天空的外科醫生，一直都很恐懼掉到地上的瞬間。越往上飛，越恐怖。但只要知道事實，總有一天會得到救贖的也不一定。」

「不過我的課就上到這裡了，明天起，我絕不會再讓你看到我的醜態。」他臉上的笑容驟失，斬釘截鐵地說道。

速水看著瀟灑離去的天城，一句話都說不出來，只能繼續站在原地。

天城騎著馬利西亞號騁馳在晴空萬里之下，時不時哼著他的愛歌《La mer》。坐在後座的世良沒有詢問，卻非常清楚天城的目的地。

現在天城會去的地方只有一個，那就是櫻色中心的預定建築地，櫻宮岬。兩個月前，公開手術的隔天，他們從櫻宮市醫師會的真行寺會長那裡聽說，那塊地的主人，碧翠院櫻宮醫院櫻宮嚴雄院長同意要賣地。

上杉會長的手術成功後，就能得到三億圓的捐贈。

天城曾在心中確信，世界知名建築師馬利西亞將在櫻宮灣，以嶄新設計打造出來的醫院就在不遠的將來。

今天晚上或是明天晚上，天城應該就會寄出國際郵件，讓馬利西亞更動設計，說要能夠看得見海的手術室吧！

天城與世良注視著閃閃發亮的櫻宮灣。明明站在一起，想的卻是如此不同的事情，世良心想。

然而，世良所感受到的也只有一半是真實。

因為兩人的心情，再也沒有比這時還要更接近的時候了。

五天後。
上杉汽車的上杉會長在全體醫院人員的目送下，順利出院。
不用說，如此盛重的送別當然出自於循環系統內科教學中心江尻教授之手。可惜的是，當天正值佐伯外科的手術日，所有人員幾乎都在手術室值勤，因此來送別的只有獲免除工作的世良一人。
其實這是垣谷刻意安排的。全體人員都必須出席的話，佐伯外科跟櫻色中心怎麼可以沒半個人出席。而派世良出席的話，就可以一次代表兩個單位。
在等待會長專用車抵達的時候，看似對江尻教授的阿諛奉承感到厭煩的上杉會長突然認出站在角落的世良，並朝他招了招手。
「世良醫生，前幾天那名醫學院的學生還沒有來交作業耶！」
「他被會長的霸氣嚇到，臨陣脫逃了。」世良彎下身來，在上杉會長的耳朵旁悄聲說道。
「哦！我還以為是他做事隨便，沒想到意外發現了自己的另外一面。」上杉會長一臉開心的樣子，微笑說道。
「幫我跟天城總帥說，詳細的數字請在月底結算。在那之前應該會發生不少事情，希望那些事情都能一併考慮進去。」漆黑的高級轎車駛近，上杉會長對世良說道。

留下意味深長的話語後，上杉會長搭乘的轎車便消失在東城大學醫學院附設醫院。

在醫院靜養中的上杉會長已經回到工作崗位了。當大家看到這則動態消息刊載在報紙經濟專欄，已經是幾天後的事情了。

17 舊友襲來

七月二十二日（週一）

天城的失勢起於一名看似窮酸的矮小男子的訪問。

上杉會長出院一週後的上午十一點，那名男子出現在附設醫院五樓的護理站。三十歲後半，西裝袖子有些破損、領帶也變形了。穿著打扮是老氣中的老氣，領帶看起來也像是自動型的拉鍊領帶。他不停搖晃著深藍色的扇子，毫不客氣地在醫院最忙碌的時間踏進護理站，叫住一名錯身而過的護士問道。

「請問這裡有一位叫作天城雪彥的醫生嗎？」

那名護士上下打量了一下男子，似乎是以為他是搞錯時間的訪客，一臉冷淡地回答。

「病患家屬的面談是在下午兩點之後，請在這裡的訪客名單簽上……」

矮小男子突然將一張名片塞給護士。護士在對方的氣勢下收下名片，心不在焉地念出名片上的頭銜。

「厚生省？」

「是低！我就是從負責管理你們這些醫院的單位來的，拜託你們的應對也好一點吧！我再問一次，請問天城醫生在哪兒？」

護士因為他的粗聲粗語顯得有些猶豫，她打量著四周，接著不曉得該說是她運氣好，還是被她發現的那個人運氣不好，世良正巧經過了。

「世良醫生，這位先生好像有什麼事。」

「是病患家屬嗎？下午兩點之後才可以……」

世良正要說出剛才護士小姐說過的話時，護士便將對方的名片直接往世良的手塞了過去，之後便慌忙地離開現場。世良唸出名片上面的文字。

「厚生省，健康政策局醫事課課長，坂田寬平先生嗎？」

矮小男子抬起頭，倏地往世良靠近，近到世良幾乎都可以感受到對方的呼吸。

「這張名片可是剛出爐低！我上個月才剛升遷，你是第一個拿到這張名片的人呀！啊、不對、第一個人應該是剛才那位護士小姐捏，不過那張名片又被轉送到你的手中了，所以第一名果然還是你沒錯！這世上能夠拿到厚生省課長名片的醫生可不多呢咧！」

他拿起折好的扇子指著世良的鼻子，世良往後縮了一下，躲開了。

「那請問厚生省的課長來我們醫院有何貴幹？」

「所以說啊，我剛才就一直在講我想跟天城醫生見個面啦！」

所以說啊，就算對方這麼說，途中才加入的世良怎麼可能會知道那種事。不過護士把他丟給世良確實是做對了，世良也因此在心中感到佩服：那個人運氣還真好！世良正好被天城叫來醫院拿之前準備好的資料，現在正要去天城的起居室。

「那我們就一起去找天城醫生吧！我正好要去見天城醫生。」

到赤煉瓦棟前都吱吱喳喳講個不停的坂田，在進到冷颼颼的老舊建築後便把扇子打開到最大，拚命搧著風，卻還是滿頭大汗。

「真是的，外科醫生的身體都這麼好啊！我也認識一個外科醫生，那傢伙不只個性惡劣還很倔強捏！不是有人說最該擁有的東西就是朋友嗎，尤其是醫生跟律師。我跟你說，那句話是假的啦！就算他是醫生，我也不想跟那傢伙當朋友咧！」

「就是這間。」

世良開口打斷坂田的喋喋不休。從新院區走來赤煉瓦棟大概要五分鐘，這五分鐘坂田的嘴巴從沒停下過，世良的忍耐也已經到達了極限。

門一開啟，就看到天城平躺在長沙發上。但是今天跟以往不太一樣，天城身邊坐著一名戴著銀框眼鏡、抬頭挺胸的青年。

那名青年正是先前參加觀摩上杉會長手術的辯論家，彥根新吾。

「怎麼啦朱諾，你後面那個矮矮的先生是誰啊？」天城一臉訝異地說。

「初次見面，其實哇細……」才剛要開始自我介紹，世良便先發制人地阻止坂田的機關槍開啟。

「這位是厚生省來的客人，他只要一開始說話就停不了，我想您還是先結束上一位預約的人比較好。」

天城仔細端詳起坂田，點了個頭。

「朱諾都這麼說了，我就先把這裡結束吧！不好意思，請您稍等一下。」

坂田伸出兩手蓋住嘴巴，點了幾次頭。他的動作似乎是在說，如果不用手蓋住嘴巴的話，自己又會忍不住開口。

天城從世良手中接下病歷，拿給彥根看。

「這是在佐伯外科實施的靜脈繞道手術的前後肌酸酐值，剛才已經給你看過兩例了，這個是這次手術的變化。」

「真的耶！用直接縫合法的感染明顯比較少。」

「概念合理，術後感染也低，對病患來說是非常好的手術。」

「那麼，之所以不願意導入這種新型手術，是因為學會上層的思想太過保守囉！」

「不是的，他們也很想引入這種手術，只是他們沒有技術。」

就在這時，低沉的嗓音突然插入兩人的對話。

「這樣好像是在說因為管理醫療行政的厚生省支持現有的勢力，導致新的治療技術無法引進捏！」

天城被突然插話的坂田嚇了一跳，抬起頭來問道。

「這位先生是誰啊！朱諾？」

世良看著再度拿起扇子搧風的坂田，聳了個肩。

「他就是厚生省的……」

這種說法感覺坂田好像跟那些人沒什麼兩樣，就要陷入自我厭惡的他突然大聲喊道。

「等一下，不用幫我介紹，我會自己報上名的。」

坂田慌忙地拿出名片，卻不小心將名片盒翻了過來。

「不好意思，怎麼感覺大家好像是我的殺父仇人一樣，一直要強塞名片給你們。誰叫回到市政府後，這些名片就會跟撲克牌一樣，不會再拿出來用了。啊，不過這可是厚生省的祕密，要幫我保密喔！」

他從一堆名片中找到自己的名片，翻了過來。

「編號四嗎？其實應該要是一號才對，但順序已經亂七八糟了，就別計較這麼多了。總而言之，我就是這個人。」

他恭敬地伸出兩手遞出名片，天城眯細眼睛，念出名片上面的文字。

「厚生省健康政策局醫事課的課長嗎？這麼年輕就當上課長，看來是個能幹的人呢！」

「您能明白這張名片的價值真是令我感到十分開心，大部分的人都以為事務次官[10]跟局長很偉大，其實最偉大的應該是我們這些課長階級才對。局長也好次官也罷，都只會裝模作樣在文件上蓋蓋印章而已，不過就是The蓋章機器而已。」

天城話一說完，坂田立刻挺出身子，趁勢說道。

世良對於不曉得為什麼他要加一個沒用的定冠詞The來強調感到不太舒服。但坂田卻講得更加起勁，還一直將身體往前靠去。天城拿出手帕，一邊擦拭著坂田噴出來的口沫，一邊用單手制止激動的坂田。

「日本的年輕官僚都很優秀，就連在蒙地卡羅時，我也曾聽過這樣的說法喔！」

「但是上了年紀後就會越來越無能了，也有這樣的說法捏。沒想到這種事實也會流到國外去，簡直就是令人困擾的『啦啦啦飛呀伊斯坦堡[11]』呀。」

要引用那位歌手的歌的話，應該要選《在蒙地卡羅乾杯[12]》吧！原本想這麼吐槽，但還是忍住了。話說回來，把這些事情傳出去的人不就是你嗎？

他努力把話又吞了回去。似乎已經受夠坂田的彥根站起身，開口說道：「那我就先離開了。」

10 日本行政機關各府省的官職。位居大臣、大臣政務官等特別職之下，為各府省官僚一般職職員的最高職位，是事務方面的首長。

11 〈飛んでイスタンブール〉為日本歌手庄野真代的成名曲。

12 〈モンテカルロで乾杯〉，同為庄野真代的名曲之一。

天城阻止了彥根。

「再忍耐一下，再稍微待一下比較好。你不是說想進厚生省，這位先生可以說是前輩？這機會不錯吧！剛好有個生物標本可以近距離觀察。」

坂田課長瞪大眼睛，張開雙手。

「咦？這個戴著銀框眼鏡、看起來很聰明的少爺想進厚生省啊？這還真令人開心，畢竟醫療行政的未來是一片光明嘛！不過像你這種瘦弱的少爺，大概進來兩年，高挺的鼻子就會被打得扁扁低，細長的雙腳也只能拖在地上走，大大的頭還會被壓歪，馬上就會面臨精神崩潰了。我看你還是先在醫療現場待個幾年，等到你就算被厚生省氣到辭職也可以以醫生身分養家餬口再歡迎你過來。」

天城跟彥根互看了一眼，同時爆笑。

「真巧啊！他竟然跟我說的一樣，看來這個人還挺表裡如一的。那麼，是時候聽聽這麼偉大的課長為什麼會跑來我們這種鄉下國立醫院了。不過，挑這時候來應該也只有一種可能就是了。」

「哦，你覺得是什麼原因捏？」

「大概是來調查前幾天在東城大學實施的世界最尖端的手術，直接縫合法吧！」

「正中紅心！標準答案！」

坂田用手比出一個手槍，並伸出食指射向天城。接著一邊重複著標準答案這個詞，一邊漸漸縮小音量，彷彿在刻意製造出回聲的樣子。

啊啊！真的好吵啊！

「既然你都知道那就好辦了，這次的手術恐怕會牴觸醫療法捏！但另一方面，你也拯救了日本經濟的國寶，上杉會長的性命，所以我們就不追究你的違法行為了，還會給你特別優惠，默許你提出手術更換的申請。」

「手術更換的申請是什麼意思？」世良如此問道後，坂田搖了搖手，回答道。

「你這樣開門見山地問我，我會很困擾的呀！算了，真拿你沒辦法。這是一種鑽法律漏洞的私下處理方式，如果要以保險不承認的手術方式醫治某些疾病時，只要提出文件證明當初是以可以申請保險的手術處理的，政府就會承認這筆花費。」

「這樣沒有違法嗎？」彥根的銀框眼鏡閃了一道光芒。

「違法是違法，但可沒有完全違法喔！在這個社會裡，法網以外的世界可是很大低咧！要是這麼不知變通的話，以後會很辛苦低呀！大人的世界就是這樣，像你們這種乳臭未乾的學生是無法理解的吧！」

「可是之前沒有過先例吧？」

「你想要幾個就有幾個咧！最近到處都在引入CT，就是因為要將送到醫院的遺體經過CT掃描調查死因，這種檢查也都大搖大擺地被強行通過啦！」

「那些也是違法的嗎？」

「不受法律規定的檢查就是違法的，不過我們也知道這個檢查是必要的，所以就把它弄成是病患在世時拍的照片，這樣就可以用保險支付遺體的CT檢查了。像這樣就是手術更換的申請案例囉！」

「最不知變通的厚生省竟然有你這樣的官員，然後你還特地跑來我們櫻宮出差，明明沒拜託你，卻說要給我特別優惠，這種情況又要怎麼解釋比較好？」天城抱起兩隻手腕，陷入思考。

「啊，原來如此！可以申請經費的話就不會被告發，但相對的，上杉會長那筆捐款也要取消，就是這麼一回事吧！」

「你們都聽到了吧？那句話可不是從我嘴巴說出來的喔？那句話是天城醫生自己說的哦？對吧？萬一發生什麼事，你們可以當我的證人嗎？」坂田拚命地拍打著扇子，來回看著世良與彥根，再開口說道。

世良與彥根一臉不知如何是好地來回看著天城與坂田。

「總而言之現在我們也很危險，稍微想說點什麼就會被彈劾，說我們過度干涉、不當行使權力，所以我很害怕呀！這次的事也是，要是從我嘴巴說出來，說不定也會被說是過度指導，真的是很悲慘咧！」坂田繼續說道。

坂田突然變得萬分感慨，像在拚命忍住什麼似的，拿出皺巴巴的手帕擦拭著眼角。

「看來厚生省不管怎樣，都希望我們能夠按照你們的方式走吧？」天城看著他的樣子，苦笑說道。

坂田一邊擦拭著眼眶裡的淚水，一邊點了個頭，但馬上又慌張地搖了搖頭。

「假設，我拒絕提出手術更換，事情會變得怎麼樣？」

坂田將淚水與汗水同時抹去，回答天城的問題。

「我最不擅長回應假設這個字了，每當聽到這個字，我的雞皮疙瘩就要掉出來了。甚至在我說出假設這個字的瞬間，我就幾乎要陷入恐慌了。」

坂田忽然貼近天城的臉，小聲說道。

「但假設呢、充其量就只是『假設』而已喔！假設您真的拒絕了，我也無能為力就是了。遵照醫療法的話，哪邊是違法行為、是絕對不該做的事，大家應該都很清楚吧！」

坂田突然亮出背地裡的刀刃，但馬上又恢復先前得意忘形的語氣。

「不過要是發生這種事，東海名門、東城大學的佐伯外科就完蛋了。我實在是無法接受這種事，才會攬下這個工作，千里迢迢地跑來這裡。還請您幫個忙，讓我無牽無掛，否則我那個惡魔上司一定會囉嗦個沒完沒了的……」

天城看著再度哭得抽抽噎噎的坂田，環抱起兩隻手臂。

過了一會，他抬起頭來爽快地回答。

「我知道了，關於上杉會長的捐贈事宜，就這樣一筆勾銷吧！」

咦！世良與彥根驚訝地對望一眼，坂田也好像他們同甘共苦的夥伴那樣露出驚訝的表情，但馬上又慌張地奔回隱密的巢穴。

「真是當機立斷，呦！總統！蒙地卡羅之星！咻咻！」

原本還笑著敷衍過去的天城，在聽到那個只有熟人才知道的外號後，臉色一沉，但馬上又恢復冷靜的表情並接著說道：「哪比得上你呢？請幫我跟帝華大學的阿修羅打聲招呼。」

「好低！」

如此回答之後，一直呶呶不休的坂田突然閉上嘴巴。回頭一看，才發現他又將雙手蓋在嘴巴上了。他的兩隻手都壓在嘴巴上，慌張地看著周遭，卻為時已晚。

「您早就都知道了嗎？但卻裝作什麼都不知道，真是壞心眼。」坂田無可奈何地放下雙手，一臉尷尬地笑道。

「我並不知道，我只是在套你的話而已。能夠把中央政府的官僚引來這種鄉下地方，除了帝華大學別無他人，既然如此，答案就出來了。」天城笑著回答。

「你是說我的行為反倒讓你有機可乘嗎？」坂田低聲說道，接著他抬起頭來，向笑得有些曖昧的天城說道：「不過權還是猜錯了，他說就算我威之以勢、動之以情，天城醫生也不會改變心意的。」

「你在說誰啊？權？」

「你不知道嗎？高階下面的名字是權太，但他從以前就很討厭自己的名字，每次這樣鬧他，他就會一副束手無策的樣子。」

一口氣說完這些之後，坂田課長又將雙手壓在自己的嘴巴上。

「糟糕，又說了多餘的話，一定會被權罵的。」

一直盯著坂田的天城哈哈大笑起來。

「好了，我的事情也辦完了，先告退了。」

坂田急忙點頭行禮，一站起身，忽然看到桌上西洋棋盤的局面。

「話說這個紅色騎士是屬於哪邊的陣營啊？」

「還不知道，那傢伙是個謎。」

坂田觀察了一下盤面，接著拿起一枚棋子，往斜上方移動。

那枚棋子是黑色的主教，他的一步，讓盤面產生截然不同的狀況。天城瞪大了眼睛。

「像你這種才華洋溢的人，這個圓圓的傢伙應該進不了你的眼吧！但要是他跟紅騎士一起出擊的話，是會對你造成致命傷的。」坂田低聲說道。

天城陷入沉默。既然結束要事，多留也無益。坂田匆忙地退出房間。房間裡瀰漫著一股難以言喻的沉默。

「非常謝謝您，我現在很清楚厚生省的官僚都是怎樣的人了。」過了一陣子，彥根才開口說道。

「不，他再怎麼樣也不能代表所有的人吧！」

「天城醫生真會套話，一下子就得到那麼多情報了。」天城露出苦笑。世良接著說道。

「連那種三腳貓的功夫都沒有的話，是無法在自由之國蒙地卡羅生存的。日本太過保護小孩，年輕人沒有機會遇到那種情況，這是一件悲慘的事。」

「要想在這充滿不確定的世界裡生存，必須具備三個很重要的能力。要有看得比誰都遠的雙眼、可以聞到微小危險的嗅覺，第三是運氣。不過比這三點都還要更重要的是，必須要有錢。」天城向一臉真摯地盯著天城的彥根說道。

「我把醫療、經濟和行政想得太簡單了，我會從零開始重新學習的。」

彥根站起身，向天城行了一個禮。天城點頭說道。

「不用這麼急也沒關係，你還只是個醫學生。」

「這下又離實現櫻花大道的夢想遠了一步啦！明明看得到海的手術室那麼清楚地浮現在我腦海，卻始終無法到達。」目送彥根離去後，天城靠在沙發上說道。

天城虛弱地笑著，眼神迷濛地仰望著世良。

「朱諾，我真的有辦法在這個城市種下櫻花大道嗎？」

「當然可以！這不是廢話嗎？」世良想都不想便馬上回答，卻發現自己在那當下也懷疑著自己所說的話：「不過，為什麼要撤回之前說好的捐贈呢？稍微抱怨一下應該還是有辦法的。」

「這次手術之所以會成功，並不是因為我的關係，而是上天保佑。因此我不能收那筆錢。」天城閉上雙眼，平靜地說道。

世良深深地感受到天城頑固的克己心。然而在現實中，他就是完成了世界最頂尖的手術、也讓病人恢復健康了，不論過程中發生了什麼，他都應該要跟上杉會長收取費用才對。

世良也因此發現了一件事，天城這種潔癖與嚴厲，正是創立櫻色中心的最大障礙。

下午兩點。

這個時候醫院業務通常較繁忙，員工餐廳裡也只有小貓兩三隻。坂田在新院區的地下餐廳吸吮著大碗的拉麵，高階講師則環抱著雙手，坐在他面前。

「這裡的拉麵味道還算不錯，嗯其實還滿好吃的、不對、有點可惜，感覺不夠鹹，再一小湯匙就好。」

「幫我把這些話跟餐廳的員工說，聽好咧，鹽巴就是勇氣，只要勇敢撒下去，就能發現新天地。這也是為什麼吃比較淡的關西人都是一些膽小鬼呀！老是覺得那種不上不下的味道就夠了，這樣是不行的。」坂田對高階講師說道。

「這樣貶低自己出生地的人可是會不得好死的喔！」

「沒差啦！我說的是事實。」

嵌嵌嵌地吃完拉麵的坂田，將碗公咚的一聲，放在桌上。

「那麼，雖然完成權交代的事了，但總覺得不是很痛快耶！」

「可以不要這樣叫我嗎，我說過很多次了吧？」

「唉喲！我們都認識這麼久了，這點小事別在意了吧！不過天城還真是個大人物呢！無論我怎麼威脅利誘，他都無動於衷。」

高階講師往前壓低身子。

「就是這點！他明明就是那樣的人，怎麼會這麼簡單就被你說服了？」

「為什麼要在意這點啊？總之事情解決了，這樣就好了吧？」

「不行，我跟天城醫生之間的戰爭，現在開始才是關鍵，知道越多勝算越大。再說，你這個怪人看的角度，應該跟我不一樣，說不定有什麼我沒注意到的地方。」

「喂，權，你現在是在褒我還是貶我啊？給我講清楚喔！」

「當然是有褒也有貶啊！」

「呿！還是老樣子，真令人火大。」

坂田看著高階講師的笑臉，皺起眉頭，小聲地說道。

「不過說實話，與其說是我說服他的，比較像是他原本就決定要那樣做了，我甚至還覺得自己就像飛蛾撲火一樣。」

「也就是說，他原本就放棄那筆捐款了嗎？」高階講師喃喃自語起來。

「說得直接點就是那樣沒錯。」

「發生什麼事了嗎？說到這個，我聽說上杉會長的手術中好像發生了一點問題。」

「問題是吧！但上杉會長現在健康得很，應該沒什麼問題吧！話說回來，這次的事情明明只要安靜裝傻就好了，你幹麼故意要聲張出去？一個不小心，東城大學就完了。」

「有差嗎？要是我放著不管，東城大學就會毀在天城醫生的手裡了。」

「就是這點，你在電話裡也說過這個，但這次的手術雖然特別，也還不至於到危險吧？」

「那倒未必，坂田，要是只有櫻色中心，還不至於那麼危險。但天城醫生背後有白眉名醫佐伯院長在幫他撐腰，這才是問題所在。」

「佐伯老大終於開始行動啦？他到底想做什麼啊，那個山羊爺爺。」

「他要對大學醫院做激進改革，而為了達成目的，還必須介入醫療行政的根本。」

「喂喂，前面那句我還可以裝作沒聽到，後面的我可不能放過咧，你給我好好說明一下。」

「還是老樣子，一聽到跟省廳權益有關的馬上又開始緊張了你。」

「這不是廢話嗎？官僚就是為了這點存在的。」

「現在還不需要擔心後面那句，因為那是大學醫院改革成功後的下一步，而大學醫院要改革並沒那麼容易。」

「有備無患啊！你簡單說明一下大學醫院改革的部分吧！」

「好啦好啦，不要一直催我。」

高階講師拿起桌上的茶，潤了一下喉。

接著他冷靜地道出。

「在佐伯教授的構想中，最關鍵的一點就是要讓院長一人高高在上，除了院長以外，其他在大學醫院組織架構中的人都是平等的。」

「為了快速發展系統且達到效率，這樣做的確是正確的。但他的對手、那群老字號大學的教授們可不好對付啊！他的構想不可能實現的。」

「馬上就抓到重點了呢！嗯，大家都是這麼想的，但要是連天城醫生的櫻花樹都扯進來的話，情況就完全不同了。坂田，你知道大學教授的力量來自什麼嗎？」

「掌管醫局人事和教室經費的分配權，缺一不可。」

「標準答案，不愧被稱為將來的事務次官候選人。」

這只是高階隨口說出的客套話，但坂田還是忍不住露出得意的樣子。

「其實佐伯教授打算要其他教授交出這兩個權限，他的第一步是提出院長統一管理特別病房，徹底掌握曾經受過那些教授恩惠的病患。接著他還提出了統一管理基礎實習，他打算讓所有實習醫生都先在急救中心實習。一旦這麼做，再也無法在各教學中心看到新人，而院長也有絕大的權力掌控之後的人員分配。換句話說，本來是教授權限的醫生人事異動，也會變成是院長的權限。」高階講師繼續說道。

「嗚哇！這傢伙還真狠啊！集中基礎實習跟分離醫局呀！我現在剛好在準備大學醫院改革懇親會，這會議還滿無聊的，不如我也在會上提議這個好了，感覺很有趣。」

高階講師臉色一沉。

「不准，要是真的這樣做了，醫局制度就真的毀了，那樣日本的醫療也會完蛋的。」

「權你不是一直都是走猛烈改革派的嗎？怎麼突然這麼害怕？遭殃的只有那群自以為了不起又愛擺架子的教授而已不是嗎？」對於高階講師嚴厲的語氣，坂田一臉意外地詢問。

高階講師對壓低身子說話的坂田搖了搖頭。

「這不能相提並論，要是真的這麼做了，困擾的是附近的居民。一旦統一基礎實習，大家都會集中到有名的醫院實習，這樣偏遠地方的醫生就會不足。」

「現在不就是這樣了嗎？」

「現在還不是這樣，大學醫院的醫局會適當分配各地區的醫師，目前還算有一定的效果。雖然你們這些官僚視醫局制度為敵，但託它的福，就算是偏僻地方的醫院也有一定的醫生數量。」

「原來如此，那我收回剛才說的話，我絕對不會在懇親會上提到這件事的，你放心吧！」

「你呀！雖然沒惡意，但就是那張嘴令人擔心。」

「我們都認識這麼久了，難得我都說到這分上了，你竟然還懷疑我，權啊！」

「就是因為認識你這麼久了我才會這樣說，坂田，你敢在這裡發誓說絕對不會把那件事說出去嗎？」

坂田將兩手壓在嘴巴上，低下頭來。高階講師一口喝盡杯子裡的茶。

「算了，那種事情怎樣都無所謂。畢竟佐伯教授應該一步都不肯退讓，總有一天這些事會變成他的爆炸性發言，然後跟蒲公英的種子一樣隨風飄散吧！不過要是那些種子真的發芽了，事情就不好了。假使真的在櫻宮創辦櫻色中心那種新式醫療設施，後果便一發不可收拾了。到了那時，誰也沒辦法阻止。」

「換句話說，權想徹底擊潰天城醫生對吧！」

高階講師瞪大了雙眼。

但他沒有點頭也沒有搖頭，只是凝視著坂田。

彷彿要避開高階講師的視線一樣，坂田打了一個哈欠後站起身。

「不要用那種陰沉的眼神看我，你調來這裡之後也變了不少，如果是以前還被稱作帝華大學阿修羅的你，應該會跟天城合作，想辦法建設櫻花樹才對？」

「或許吧，但就像你說的，我的立場也變了。」
「你要變就變吧！但你可不能忘記和我的約定，等我們都往上爬咧，一定要從根本改變日本的醫療，你別忘了這個誓言喔！」
「我從未忘記和你的約定，坂田。」
坂田將帳單放在高階講師面前。
「這頓拉麵給你請，就當作我的交通費啦！之後還有什麼要求儘管說，只要我有空又有辦法處理的話，一定會幫你的。」
高階講師看著坂田一步一步走出員工餐廳的背影，接著閉上雙眼。
就在這時，他的背後傳來女性的聲音。
「大白天的，在這種地方談論那種危險的事，還真是大膽呢！」
一回頭，穿著白衣的護士正盤著手，宛如金剛力士般站在那裡。
「真是的，找我的人還真是絡繹不絕呢！」
高階講師緩緩說出這句後，示意藤原護理長坐下。

18 祕密同盟　七月二十二日（週一）

邀請身後那名女性坐下的高階講師微笑問道。

「藤原護理長，妳是從什麼時候出現在那裡的？我完全沒有注意到。」

「大家都說我很不起眼呢！」

已近中年的藤原護理長用年輕人的口吻如此說道後，高階講師立刻回答。

「真敢說啊！明明就是被叫作地雷的危險人物。」

藤原護理長輕輕地笑了一下，往高階講師面前的椅子坐下。

「話說，你們剛才說的是真的嗎？」

「剛才說的是指什麼？」

「少在那邊裝傻，你剛才不是跟那個奇怪的朋友說反對佐伯教授做醫院改革，你要是再繼續裝傻，我就到處去跟別人說喔！」

高階講師聳了個肩。

「歡迎歡迎，我說的都是事實，就算妳不說，我自己也會到處去說。大家都知道，我可不是佐伯教授的忠犬。」

「所以那些都是真的囉！」

下午的醫院餐廳空蕩蕩的，儘管如此，藤原護理長還是小心翼翼地注意著周遭，確定沒有其他人之後，她往前壓低身子。

「那你要不要跟我合作？」

高階講師一臉驚訝地看著藤原護理長，接著問道。

「妳是說要毀掉天城醫生的櫻花樹嗎？還是要妨礙佐伯院長的大學醫院改革？」

「兩個都是。」

高階講師思考了一陣子才開口說道。

「要合作也可以，但我有個條件，妳並不是個簡單人物，為了避免被妳背叛，妳要告訴我一件妳自己絕對不會跟別人說的弱點，否則我無法安心。」

「條件是吧，既然如此，我跟你保證，我絕對不會把醫生您的重要祕密說出去。」

「我剛才不是說了嗎，那些事就算妳去大肆宣傳我也不痛不癢的……」

「我說的才不是那種無聊的事呢！剛才你們的對話，我可是從頭到尾都聽到了喔！」

高階講師仔細回想自己跟坂田的對話，確認是否說溜了什麼致命性的祕密。

但他還是一頭霧水。藤原護理長不懷好意地笑了一下。

「那好吧，從明天開始，只要在外科大樓遇到高階醫師，我就叫你權囉！」

「欸……妳這人也太陰險了吧！」無言以對的高階講師呻吟似地說道。

「你從第一次見到我的時候，就一直是這麼想的吧！」

藤原護理長抬起頭來。

「這種對話只是在浪費時間而已，我們再不快點開始就糟糕了，要是天城醫生跟佐伯醫生合作，真的做大學改革的話，東城大學就完了。一旦醫療的世界開始默許那種膚淺的拜金主義，一切都以錢來衡量的話，你在意的那個孩子就會被染黑成小黑炭囉！這樣也沒關係嗎？喂、你怎麼這麼安靜，說點什麼啊！」

藤原護理長真摯的抗議深入人心。高階講師仔細玩味著她連珠炮般的言語，最後才抬起頭來，注視著藤原護理長。

「我們的敵人是擁有絕對權力的教授，被發現的話可是會一起死的喔！」

「那種事情我知道啦！」

高階講師撇開頭去，避開那毫不動搖的眼神，深深地嘆了一口氣。

「好，那我們結盟吧！」

「呼，太好了。」話一說完，藤原護理長整個人都癱在桌上。

「怎麼了？」

「雖然高階醫生是自由主義派的，但我不過是一名護士，這樣口無遮攔地跟您講話，要是您突然不高興、翻臉不認人就糟了，光是這樣想就覺得好可怕。」藤原護理長趴在桌上，含糊地回答。

「話是這樣說，結果妳還不是跟機關槍一樣說了一堆，真是莽撞的女性啊！」

高階講師吃驚地轉過頭去，他的內心深受感動，同時也為自己從沒想過這些事、只顧著要求對方令自己放心而感到丟臉。

「為了保證我絕對不會背叛藤原護理長，我就告訴妳一個我從來沒有跟任何人說過的祕密吧！」

原本趴在桌上的藤原護理長突然抬起頭來。

「什麼祕密？感覺很有趣。」

高階講師看著原本還哭喪著臉的藤原護理長突然笑了起來，瞬間感到有些後悔，覺得自己的提議有點太草率了，但說出口的話也無法收回。

「我只說這麼一次，聽好囉！」

藤原護理長點了個頭，還忍不住吞了一口口水。

「其實，我超怕蟑螂的。」高階講師小聲地說道。

藤原護理長瞪大雙眼，發出了奇怪的叫聲。

「蟑螂？就算你學現在的小女生裝可愛，我也不會相信的。」

「所以我不是在裝啊？」

「蟑螂耶，蟑螂耶！」

藤原護理長環抱起手腕，喃喃自語了幾次，接著忽然拍了一下手。

「難怪！所以高階醫生才這麼討厭天城醫生啊！他看起來的確就像個黑黑的蟑螂呢！」

高階講師立刻拍了一下桌子。

「我才沒有討厭高階醫生，只是理念不合而已。再說，拿蟑螂跟天城醫生相比，蟑螂也太可憐了吧！天城醫生跟蟑螂的共通點只有都是黑黑的而已，要是有那麼聰明的蟑螂我還很歡迎呢！他可是比蟑螂還要光亮、油膩又厚臉皮……」

藤原護理長注視著說出許多負面形容詞的高階講師，趁他換氣時插了一句。

「以前，發生過什麼事嗎？」

高階宛若突然被按下緊急停止鍵的特快列車，不發一語。

他看著目不轉睛地盯著自己的藤原護理長，接著才吐出一句。

「嗯，就那樣啊……」

「你就直接說出來嘛！不然你這輩子都會有這個心理陰影的喔！」藤原護理長開心地摩擦著手，開口說道。

高階講師低下頭來，小聲地說道：「妳以為自己是心理輔導員喔！」

他欲言又止了一陣子，好不容易才下定決心並抬起頭來。

「蟑螂牠、飛起來了。」

「什麼？」

「就說啦，蟑螂雖然肥肥的，但牠還是飛起來了。在我還在唸幼稚園的時候，蟑螂從窗戶上飛下來了。落地的時候不知道為什麼突然飛到我的腳上，還一直爬到我的後頸……從那天起，光是聽到蟑螂這個字我都、妳看，就像這樣。」

高階講師舉起自己的手腕，上面爬滿了雞皮疙瘩。

「不說還以為是蕁麻疹咧！沒想到你這麼怕蟑螂啊！我知道了，從今以後我會無條件相信高階醫生說的話的。」藤原護理長聳了個肩，苦笑著說道。

「那就太好了，對了，還有那個稱呼……」

「我知道啦！權對吧，我會盡量不要在別人面前說的。」

「盡量？」

那瞬間，高階講師不安地看著藤原護理長，但馬上又像放棄似的，軟弱地點了個頭。那是高階講師與藤原護理長，東城大學史上最強組合成立的瞬間。

就在這時，世良的同儕，高階研究室的第一號人物北島闖進了他們的對話。

「高階醫生，佐伯教授找您，請您直接去院長辦公室。」

「知道了，我現在就過去。」

高階講師重新戴上優秀外科醫師的面具，氣勢磅礡地站起。

「那就拜託您了，高階醫師。」

藤原護理長趁北島不注意之時，對高階講師眨了個眼，再目送他離去。

一直到高階講師的背影消失後，她才悠悠起身。

急忙衝向院長辦公室的高階，在門口調整了一下呼吸才敲了敲門。一打開院長辦公室的門，只見佐伯院長與黑崎助理教授面對面坐在沙發上。

「哦！不好意思把你叫過來，事不宜遲，你過來看一下這個，這是國際心臟外科學會的內容，已經決定辦在今年秋天東京國際會議廳了。這次很榮幸受邀擔任大會會長，黑崎在這一年也努力準備了。」

佐伯教授從桌上散亂的文件中抽出兩張往高階講師遞出。

高階講師向黑崎助理教授敬了一個禮。

「要籌劃國際大會真的很辛苦，辛苦您了。」

主辦學會的準備委員長的主要工作是去向藥商和相關企業拉贊助，而從這些文件可以看出，學會的準備事宜應該是一帆風順。

就在這個當下，佐伯教授突然告知高階講師意想不到的事情。

「優秀青年，我希望你可以代替黑崎，接下國際大會的準備委員長。」

「什麼？」

突然受指名自己從未想過的任務，高階講師不禁啞口無言。他來回看著愜意地坐在沙發上的兩人，好不容易才又開口問道。

「為什麼要突然在這種緊要關頭換人？贊助那邊拉得不順利嗎？」

要是沒有拉到一定的金額，學會可能就無法順利辦成了。

「不是的，那部分黑崎做得很好，差不多都近尾聲了。」

「那為什麼要突然換我？」

等了半天，佐伯教授依舊沒有要補充說明的樣子，高階講師只好從別的角度切入詢問。

「大會的亮點果然還是天城醫生的公開手術吧！」

大會的最後一天，主要會場的表演部分有著天城的名字。

佐伯教授點了個頭。

「沒辦法，畢竟去年胸腔外科學會實施的公開手術引起非常熱烈的迴響，不斷有人提出要求說想要再看一次。甚至可以說現在的天城已經超出東城大學的框架，成為日本代表的明星外科醫師了。」

主辦學術大會的大會會長通常會被要求做一些不同於平常的活動。若是普通的學會，通常只要讓教學中心的成員上臺演講就好了。但為了讓出席三天的觀眾感到滿意，大會會長不得不絞盡腦汁準備他們會感興趣的東西。他將利用人脈、出面交涉、懇求援助、賣人人情，提供各式各樣的資產，讓大會可以圓滿順利。

這麼一想，會將天城的公開手術當成亮點之一也是十分合情合理的。

「既然如此，果然還是讓黑崎助理教授繼續當大會準備委員長比較適合吧？畢竟這是心臟外科的國際學會。」

佐伯教授嗅出高階講師的言外之意，隸屬於消化系統外科的他並不適合出現在這種場合中，於是點頭說道。

「確實只考慮到國際大會順利的話，這樣做可能比較好。但其實馬上就有一件攸關教學中心未來的重要企劃要執行，我想讓黑崎專注在那部分。」

佐伯教授拿出另外一張紙遞給高階講師。

「其實我打算在四天後的教授會議上提議，由我們佐伯外科主導，創辦新的急救部門。我要把黑崎調過去，擔任那邊的準備委員長。」

高階講師對於這段話感到莫名其妙。

既然如此，才應該要讓黑崎繼續擔任國際大會的準備委員長，而讓自己擔任新設的急救部門的準備委員長才對吧！而且創辦急救部跟主辦國際大會不同，急救部門在未來還是會持續影響佐伯外科。

想到這裡，高階講師終於明白佐伯教授的用心了。

——老大已經決定讓黑崎助理教授擔任他的繼承人了。

這對一直以來被稱作佐伯教授心腹的高階講師而言，意味著失勢。

話雖如此，自己才剛決定要造反就接到這樣的通知，這樣在外人看起來，自己就像是被逼到造反那樣難堪。

高階講師深深地吐了一口氣。

——這就是天命嗎？

一旦下了決定，所有事物都會一同往那個方向前進。

而現在正是那個當下，高階講師參透了這點。

高階講師重新熟讀創辦急救部門的相關文件，陳述自己的感想。

「非常優秀的構想，明明目標是要在將來轉成中心設施，策劃實習醫生的集中實習，卻刻意將名稱壓縮為急救部門，這個偽裝很棒。從積極運用ＩＣＵ到開發急救部門，都非常有說服力。順便一提，你們打算要什麼時候創辦急救部門？難不成是明年度？」

特地讓黑崎助理教授離開國際學會的大會準備委員長位置，說不定早就做好明年度就要開始那種亂來的工程計畫了。高階講師心想。

然而佐伯教授的簡潔回答更凌駕於他的想法，讓高階講師驚愕不已。

「你以為這樣不慌不忙的來得及嗎？創辦急救部門十萬火急，我把計畫啟動設在下個月初，不然我也不會特地把一直為大會準備奔走的黑崎叫來當委員長了。」

高階講師忍不住提出反駁。

「您說下個月？再怎麼趕都不可能做到的，」

今天是七月二十二日，要在教授會議提出企劃那天是二十六日，現在卻說八月一日就要開始急救部分創辦計畫，也難怪高階講師會說出那番話。

「四天後通過教授會議，下個月初就開始，你覺得這種事不可能發生嗎？」

高階講師感到錯愕，但還是從別的角度表明其擔心。

「說到這個，您有辦法在教授會議上取得大家的同意嗎？我都還沒接到準備工作。」

「優秀青年，如果你以為私下行動是你的專利，那你就大錯特錯了。」
佐伯教授瞇起白眉之下的雙眼，輕輕地笑道。
「……難不成？」
高階講師注視著黑崎助理教授。
「就是那個難不成喔！黑崎已經私下去說服他們了，因為他十分具有說服力嘛！大家都認同他多年支持著佐伯外科的本事，再加上他對東城外科內部也非常了解，要嘛談條件、要嘛軟硬兼施，一切就按照計畫走了。更何況這項工程計畫還是黑崎自己想出來的，教授們都一一被他充滿堅信的話給籠絡了。」
黑崎助理教授看著目瞪口呆的高階講師，嚴肅地說道。
「讓高階醫生接我做到一半的工作，實在是很抱歉，但秋天國際大會準備委員會的委員長就拜託你了。」
高階講師看著對自己深深行禮的黑崎助理教授，總覺得自己不經意犯下的疏忽，讓腳下的地板產生了縫隙，而那個裂痕彷彿越裂越大。

七月二十六日星期五，在教授會議上，佐伯教授所提議的創辦急救部門以及將綜合外科合併ＩＣＵ的案子皆以多數通過。隨之而來的是，ＩＣＵ今後也將交由綜合外科教學中心與手術室雙重管理。

雖然循環系統內科江尻教授與其派系的三名教授表示反對，但由於他們跟ICU毫無關係，也沒什麼說服力。

多數教授都同意由心臟血管外科團隊的領導人，黑崎助理教授擔任臨時部長。而現實中，大家也認為ICU肯定會以心臟血管外科七比臨時部隊急救部門三的比率去運作。

現在的ICU代表是神經外科的講師，階級不足的他無法參加教授會議，又因為跟自己上司教授相處得不太好，因此教授會議上並沒有人願意站出來為講師的權益說話。

就這樣，佐伯教授的提案輕輕鬆鬆地在教授會議上通過。

教授會議結束後，佐伯教授立刻召集醫局營運會議的成員。

垣谷因出差缺席，其他因應出席的成員有黑崎助理教授、高階講師、天城總帥，以及醫務長世良四名成員。

佐伯教授以口頭告知他們教授會議的結果，下個月，八月一日起，急救部門將由佐伯外科主導與運用，負責人是黑崎助理教授。

鐵青著臉的高階講師坐在臉泛紅潮的黑崎助理教授身邊，睥睨著虛空。

「Très Bien. 真不愧是 Monsieur 佐伯，創辦部門這種難如登天的事情，這麼簡單就讓那些教授吞下了，真是了不起。但讓我說的話，我以為急救部門這種組織應該併入我的櫻色中心才對。」就在這時，天城充滿朝氣地說道。

房間裡瞬間瀰漫著緊張的氣氛。佐伯教授看著周遭，他的表情就像是在問：為什麼天城不知道？

世良慌張地低下頭來，身邊的高階講師板著一張臉，環抱起兩隻手。那瞬間，佐伯教授終於明白自己的話並沒有順利傳達給天城。但他立刻恢復若無其事的樣子，並以諷刺的口吻問向天城。

「你覺得我為什麼會任命黑崎？」

天城歪了歪頭，誰知道啊？他回答。

「理由很簡單，因為黑崎是候選人。」佐伯教授抬了一下白眉，乾脆地說道。

「候選人？好像學生會喔！所以那個位置有公開招募嗎？」

「就是因為不是學生會所以才沒有公開招募。是黑崎自己看出我有這種想法，向我舉薦自己的。任用這種充滿幹勁又獨具慧眼的人，一定能成功的吧！」佐伯教授微笑著回答。

騙人！世良差點脫口而出。

創辦急救部門的構想明明就是佐伯教授自己在醫院整體營運會議上說的。最初的構想就是由佐伯教授自己想出來的。

「從今以後，新人教育也會都交由黑崎處理。八月一日之後，我想把一年級實習醫生的教育工作交給他，這麼一來，現任醫務長世良也可以從新人教育的任務中解除。畢竟在黑崎的指導之下，垣谷也會再次擔任醫務長。」

世良面無表情地點頭。

原本應該要很開心才是，但照這樣發展下來，世良完全不知道自己應該做何反應，又該擺出怎樣的表情。

天城的腦中浮現前幾天突然闖進自己房間、自顧自地說完想說的話後便離去的厚生省課長坂田寬平所說的話。

——像你這種才華洋溢的人，這個圓圓的傢伙應該進不了你的眼吧！

接著是棋盤上的紅色騎士跳躍起來，以匕首抵向自己的喉嚨。

隔壁的高階講師毫不隱藏他的不滿，他的脣瓣輕輕地顫抖著。

高階講師最大的失誤就是他以為只要封鎖來自天城的傳信鴿——世良的消息，禁止他告訴天城有關佐伯教授ＩＣＵ一體化的構想，那個位置就會自動掉進自己手裡。

卻沒想到，黑崎助理教授竟然私下舉薦自己。

高階講師從沒將黑崎助理教授放在眼裡過，甚至還提議把速水的教育委託給他。

換句話說，在自己以為事情都按照自己的想法進行的那個當下，自己的選擇就出了問題。

這實在是太蠢了。

世良茫然地望著被稱作佐伯外科三羽烏的三名外科醫師，三種想法互相交錯、碰撞的模樣。

窗外的強烈陽光一晃一晃地從雲朵的縫隙間照進房內。

佐伯外科的炎夏才正要開始。

第三部　冬

19 雞尾酒的陰謀

一九九一年十月十八日（週五）

季節的轉換，可由風的冷冽程度得知。

十月十八日星期五，雖然今天是佐伯外科的手術日，卻沒有做任何手術。教學中心成員都因即將迫近、六天後的國際心臟外科學會忙得不可開交。

世良位於天城的起居室內。起居室的主人正難得地準備著病患的病例報告而不在。這是因為再過不久，他便要在醫局會議上發表公開手術的病例。世良眺望著擺放在桌上的國際心臟外科學會簡介。

天城的照片及個人資料刊載在研討會最後一天的活動簡介上。

之所以將最重要的活動放在最後一天的會長致詞之前，也是為了減少大會途中的離開人數。只要有天城的公開手術，相較於東京觀光，更多外科醫生會選擇參加觀摩公開手術。

世良再次看向刊載在簡介上頭的相片，深刻地感受到天城不同於一般日本人的華麗。然而比起這個，他更因為自己得留在醫院執勤感到有些在意。

並不是只要是天城的手術他都一定要參加，只是突然被排除在外，總覺得自己不再被需要，有點消沉罷了。

世良觀察著桌上的西洋棋盤。

這次的公開手術中多了些不安因子，因為先前共同讓手術成功的成員幾乎都被換掉了。就連負責的器械的護士貓田與花房也缺席了這場手術。由於佐伯外科將在八月創辦急救部門餘波未平，手術室的護士與綜合外科醫院的護士也在不得已之下開始往來。手術室的福井護理長性格頑固，為了因應她的強硬要求，貓田、花房這對組合硬是被拆散了。而麻醉醫師也換人了。想要利用公開手術以求聲名大噪的麻醉醫師前輩，擠下實力最強的田中助手，以利自己參加公開手術。

不只如此，不可動搖的第一助手垣谷也不在手術團隊裡，因為那天他必須擔任其他研討會的主席兼講者。最後還是天城強勢要求：既然如此就請高階講師幫忙，否則我就取消公開手術。以此要脅後，他的做法成功奏效，高階講師順理成章地成為手術第一助手。至今以來享盡光榮與驕傲的天城團隊，彷彿變成截然不同的集團。雖然大家都有各自的理由，但事情發生得太過湊巧，隱約可以看見些許的惡意。

究竟是誰在背後操弄這些事情的呢？

世良非常清楚，那個人就是突然接替黑崎助理教授，擔任這次大會準備委員長的高階講師。

瓦解成功的團隊，正是遠離成功的負號方程式。就連想法單純的世良，也看穿了高階講師的真正目的。高階講師與天城的最終戰爭，應該會在遠離櫻宮的大城市——東京掀起序幕吧！

然後那個時候，自己卻不在現場。

世良抬起頭來。接下來將代理醫務長參加醫局會議的他走出天城的房間。

人聲鼎沸的會議室中，代理垣谷醫務長的世良正在報告醫院下個星期的要事。除了先行前往東京的垣谷，難得今天的會議幾乎是全員出席。之所以會這麼熱鬧，是因為在會議之後，除了公開手術的術前評估會議，還要在醫院餐廳『滿天』舉辦國際學會的鼓舞士氣大會。

「由於下星期是國際心臟外科研討會，多數醫生都會前往東京，那週手術趨近於零。但由於還有一些病患若不在下週動手術，情況可能會惡化，因此按照昨天報告的那樣，在這段期間內，會單獨為腹腔團隊的胃癌病患廣井先生動手術。」

世良簡單地說明手上的筆記內容。

「學會期間會有四名留守成員，留守負責人為黑崎助理教授。」

會議廳喧譁起來。雖說一定要有誰留下，才能維持教學中心的機能，然而眾人皆知，黑崎助理教授除了是心血管團隊的領袖，更是為了國際學會四處奔走的功臣，因此他們在暗地裡也顯得有些浮動。舉辦國際學會是件光榮的事，但也不能因此忽視大學醫院的日常看診。基於這個原則，其他醫生們也不得不同意這項決定。

第二名留守的人是世良，第四年住院醫生的他雖然是不太可靠的前醫務長，但由於櫻宮癌症中心的中瀨部長在交流會上對世良當時的上班態度讚不絕口，也成了世良被選中的關鍵。大家反而是因為別的理由對世良留守這件事感到驚訝。世良是天城的股肱之臣，出現在公開手術是再自然不過的事了，因此這項決定似乎也在暗示著大家，世良是大家的同伴。

做為苦力的一年級實習醫生選上了被大家私下叫作野馬的速水，一聽到這個宣布時，底下顯得有些嘈雜。另一名則是實習醫生松本，這項妥當的決定並沒有興起什麼話題，但因為留守的人大概就是這種程度，其實也沒什麼好討論的。

世良結束一連串的說明後，原本翹腳坐在房間一角、一臉無聊地聽著說明的天城露出「總算該我了」的樣子，伸了一個大大的懶腰。

關於天城公開手術的病患術前評估會議開始了。會議室裡瀰漫著一股華麗的氣息，或許是因為這個發表正是為了國際學會的公開手術特別準備的。

這個會議也同時是天城的公開手術預演。對其他人來說，至今一直避免形式化報告的天城就是個異類，然而這樣的天城現在卻在臺上宣告了病患的姓名。

「病例是德永榮一先生，七十三歲。」

「怎、怎麼可能！」

聽到名字的瞬間，黑崎助理教授立刻站起。原本嘈雜的會議室立刻鴉雀無聲。
「你這傢伙、這個病人是誰介紹給你的？」黑崎助理教授瞪著天城說道。
「那個人黑崎醫生應該也很熟才對，是市民醫院的鏡部長喔！」
「胡說！鏡部長才不會沒通知我，就擅自把德永先生介紹給外人！」
言下之意，是在說天城是外人嗎？世良不禁在心中想著，然而在那個當下，並沒有人出面指正這點。天城不慌不忙地回應。
「換句話說，真正的介紹人是這位。」
天城手指指向的人，正是坐在房間一隅，盤起手腕注視著天城發表的白眉名醫，佐伯教授。
「為什麼事到如今才在這種重要場合上硬來……」黑崎助理教授呻吟似地問道。
「好像應該事先跟你說明一下比較好啊！首先，天城來跟我訴苦，說找不到合適的病患，那時我突然想到了德永先生。當佐伯外科登上頂點那天，假使能順便消滅我們教學中心的最大負債，豈不是件美事？一想到這裡，我便迫不及待，覺得除了德永先生之外別無他人。」佐伯教授抬起白眉，開口說道。
佐伯教授站起身，環視著沉默的大眾。
「我要告訴佐伯外科的醫生一件事，在這間教學中心，知道這件事的人只有我跟黑崎兩人。話雖如此，我們倆跟那場手術並無關係。但只要是佐伯外科的相關人員，一定要將這件事情銘記在心，絕對不可忘記。」

對許多醫生來說，這是他們第一次聽到佐伯教授用這種口吻進行演說。會議室瀰漫著一股緊張的氣氛，佐伯教授抬起白眉，娓娓道來。

「這次公開手術的對象，德永先生是綜合外科第一位執行心臟繞道手術的病患。主刀醫師是我的恩師真行寺教授，第一助手是我的盟友櫻宮嚴雄。」

現場的醫生們都吞了一口口水，注視著佐伯教授的嘴。

「當時的我們想要挑戰最頂尖的技術，然而我們的準備還是不足。但在當時，臨床研究與治療是合而為一的，那是個允許挑戰未知領域的時代。失敗並不可恥，反倒是往前邁進的勇氣證明。」佐伯教授一臉嚴肅地說道。

為什麼那名病患到現在都還沒住進櫻宮市民醫院呢？又為什麼他需要天城的手術呢？世良感到心跳加快。天城按了一下幻燈片機。

「Monsieur 佐伯，謝謝您適時的補充說明。」

世良看著天城毫不在意地將教授的發言當作補充說明，感到有些出神。

「我對佐伯外科過去的失態一點興趣都沒有，所以現在我要繼續說明現狀。這是德永先生的心臟血管造影，照片是兩年前拍攝的。」

一見到照片，醫局相關人員一片騷動。負責運送血液至心臟的冠狀動脈分成分為左冠狀動脈和右冠狀動脈，左冠狀動脈在其分支處又分為迴旋支和前降支。換句話說，冠狀動脈照理說應該有三條，但這張照影中，一條冠狀動脈都沒有。

然而仔細一看，又能隱約發現幾條比線還要更細、彷彿是血管的影子。造影忠實地印出病患令人驚訝的狀態，他的三條冠狀動脈竟然完全阻塞。

「……這根本不可能。」

不知道是誰發出了呻吟聲。照理說冠狀動脈完全阻塞的情形，百分之百不可能生存的。

「櫻宮市民醫院的鏡部長是個怪物，雖說是臥病在床，但他竟然能讓這種狀態的病人存活二十年以上。」

雷射筆的紅色光束指向病變部位。

「照二十年前的繞道手術技術來說，果斷撤退是英明的抉擇。但德永先生也因此從二十年前起，被迫只能在床上生活。若換作重視ＱＱＬ（生活品質）的現代醫療來說，當初的手術簡直是欠缺思慮。」

「為什麼天城醫生要挑這麼困難的病例做直接縫合法呢？」

世良忍不住詢問後，天城迅速地回答。

「因為沒有其他辦法了啊！朱諾。不過我也沒有做過三條冠狀動脈的直接縫合法，因此我只會在主要的左降支的根部阻塞處做直接縫合法，另外兩條冠狀動脈會採用內乳動脈做繞道手術。能夠看到世界最頂尖的直接縫合法，以及即將成為世界標準的日本最先端的內乳動脈繞道手術，這兩種手術方式同時做，公開手術的觀眾應該也能因此感到滿足吧！」

世良搖頭，並不是那樣。他想問的是，那麼危險的手術真的沒問題嗎？更何況自己那時候還不在場。

「這次的手術非常危險，只要稍微一不小心，就會被打入十八層地獄。更糟糕的是，還可能在大家的面前讓病患死亡。」

即便面臨走投無路的情況，天城卻顯得更開朗。

「這是一場很大的賭注，失敗與否也攸關我的進退。但假使手術成功，我們佐伯外科的負債就可以一筆勾銷，更是建造新時代的大學醫院的一股助力吧！」佐伯教授說道。

聽完這些話，世良總算明白為什麼佐伯教授要選狀況如此惡劣的病患了，總覺得可以明白他的理由。佐伯教授正在擲一枚名為公開手術的硬幣，這枚硬幣攸關大會過後，大學醫院改革的成功與否。

天城詳細地說明著手術方式，但所有教學中心的成員都專注於偷看佐伯教授與黑崎助理教授鮮明對比的表情，導致困難的手術說明空洞地在會議室裡回響著。

術前評估會議結束後，醫局成員急忙地回去處理傍晚剩餘的業務。黑崎助理教授走近天城，深深地一鞠躬。

「這場手術我無法到場，德永先生的一切就拜託你了。」

「**Bien sûr.**（當然）我會盡全力的。」

傍晚的夕陽映照著兩位外科醫師的身影。那瞬間儼如一幅象徵古老權威跪拜於嶄新技術之神面前的宗教畫。

鼓舞士氣大會比較像是在慰勞留守的醫護人員。

佐伯外科全體醫生，以及綜合外科教學中心與手術室的護士皆出席參加。除了正在執勤的醫護人員，其他人都到醫院地下餐廳集合。醫院餐廳的廚師準備了拼盤和三明治，另外也用大盤子裝了相同的料理去給正在值勤的醫護人員。這些協調安排都是前醫務長世良的工作。

下午五點，當人差不多都聚集了之後，高階講師先行招呼大家。

「我是這次擔任國際心臟外科學會準備委員長的高階，希望負責留守的人多吃一點，養精蓄銳，才能在我們不在時好好工作。」

他幽默的致詞惹得會場笑聲不斷。高階講師將麥克風遞給佐伯教授。

「接下來我們請大會會長佐伯教授為我們講幾句話。」

佐伯教授輕咳了一聲。

「準備了一年以上，終於，下星期就是國際心臟外科學會了，感謝各位相關人員的幫忙。這次的大會只有一個目的，就是讓世界知道我們佐伯外科，否則我也不會接下大會會長這種麻煩的工作。」

令人愉悅的雄言壯語，但從佐伯教授的口中說出只叫人覺得恐怖。明明是老套的致詞，背後卻隱含投身於這場賭注的風險。佐伯教授繼續為致詞收尾。

「因此，我對大家沒有特別的要求，只希望你們表現出平常的樣子就可以了，因為我們是世界等級的外科教學中心！」

「謝謝佐伯教授精采的訓詞，我就不再多說些什麼了，接下來還請大家不要客氣，盡量享用，玩得開心點。」震耳欲聾的掌聲四起。高階講師接下麥克風，開口說道。

飢餓的狼群衝向擺在牆邊的食物，不要多久，烤牛肉、壽司等高級料理一個接著一個消失了。

世良看著往各式拼盤衝去的醫生們，不知怎地錯過了加入他們的機會，只好茫然地望著窗外。就在這時，後方突然有人對自己搭話。

「莫名其妙被塞了一個難搞的工作啊！」

高階講師一口氣喝盡手中的葡萄酒。

「明明就不是我的專業，竟然要下去當第一助手，手術的難易度一下子升到特A，真是抽到了下下籤。」

「不過如果是天城醫生和高階醫生這對組合，一定可以逃過地獄的守門人的。」世良笑著說道。

高階講師噗哧一笑。

「這次考慮到許多事情，不得不讓你留守，不好意思。」

「不用在意，自從當了醫務長之後，多少可以站在醫院的立場看待事物了，我認為您的判斷是合理的。」世良搖了搖頭。

高階講師看著世良說出如此穩重的話，瞇起眼睛。

「你能這樣想真是太好了。做為補償，我特別安排你擔任胃切除手術的主刀醫師。」

「我反而還比較喜歡這樣，畢竟升上四年級後，擔任主刀醫師的機會實在是太少了。」

這是世良的肺腑之言。結束專科訓練回來之後的外科醫師幾乎都是擔任第一助手，能力比較差的還得和一年級實習醫生一樣擔任負責拉勾的的第二助手。能夠擔任胃切除術的主刀醫師，已經是特別待遇了。

「不過速水好像很失望耶！」

「他什麼都沒說，但最近看起來的確沒什麼精神，或許就是這個原因也不一定。」

世良露出苦笑。在知道速水也要留守時，眾人驚訝的程度不亞於知道世良要留守時的反應。也有很多醫生認為這是對平常盛氣凌人的速水的一種懲罰。

世良指出這點後，高階講師露出苦笑。

「速水留守是黑崎醫生特別指名的，為了速水的名譽著想，明明就有特別跟大家說明了。」

儘管決定人事的負責人出面說明這種安排並不是懲罰，但還是有許多醫生覺得懲罰一說比較有說服力，這從平常速水的行為舉止就能略知一二。

另一方面，大家也認為存在感薄弱的松本非常適合留守。這兩人一個是粗暴的傢伙、一個是不起眼的菜鳥，這種組合簡直有趣極了。可以一同前往東京的多數毫不掩飾他們既期待又興奮的心情。若把被分配到現場工作跟可以參加饗宴擺在天秤上秤，付出勞力那方果然還是比較重，但基於這是場難得的經驗，光是這點就輕鬆彌補了原本的不均。

高階講師背對世良，走向藤原護理長，說了一兩句話。世良的眼神緊追著高階講師的動線，這時突然有人拍了一下他的肩膀。

「朱諾，竟然自己留在櫻宮打混，太卑鄙了！」

世良看著天城的笑臉，聳了個肩。

「沒辦法，這是高階醫生下的決定。」

「朱諾是前醫務長，位階又不輸高階，稍微撒嬌一下就可以去了吧！」

「天城醫生就這麼希望我去看你的公開手術嗎？」

世良話一說完，天城立刻扭過頭去。

「最好是，這明明就是朱諾應盡的義務。」

世良努力憋笑著，接著一臉真摯地說出心中的話。

「真不好意思，但我會在櫻宮祈禱手術成功的。」

「朱諾也變得這麼壞心眼了，是受到高階的影響嗎？」

來。

天城一口喝盡已經沒有氣泡的啤酒，正要從世良身邊走開時，又突然回過頭

「話說，病患的術前評估沒問題吧？我可不允許再犯跟之前相同的失誤喔！」

「當然，我已經確認過很多次檢查結果了。」

世良如此回答，卻在心中好奇，相較於手術適用狀態，病患的現狀似乎比較需要關心吧。面對這樣的世良，天城接著提出令人有點在意的問題。

「問診部分也沒問題嗎？」

世良點了個頭，但腦中卻浮現另外一件事。病患的伯父曾在手術中死亡，但死亡原因不明。然而世良也不認為這是需要追上天城向他告知的資訊，因此他只是目送著天城往放置拼盤的桌子走去。

世良注意到了從會場某處投射過來的視線，他往嬌小的花房走去，將內心猶豫著要不要跟天城報告的事情忘得一乾二淨。

「會怕嗎？順利的話，後果可不堪設想喔！」高階講師倚著牆壁，一邊環視著會場，一邊對身邊的藤原護理長說道。

「當然怕，但反正也不會死。」

高階講師一臉訝異地看著藤原護理長。

「真勇敢，簡直就像是戰國時期的武將的妻子。」

「咦？你是說我很像阿市[13]嗎？」

藤原護理長反射性的裝傻反應讓高階講師露出苦笑。

「我才沒有說得這麼誇張。」

「內部告發憑的就是時機，只要有一個不對，一切就功虧一簣了。」他喝了一口葡萄酒，平靜地說道。

「我知道啦！我已經做好萬全的準備了。」

窗外的風景正從傍晚的夕陽轉為暗黑的夜景。高階講師說道。

「我們無法預料接下來會發生什麼，更何況老大運氣又特別好，絕對不能大意。」

「我才不會大意呢！要是出了什麼差錯，說不定還會把護理部門拖下水。一想到這裡，我從剛才就一直無法停止發抖，不信你看。」

藤原護理長指著自己的腳底。高階講師注視著藤原護理長，露出微笑。

「要是我們失敗了，就一起逃去可以悠閒釣魚的醫院吧！」

「你想釣魚的話，富士見診所應該滿適合的。不過我也滿喜歡釣魚的就是了，反正到時也無事可做，就陪你一起去吧！」

13 日本戰國時代至安土桃山時代的知名女性。傳說才貌兼備，先嫁給近江國的淺井長政，後來成為織田氏家臣柴田勝家的妻子。織田信長曾感嘆「如果阿市是男兒的話，一定是位優秀的武將」。

「這是我的榮幸，阿市女士。」高階講師輕拍了一下藤原護理長的肩膀，開口說道：「那麼我還有其他事情要去辦，我已經拜託黑崎助理教授幫忙宴會的收尾了，時間差不多的時候，再麻煩妳去叫他一下。」

拋下這句話後，高階講師便輕快地離開宴席。

一小時候，高階講師出現在櫻宮首屈一指的飯店『綻放』頂樓。他坐在酒吧櫃檯，喝著雞尾酒。坐在他身旁的紳士發出了宛若雞鳴般的尖銳嗓音。

「幹麼突然把我叫到這種地方來？」

循環系統內科學教授，江尻副院長雖然表明了要參選下一任院長以跟佐伯教授對抗，但戰況不甚理想，因此顯得有些焦躁。

高階講師一口氣喝盡從酒保手中接過的血腥瑪麗。

「真是不好意思，沒時間按照規矩來。這次之所以約您出來，理由很簡單，江尻醫生，您很想在這次院長選舉中獲得勝利吧？」

直衝核心的問題，江尻教授的嘴巴一張一合地說不出半句話。

「你、你……竟然如此輕率，醫院裡誰不知道你是這次院長選舉中佐伯教授的軍師，結果你卻把你上司的對手我叫到這種地方來。」

「您的情報已經晚了三個月，佐伯教授在八月就已經讓黑崎助理教授代替我，擔任院長選舉競選團隊的部長了。」

「但你不是在上次選舉中立下了大功嗎？」

「風水輪流轉。」說完這句話後，高階講師往前壓低身子。

「知道這件事後，您不會想聽聽看我想跟您說些什麼嗎？」

江尻教授目不轉睛地盯著高階講師，沙啞地詢問：「你想要什麼？」

高階講師鬆開領帶，開口回答。

「我要佐伯政治的心臟，急救中心負責人的位置。」

江尻教授屏住呼吸，凝視著高階講師。

「看樣子，這個夜晚會很漫長啊！」好一陣子他才呼地吐了口氣。他將玻璃杯中的啤酒一飲而盡，叩的一聲放在桌上並說道。

「在東城大學創辦急救部門，並將主體設置在佐伯外科，這樣的『佐伯政治』對多數教學中心的成員而言簡直晴天霹靂。但是一明白發起人絕對君主佐伯教授的本意之後，醫局內立刻掀起了鬥爭。」高階講師對江尻教授說道。

「你的意思是，佐伯外科現在是分裂的狀態囉！」

「現在的佐伯外科幾乎跟戰國三分時期沒什麼兩樣，黑崎助理教授率領的心血管團隊、我的消化系統團隊，以及天城醫生的櫻色中心。櫻花樹目前只有天城醫生一個人，還稱不上是團隊，但他的影響力與識別度十分巨大，不容小覷。若依照階級來看繼承人競爭戰，黑崎助理教授目前是第一順位，但也還沒完全確定。」

江尻教授眼睛裡閃爍著光芒。自己在院長選舉中呈現壓倒性的劣勢，因此可以的話，當然想抓住這根救命稻草。

「但也有傳言佐伯教授這兩年特別寵愛你。」

以經歷來看，讓黑崎助理教授繼承佐伯外科較妥當，但就實力而言，大家似乎都覺得高階講師才是首選。

「君王的寵愛就如同風的走向，今天雖然往西吹，明天卻不一定吹向同樣的方向。說起來，佐伯教授在這六年也讓許多專科各自獨立了。」高階講師苦笑道。

江尻教授一口喝盡手中玻璃杯裡的酒。

「確實如此，現在的教授會議已經有小兒外科的齋藤、胸腔外科的木村，還有神經外科的高野，簡直就像佐伯外科自己的醫局會議一樣。當初我還嘲笑佐伯教授削弱自己的勢力，沒想到他竟深謀遠算到這種程度，真是令我甘拜下風。新任教授都是發誓會絕對服從佐伯教授的優秀醫生，他什麼都不用做，就能輕易獲得臨床教授的基礎票數。再加上他的親衛隊對周遭的影響力，那種加成效應光從大家在討論設置急救部門時的反應，便能明白那份破壞力了。」

高階講師忍不住在心中擔憂，再這樣下去就糟了，還沒開戰就喪失戰鬥意志，這樣只會被佐伯院長頭目打敗的。

「但是佐伯教授並沒有江尻教授如此深謀遠慮，我只是推測，佐伯教授其實無法控制自己的衝動，並將因此走向滅亡，甚至說他正在圖一個 Suicide（自殺）也不一定。」為了鼓勵江尻教授，高階講師繼續說道。

江尻教授歪了歪頭。孤高特立在於業障深重，但那是不管再怎麼說明，沒有登上頂點過、或無法站上頂點的人，一生都無法理解的事情吧！

高階講師內心滿溢著這份體悟。

「其實我之所以會來這裡，是因為佐伯教授的構想差不多要進入最後階段了，也就是心血管團隊和消化系統外科團隊將被分門別科的無謀決定。」

高階講師一將話題拉回到正題，江尻教授便瞪大了眼睛。

「要是真的這樣做，佐伯外科不就瓦解了嗎？」

「但是佐伯教授似乎就希望佐伯外科能夠瓦解，他在六月的醫院整體營運會議上也突然發表過了不是嗎，就是大家都在說的醫院整合計畫，佐伯爆彈。」

經他這麼一說，江尻教授也無法不認同。

「現在教學中心的人最關心的事情就是，心臟血管外科和消化系統外科，到底誰才是佐伯外科今後的主流。」高階講師淡然地繼續說道。

「原來如此，情勢演變成權力鬥爭，難怪你也如此著急。」

高階講師將江尻教授一臉得意的樣子看在眼裡，暗自微笑。

人們總是習慣把自己的想法套在別人身上。

看似若無其事的對話中，也能不經意透露出對方的真實面目。

高階講師之所以向江尻教授挑明要造反，是因為佐伯改革將要為以經濟原理為優先的天城醫療打下基礎。只要贏得這次院長選舉，佐伯教授便會毫不猶豫地推行改革，而他的構想又有相當高的機率能夠實現。

假使如此，想要推翻那個狀況便難如登天，因此現在這個瞬間正是孤注一擲的關鍵所在。

江尻教授低劣的解析度只夠讀出權力鬥爭的部分，正好讓高階講師能夠順利推行他策劃的謀反。

當江尻教授認同佐伯教授的心腹靠近自己的理由，高階講師便得到了他的信任。就算從別的角度思考，也無法將高階講師的行動與佐伯教授的陰謀聯想在一起。

就目前院長選舉的情勢看來，大家當然都是看好佐伯現任院長絕對會再次勝出。已經占優勢的人應該不需要耍這種小手段，而且佐伯教授也討厭浪費時間，因此江尻教授完全排除高階講師的提議是陷阱的可能性。

就這樣，高階講師輕易地得到江尻教授的信任。

什麼都不做的話，就只能站著等死。江尻教授下定決心地說。

「所以我該怎麼做？」

「我聽說江尻教授下星期四要在櫻宮市民會館對市民演講。」

江尻教授點了個頭，等待著高階講師接下來要說的話。

20 天才的舞臺　十月二十三日（週三）

十月二十三日星期三，上午十一點。

在東城大學佐伯外科主要成員前往東京後，醫院大樓也顯得空蕩蕩的。

在這之中，為了尋找不見人影的留守部隊中的一年級實習醫生速水，花房跑上屋頂找人，結果還是沒找到，只好再奔回ＩＣＵ。

「不好意思，我連屋頂也找過了，但是到處都沒看到速水醫生……」

正當花房氣喘吁吁地向上司貓田報告到一半時，她忍不住張大嘴巴。原先還一本正經抄寫著體溫紀錄的速水，看向花房並露出微笑。

「找我有事？」

他背後的貓田低聲說道：「傻孩子。」

「花房小姐只是普通的護士，跟貓田小姐又不一樣！」速水說道。

「對自己的速度過度自信的話，可是會遭報應的喔！」貓田主任瞄了一眼速水，開口說道。

「不用妳擔心，速度就是一切。但已經不帶我去國際學會了，留守又不讓我刷手參加手術，現在還讓我來醫院值勤，世良醫生真的很煩耶。而且自從黑鯰魚接下實習醫生的指導醫生後，我就更常被罵了。早知道會這樣，當初我就直接向上面告狀，讓他們帶我一起去東京才對。」

貓田主任微微地張開眼睛。

「要是我是教授的話，絕對會帶速水醫生去東京的。」

「貓田小姐竟然會說這種話，好意外。」

「不是的，是讓你留守的話，完全不知道你要幹麼，還要花時間監視你。」

速水不高興地甩了一下白袍，就要走出房間。

「速水醫生，您要去哪？」

花房問道。速水頭也不回地回答。

「手術室，我要去當流動人員。」

「哎呀，真難得，你不是很愛跟別人抱怨，說當流動人員很無聊嗎？」貓田抓緊機會如此說道。

速水回過頭去。

「當流動人員無聊死了！但總比在這裡打雜要好多了。」

手術室的灰色大門開啟後，手術已經漸入佳境。

速水踩上踏腳蹬，打量著手術區的一舉一動。主刀醫師世良頭也不回地說。

「值班人員不要讓醫院空著，速水。」

速水低下頭來，不發一語地表示歉意。在最佳位置俯視術野的他的指尖，騰空模仿著手術剪刀的移動方式。就在這時，擔任第二助手的松本的身體搖晃了起來。

「剛好，松本昨天在急症暨外傷值勤了一整晚，也已經到極限了。速水，你來跟第二助手交換。」世良說道。

「咦？可以嗎？」

黑崎助理教授一臉苦澀地看著因世良的提議感到興奮，並衝向刷手區的速水的背影。當速水結束刷手回到現場時，松本已經離開第二助手的位置並蹲在刀房的一角。速水得意洋洋地走到空缺的第二助手位置。

胃幽門部分切除手術是外科醫師一定會動的手術。速水一邊拉勾，一邊目光炯炯地盯著手術。

「速水，要不要試試看縫合左胃動脈？」受到他的熱情感動，世良開口說道。

「可以嗎？」

「你有自信嗎？」

速水瞬間猶豫了一下，但馬上便挺起胸膛：「有！」

左胃動脈是直接從主動脈分支的腹腔動脈的第一分支，也是在胃幽門部分切除術中最靠近主動脈的血管。一旦沒縫合好，可能會造成主動脈損傷等情況，甚至讓病患在手術中死亡。

以佐伯外科的情況而言，只要能夠成功做左胃動脈縫合，便可算是獨當一面的外科醫師。

黑崎助理教授瞇起眼睛。

「既然如此，我就降到第二助手吧！」

「黑崎醫生覺得讓我做左胃動脈縫合太早了嗎？」

速水如此說道後，黑崎助理教授搖了搖頭。

「並不是太早那種簡單的想法，而是內心在警告我，這項決定很危險。」

「都沒先讓我試就下這種結論不太合理吧！」

速水以銳利的眼光瞪向黑崎，黑崎助理教授抬起頭來，正好與他四目相對。兩人隔著病患的身體互瞪了好一陣子，黑崎助理教授才將視線撇開。速水斜眼看著黑崎助理教授，同時也向不知如何是好的世良問道。

「那我接下來應該怎麼做？」

「你要站在主刀醫師的位置縫合左胃動脈。」

聽到世良如此說道的黑崎助理教授，走向速水原本待的第二助手的位置，世良則移動到黑崎第一助手的位置。手術室的寶座，主刀醫師的位置立刻空了下來。世良看著速水沒有多加思索便正大光明地走向主人的位置，忽然想起過去曾經聽速水的朋友這麼說過。

——那傢伙永遠都是主角。

世良不禁開始後悔提議讓速水縫合左胃動脈。

速水毫不猶豫地向遞器械的護士下了一個個指令。

「給我一把長止血鉗、幫我裝2—0縫合線。」

他往潛入病患體內的指尖注入力量，一直專注於術野的速水抬起頭來。

「剪刀。」

速水拿起遞過來的金色剪刀，剪斷縫合好的動脈。接著他將剪斷的線頭直接往身後高高地丟去。那條線畫出一條弧形，輕飄飄地落在手術室的地板上。

世良與黑崎助理教授一臉嚴肅地檢查著術野。

沒有任何出血。

「左胃動脈縫合結束，任務完成，接下來我會回到拉勾位置。」

結束縫合的速水，高聲宣布著。

「不要多管閒事，只有主刀醫師才可以下指示。」世良回過頭去，速水一臉毫不在意的樣子。

「但我現在就是主刀醫師，再這樣下去，我就要一直做到結束喔！」

速水回到第二助手的位置，從黑崎助理教授接過鉤子，安靜地繼續原本的工作。

「天才，原來真的存在啊！」手術結束後，速水與松本負責將病患送回病房，待他們一從開刀房消失，世良忍不住說道。

「這句話不准你再說第二次，那匹野馬本來就已經把醫局搞得一團亂了，你再說這種話只會讓他得意忘形，這樣他早晚會成為第二個浪費才能的渡海。」黑崎助理教授生氣地對世良罵道。

黑崎助理教授的話，讓世良想起那名早已離開醫院的外科醫生背影。

相較於世良與黑崎嚴肅的對話，正在一旁善後的護士們則開心地談論著無傷大雅的事情。

「明天城東百貨的活動感覺很無聊耶！誰叫他們要請那個聽都沒聽過的偶像。」

「要是今天晚上可以去『黑色門扉』的LIVE就好了，那可是現在最受歡迎的搖滾樂團蝴蝶之影呢！聽說不到五分鐘門票就賣光了，那時候在上班，連打個電話預約都不行，手術室的護士真的是娛樂難民呀！」

聽著護士們聊著明天的行程，世良才突然想到江尻教授希望他明天可以在市民演講會上幫忙放投影片。因為他也受邀參加懇親會，所以並不算什麼難事，但果然還需要一名工作人員。

他突然想去拜託花房看看。一想到這裡，世良便覺得心情放鬆下來，甚至還想吹起口哨了。

那天晚上，東京國際會議廳主演講廳內。

為了明天的主要活動，一氣呵成完工的臨時手術室沉沒在黑暗之中。

堅定的腳步聲響起，從觀眾席走上舞臺的男子影像止步於舞臺中央。他伸開雙手，仰望著天花板。

「沒想到還挺大的啊！」喃喃自語後，出現了回聲般的聲音。

「站上舞臺後，景色都不一樣了對吧？」

突然，舞臺上出現了另外一道聚光燈束。

男子驚訝地回過頭去，只見天城就坐在觀眾席第一排，還把腳翹得高高的。

「怎麼了？這個時間還跑來這裡，難道你睡不著嗎？」

站在舞臺上的高階講師如此詢問後，坐在觀眾席上的天城開口回答。

「這種時間睡覺對我來說太早了，倒是女王高階你才是，現在不是還在懇親會嗎？準備委員長自己偷跑沒問題嗎？」

「一直社交太累了，更何況我明天還要幫忙公開手術。」

「高階，你想在佐伯外科這張版圖上把我打倒對吧？」天城站起身走上舞臺，沒有多看身旁的高階講師一眼，只是自顧自地說道。

「你從哪裡聽來的？這可是機密。」突如其來的問題，令高階講師不禁愣了一下，但他很快便點頭說道。

「那群跟蜜蜂一樣吵的傢伙特地跑來跟我報告的。」

「那我要訂正一下，那群傢伙不是蜜蜂，只是喜歡在走廊散步的種族。」

「我會注意以後不要弄錯的，但這樣的你明天卻不得不在公開手術上全面協助我，還真是諷刺啊！」

「其實也不是那樣，我想要打倒天城醫生是在醫院內部這塊政治版圖上，並非手術室。」

「好吧，我就相信你說的話，不然明天就無法一起動手術了。」天城聳了個肩，笑著說道。

「我跟你是無法相容的，但也有一些共同點。那就是只要能讓病床上的病患恢復健康，要我做什麼我都願意。」高階講師直直地盯著天城，開口說道。

天城注視著高階講師，過了一陣子，他才靜靜地走近他並伸出左手。

「握手吧！總覺得除了現在，以後應該沒有機會能和女王高階握手了。」

「用左手握手有什麼特別的含意嗎？」高階講師回看著天城，接著說道。

「沒有，純粹是因為我是左撇子。」

「你還真是以自我為中心啊！」

「差不多可以告訴我了吧！你口中的女王到底是什麼意思？」高階講師伸出左

手回應，接著又突然說道。

「這個問題你應該去問因為同時效忠我們而累得半死的，腳踏兩條船的忠犬朱諾。」天城鬆開握住的手，笑著說道。

天城走下舞臺，在出口處回頭，向高階敬了一個禮。

「明天就拜託你啦，女王高階。那麼 **Bonne nuit.**（晚安）。」

十月二十四日星期四，正中午。

東京國際會議廳主會議廳的後方休息室裡，三名穿著白袍的醫師正在那裡待命。

白眉名醫佐伯清剛教授一臉傲然地站在那，他的左手邊是蒙地卡羅之星天城雪彥，右手邊則是帝華大學的阿修羅高階權太。

一輛救護車滑進他們眼簾。

救護車停下後，後方車門開啟，一名矮小的男子下了車。戴著圓框眼鏡的圓臉男子，一邊向剛被抬下救護車的擔架患者說話，一邊飛快地往手術室的方向前進，看都不看站在一旁待命的佐伯教授一眼。

「剛才那個人就是櫻宮市民醫院的鏡。那傢伙呀，只要面前有病人，就完全看不到其他東西了。從以前就是這樣，一點都沒變。明明我跟他都五年沒見了。」

佐伯教授看著他們離去的背影，對身旁的兩人說道。

「光那樣運送情況就很危急了嗎？」
高階講師一問完，佐伯教授便搖頭說道。
「不開玩笑，當鏡決定在旁照顧時就已經堅若磐石了。接下來只要讓病患平安回家，就可以清算我們佐伯外科的負債了。但萬一病患發生什麼事，事情就沒這麼簡單了。畢竟一旦讓鏡看到病患發生不幸，那傢伙可會變成凶暴的男人的。」
「求之不得，一切都交給我吧！」天城面帶笑容，輕輕地點頭說道。
佐伯教授、高階講師與天城一同前往公開手術的舞臺。
櫻宮市民醫院的鏡部長站在舞臺上，一副旁若無人的樣子，不斷地對身邊的護士與麻醉醫師下指示。
「一分鐘就要確認一次血氧飽和濃度器，三十分鐘要採檢一次血液氣體，確認氧氣飽和度跟數值。一有什麼徵狀就要立即反應。」
「你平常都這麼檢查德永先生的嗎？」
聽到佐伯教授的聲音後，戴著圓框眼鏡的鏡部長頭也不回地回答。
「開什麼玩笑，還不是你這混帳執意要讓他來一段小旅行，我才需要從頭來過。在市民醫院特別病房的話，三天採檢一次血液氣體就好了。」
「雖然給鏡添了麻煩，但只要手術成功，病患也能離開病床了。」佐伯教授點頭說道。

「我就是因為聽了你這番話才答應要讓他動手術的，但有需要特地跑來東京嗎？」

「沒辦法呀！光是讓德永先生上手術臺就要一筆龐大的費用，但如果是公開手術，費用就能全部由國際學會本部出了。」

「結果你還是把錢跟人命擺在天秤上秤嘛！這世界就是貪小便宜！啊！真討厭！」

鏡部長從病患的枕邊站起，捶了幾下自己的腰，接著才終於發現佐伯教授身邊站了兩名外科醫生似的，上下打量著他們。

「現在是流行跟大前輩初次見面也不打招呼嗎？小心我去真行寺老師那參你一筆。」

「你還是一樣愛告狀，明明沒有這點，就能算是一個品德高尚的人了。」

「我們就是只能告密的卑鄙醫生，告狀不是很正常嘛！」

「失禮了，現在才跟您打招呼。久仰鏡部長的大名，我是今天擔任主刀醫師、同時也是櫻色中心的負責人，天城雪彥。」天城苦笑著說道。

鏡部長伸出雙手抓住天城的肩膀，上下拍了幾下，確認天城肩膀的肌肉厚度。

「你就是主刀醫生嗎？德永先生的夢想是可以搭上擠得水洩不通的電車，被一群ＯＬ包圍著搖來搖去，希望你可以幫他實現這種無聊的夢想。」

「**Bien sûr.**（那當然）」

「話說回來，你長得還真漂亮耶！」鏡部長不斷地打量著天城的臉，一本正經地說道。

就算是天城，被這麼一說也不知道該回些什麼才好。站在他身邊的高階跟著報上姓名。

「我是國際心臟外科學會的準備委員長高階，在這次手術中擔任第一助手。」

「你就是食道自動吻合器 **Snipe** 的開發人嗎？託你的福，害我整天被那些實習醫生吵著說要動食道癌手術啊！不過他們也都是好孩子啦！話說回來，你的專長是腹腔外科吧！怎麼會是你來當心臟手術的第一助手？」鏡部長的眼睛骨碌碌地轉著，笑著說道。

「請不用擔心，別看他這樣，女王高階也曾經在美國動過二十幾場心臟手術呢！」天城立刻幫高階說了幾句好話。

「那還真厲害啊！」鏡部長一聽，上下打量著高階，開口說道。

「只看外表的話，兩位都是優秀的外科醫生。手術之前兩位先隨便休息一下吧！我會負責照顧病人的。」他低下頭，靠近病患的耳朵。他沒有再看向兩人，只是自顧自地說起話來。

「不好意思麻煩你了啊！公開手術結束後，要不要一起去銀座喝一杯？」

佐伯教授話一說完，鏡部長便生氣地罵道。

「你說這什麼蠢話！從以前就這個模樣，一要幹麼馬上就落跑，這個性還真是一點也沒變呀！難道你不曉得手術一結束，我們就必須陪著德永先生回去櫻宮嗎？真是個蠢蛋！」

「抱歉，我還真的忘得一乾二淨了。」

「上梁不正下梁歪，小心你底下的醫生跟你一樣素質低落，振作一點啊！清剛。」

高階與天城看了一眼被罵得體無完膚的佐伯教授，兩人對視了一眼，不禁苦笑。

離開舞臺走到外頭後，佐伯教授深深地嘆了一口氣，仰望著天空。

「這下你們知道了吧？只要跟鏡扯上關係，就絕對不允許失敗。」

「的確。」微露苦笑的天城看了一下手錶，補了一句。

「那我就恭敬不如從命了，我還要去休息室開術前會議，先失陪了。」

佐伯教授傲然地點了個頭。擔任助手的高階講師也點了個頭示意，跟在天城身後離開。

「喂、朱諾，病人的檢查報告……」

天城話說到一半，突然停下腳步。他回頭看向高階講師，不好意思地笑了起來。

「太習慣了，不小心就……」高階講師拍了拍天城的肩膀。

「這次開心果世良不在，跟平常的感覺不太一樣呢！」

兩人沉默地走著。當他們走到相關人員才能使用的空中迴廊時，天城從旁邊的小窗俯瞰著會場的觀眾席，忍不住說道。

「感覺像被所有的東西一起纏上那樣，悶到了極點。」

高階停下腳步，與快步離去的天城一樣，俯視著下方的舞臺。

「的確，感覺都快窒息了。」

從兩人方才所站立的小窗往下望，便是可以容納一千人的會場。明明距離公開手術開始還有兩個小時，那裡卻已經擠滿了觀眾，幾乎連站立的地方都沒了。

手術前三十分鐘。

天城在後臺不斷地眨著眼，看起來比平常還要犯神經質。彷彿鏡部長才是主角似的，他仔細地對麻醉醫師提出各種要求。

就在這時，高階講師忽然走了進來。

「天城醫生，你有客人。」

天城回過頭去，伸開雙手。

「嘿！加布里，你特地來日本看我的嗎？」

那名客人正是牛津大學心臟外科中心的領袖，加布里教授。

「那當然，只要能夠看到天城的手術，要我跑遍全世界也沒問題。」

加布里伸出雙手擁抱天城。

「不好意思，Monsieur 佐伯不知道在矛盾什麼，明明是國際學會，卻說不想要太有歐美味道，所以都沒邀請國外的貴賓，不然我一定會最先邀請加布里你的。」

「別在意，雪彥。比起那個，一想到可以看到雪彥久違的華麗手術，我就興奮得不得了。畢竟雪彥的手術成功率可是高達百分之九十九呢！」

「但是已經沒辦法回到百分之百了。」

天城一臉失望地看著天花板。加布里教授聳了個肩。

「你又不是神，誰都無法做到手術成功率百分之百。那只是場不幸的意外，再說，你失敗的也只有那場手術不是嗎？」

「但對我來說，那已經是不可抹滅的失敗了。」

加布里拍了拍天城的肩膀。

「正如你所說的，你的手術成功率沒辦法回到百分之百了，但你可以讓它無限趨近於百分之百。今天這場手術也是，只要想著往那裡靠近就好了！」

「真是強人所難啊！」

雖然嘴巴上這麼說，但天城的表情也舒緩許多了。

「那我先失陪了，我會在觀眾席上幫你加油的。」

「Merci. 這次也沒有設提問時間，手術中不能跟觀眾對話，真是抱歉。但這次的病患狀況十分棘手，不全神貫注不行。」

目送加布里教授離去的天城，注視著陪伴在病人枕邊的鏡部長的背影。

鏡部長矮小的背影，彷彿在天城的視野裡膨脹起來。

天城總覺得他的身影正在無聲地斥責著自己：不要想東想西的，專注在手術上！

21 致命高熱　十月二十四日（週四）

「研討會二十三，Direct Anastomosis 公開手術開始前十分鐘。」

會場響起清澈的女聲，隨著那道聲音，舞檯燈光也跟著亮起。

佐伯外科的兩大王牌，天城與高階換上手術服，在舞臺後方待命。待麻醉施打下去，便能一目了然這次的麻醉師技術，遠低於先前的田中麻醉醫師好幾個層次。甚至令人忍不住懷疑，這個人真的比田中多了十年經驗嗎？

天城環抱起兩隻手腕，緊盯著麻醉施打的情形。

「你一定在想，那種程度我還不如自己打比較好。我也是這樣想的。」鏡部長在他耳旁悄聲說道。

「我們這個年紀的醫生，都是一邊幫病人施打麻醉一邊動手術的。誰叫麻醉科獨立後沒多久，麻醉技術反而變得時好時壞的，真叫人失望喔！」天城露出微笑。鏡部長繼續說道。

「沒辦法，不管是什麼領域，要想獨立營運至少都要花個十年才行。」天城低聲回答。

「你的反應跟我想的完全不一樣咧！我記得大家都說你是個任性的外科醫生，每次都滔滔不絕地反駁著周遭的人。」

鏡部長瞪大眼睛。

「那是蜜蜂、噢不對，是喜歡在走廊散步的種族說的故事吧！」

鏡部長聽了天城的話，不禁微笑。就在這時，麻醉醫師抬起頭來，一臉求救地看著鏡部長。

「病人的反應好像有點奇怪。」

鏡部長立刻衝到病人枕邊，氣管已經插入、人工呼吸器也規律運作、面板的數值也很正常。

然而鏡部長的目光突然停在某個點上，數位體溫計顯示著三十八點三度。

「一插上人工呼吸器，體溫就突然開始上升了。」

天城鐵青著臉。

「……惡性高熱。」

高階講師也露出驚訝的表情。因不明原因發燒的惡性高熱是一種在麻醉導入後，體溫會突然急速升高的一種怪病，致死率超過九成。而唯一解藥只有……

「馬上注射 Dantrolene！」

鏡部長大聲喊道，但麻醉醫師卻一臉茫然，動也不動。

「你該不會沒有準備 Dantrolene 吧？」

「我想說這次只要需要準備一位病人的麻醉用量就好了，而且我也沒有遇過惡性高熱呀！」麻醉醫師以顫抖的聲音回答。

天城來回看著病患與麻醉醫師的臉。鏡部長的怒吼傳遍了整個舞臺後方。

「混蛋！本來就很少有麻醉醫師遇過惡性高熱，但不管怎樣一定要準備 Dantrolene，這是醫學常識吧！你這個蠢蛋！」

麻醉醫師低下頭來。然而現實是不管鏡部長罵得多麼中肯且嚴厲，眼前不斷上升的病患體溫也不會因此降下來。

這時，負責活動流程的醫局人員出現在一片混亂的舞臺後方。

「還有一分鐘節目就要開始了，一切都還好吧！」

「那個一年級的，趕緊去附近的大學醫院手術室拿 Dantrolene！」鏡部長朝那名醫局人員喊道。

「什麼？」

受到鏡部長的氣勢所迫，西裝筆挺的醫局人員忍不住向後退了幾步。

「那個、我不是一年級的，我已經當醫生五年了。」

「你還在拖什麼？趕快去拿！哪裡最近？維新大學還是帝華大學？」天城朝著在舞臺上張皇失措的醫局人員怒吼。

「搭計程車去帝華大學的手術室，跟他們說是西崎外科的高階派你去的，這樣麻醉科的野口教授應該會馬上協助你。」

高階講師說完後，醫局人員點了個頭，轉眼便消失在眼前。舞臺瀰漫著沉重的氣氛。天城的手不停地顫抖著。高階講師一臉訝異地注視著天城。

「你好像很不舒服。」

高階講師小聲地詢問後，天城點了個頭。

過了一會兒，彷彿再也忍不下去似的，他抬起頭來說道：「我剛到外面打拚時，遇到的惡性高熱病患過世了，那是我唯一一個病患在手術中死亡的案例，對我來說也象徵著失敗。現在光是聽到惡性高熱這四個字，我的手就忍不住發麻，視線也很模糊。」

高階講師驚訝得說不出話來。真是太糟糕了，竟然在這麼重要的時刻遇到過去的亡靈。

「三十九點二！」麻醉醫師念出體溫計上的數字。

就在這時，表演開始的鈴聲也隨之華麗響起。

方才過來確認狀況的醫局人員跑去取藥了，聯繫工作沒做好，工作人員便直接進到表演階段了。

聚光燈之下，大家一臉茫然。

「我會盡量協助你的，你趕快想辦法恢復。不，如果是惡性高熱的話，應該可以用這個理由取消手術才對。」高階講師注視著天城，平靜且快速地說道。

高階講師喃喃自語後，麻醉醫師身邊的鏡部長低聲說道：「反正應該也來不及拿藥了，乾脆就先裝上人工心肺機，如此一來便可以安定循環狀況，病患的身體也可以用物理方式來冷卻。」

「原來如此，所謂的『刀劍交鋒之下是地獄，更進一步則是極樂』就是在說這種時候吧！」高階抬起頭來，對天城說道：「不要把它當成手術，就當作你在做裝設人工心肺機的治療，這樣應該沒問題吧？」

天城以顫抖的手拿起手術刀，將刀鋒朝著上方，直直地盯著。

「我試試看。」

心意已決並點了個頭後，天城俯視著術野，劃下手術刀。

漂亮的裂痕在皮膚上擴展開來，然而天城的手術刀卻沒有以往般輝煌耀眼。受到惡性高熱的詛咒，天城也從天上的仙人被打落至地上的凡人了。

鏡部長站在手術區外，斥責著畏畏縮縮的麻醉醫師。

「拿掉 halothane，改用笑氣跟ＮＬＡ。肌肉鬆弛劑繼續用 Vecuronium 就好，我們要從鼻胃管灌冰水進去，動作快！」

被貶為凡庸外科醫師的天城，一面聽著鏡部長訓斥能力低下的麻醉醫師，一面慢吞吞地開胸。高階講師陪在這樣的天城身邊，堅忍地協助著術野的工作。

對看慣天城手術的人而言，今天的手術速度就像蝸牛一樣緩慢。儘管如此，在裝設人工心肺機時，還是比一般心臟外科醫師所需要的時間快上許多。沒有裝設耳麥連線也算救了天城一命。會場的巨大螢幕所放映出來的是他穩重的手技，不到一時半刻便成功進到分離內乳動脈的階段。那就像是幼童還在蹣跚學步般的手術。

不幸中的大幸是，在這廣大的會場裡，唯一能看出不對勁的只有兩個人。

佐伯教授坐在觀眾席上盤著手，皺緊白眉。他身旁的加布里教授也對舞臺投以擔憂的目光。

多虧病患枕邊一臉茫然的麻醉醫師，鏡部長徹底且細心地注射藥物、變更氧氣流量、確認有無酸中毒，並持續體外降溫。天城團隊正面臨崩壞、不對，原本的團隊早就已經瓦解了，臨時建立的新團隊現在正在努力救火。

即便悽慘落魄的姿態早已暴露於大眾面前，多數的觀眾仍然無法看穿真相。天城就在那些平庸的目光下，痛苦不堪地往前邁進。

「啊！」天城低聲悲鳴。往他的手一看，就連高階講師也驚訝地提高音量。

「左側的內乳動脈不能用了嗎？」

麻醉醫生身邊的鏡部長抬起頭來。這次的手術，三條冠狀動脈都必須做繞道手術。病患的三條動脈皆呈現嚴重阻塞，只要其中一條不順，勉強維持機能運作的心臟便會發出悲鳴，甚至停止跳動。因此這次才提出對三條冠狀動脈同時施以繞道手術，左右兩條做內乳動脈繞道手術，第三條則以內乳動脈製成新導管，施以直接縫合法。但剛才因為天城指頭顫抖的關係，弄壞了左側的內乳動脈。

「這樣只剩右邊可以做內乳動脈繞道手術，那另外兩邊都採直接縫合法，移植新血管吧！天城醫生絕對沒問題的，上杉會長那時，你不是也同時對兩處施以直接縫合法了嗎！」

高階講師重振士氣般地說道，但天城只是虛弱地回答。

「不可能的，你看。」

高階講師看向止血鉗尖端所指著的右側內乳動脈，忍不住倒吸了一口氣。

那裡根本沒有內乳動脈。

「兩年前，我們抱著必死決心做血管攝影時，來不及確認那裡。該不會真行寺老師當時也試著擷取內乳動脈來移植吧……」鏡部長目瞪口呆地說道。

二十年前的過去彷彿歷歷在目，一想到前輩們在手術中無法如願、痛苦不堪的樣子，三人都驚訝地說不出話來。但在此同時，他們也因目睹前人拚命奮鬥的痕跡之後感動不已。在真行寺教授被逼到窮途末路的當時，他曾嘗試用眼前的內乳動脈做繞道手術。那是動脈繞道手術登場前十年發生的事情。因為試驗途中告吹的關係，真行寺外科在那之後便封印了內乳動脈繞道手術這種做法。

前人的苦戰惡鬥卻逼得後人陷入困境，真是諷刺的命運。

「我又犯了同樣的錯誤，這已經是第二次沒有親自確認血管攝影中內乳動脈的狀況了。就是這種懈怠把我逼到走投無路的，一切都是天意。」

天城自嘲地說道，虛弱地放下雙手。高階講師對著他大吼。

「不要隨便就放棄啊！病患把一切交給了你，現在就躺在那裡，要是你放棄了，一切就結束了。」

「但是刀斷了、箭也用光了，你說我還能怎麼辦？」

原本緊盯著術野看的三名外科醫師彼此對看了一眼。

「看來只能那樣做了。」終於，高階講師低聲說。他抬起頭來，用力說道：

「不要緊，我們還有其他動脈可以用。」

高階講師嘩地剪開覆蓋住術野的乾淨布條，患者的身體也隨之露出。那裡是已經用優碘消毒過的全新領域。

天城大吃一驚。他斜著眼，看著高階講師手拿發亮的剪刀，指著病患的腹部。

「腹部有可以替代的血管。那幾條小動脈跟內乳動脈差不多粗細，而且拿掉也不影響健康。」

「該不會是……」天城喃喃自語著。

戴著口罩的高階講師笑了起來。

「沒錯，我們要用的就是胃網膜動脈。」

胃網膜動脈是纏繞著胃的血管，就算沒有也不會產生異狀，這從胃切除術的縫合便能視微知著。

「竟然要拿腹部的血管來用，這太亂來了……」然而天城還是以顫抖的聲音說道。

說到這裡，天城再也說不下去。對心臟外科醫師而言，腹腔是完全不同的世界。

「我想起來之前在美國同時做繞道手術跟胃癌手術的時候，我也是這樣跟當時的老闆說的，那時他只是一笑置之，那現在我們沒有別的選擇了。」高階講師說道。

高階講師說完之後，沉默籠罩著整個手術區。

又過了一陣子，病人的枕邊突然傳來聲音。

「我也贊成這個做法。要延續德永先生的生命，別無他法了。」

「但是……」

說完這句後，天城茫然地注視著鏡部長。觀眾席上開始騷動起來。在手術區突然擴大到腹部時，就連沒有慧眼的觀眾們也能明白手術中發生了什麼意外。

「麻醉醫生啊！病患已經裝上人工心肺機了，血流狀態也安定下來了，只要徹底持續體外降溫，體溫就能夠達到控制。換句話說，就連菜鳥都可以維持現在的狀態，到這邊你都聽得懂嗎？」鏡部長發出嘖的一聲，對處於消沉狀態的麻醉醫師說道。

麻醉醫師點了個頭。鏡部長繼續說道。

「總之惡性高熱的處置都做得很好，只要手術成功，血液循環也能達到改善吧！Dantrolene一送到，馬上幫病患注射，這點程度你應該做得到吧？」

失魂落魄的麻醉醫師彷彿受人操控的人偶，點了好幾次頭。

鏡部長從病患枕邊站起，踏出臨時搭建的手術室。

「您要去哪？」高階講師一邊開腹腔，一邊問道。

「當然是去幫你們這些菜鳥善後啊！大家都看到這裡亂七八糟的樣子了，要是我不上臺說明前因後果，你們也沒辦法收尾吧！」鏡部長不加理會，想都不想地回答。

舞臺上，司儀正因為意料之外的展開不知如何是好，呆立在原地。螢幕持續放映著手術畫面，當他們開始開腹，觀眾席也出現納悶與不解的意見。就在這時，鏡部長的白衣一晃，輕快地走上舞臺。聚光燈燦爛地照出他矮小的身影，鏡部長悠然地向觀眾們行了個禮。

「我是櫻宮市民醫院的外科部長，鏡。我跟大會會長佐伯教授是真行寺外科的同學，不管是當時還是現在都被他呼來喚去的。身為病患的主治醫生，今天也是我幫忙把病患從櫻宮運送到這裡的。說實話，比起繞道手術，要維持麻醉狀態運送病患簡直是神技，但也沒人記得誇我幾句。因此我想說至少要讓各位觀眾知道我的厲害，才會冒昧上臺搶麥克風講話。」

現場的觀眾都笑了起來，其中還夾雜著溫暖的拍手叫好。

然而坐在觀眾席的佐伯教授卻已察覺，臺上的臨時手術室裡發生了非同小可的事態。就連平常不太露面的鏡部長都特地上臺來，可見事態非比尋常、相當急迫。

手術區內，高階講師剛結束開腹，進到移除胃網膜動脈的階段。

「這裡的動脈沒有硬化，要拿就拿。總共有四條，我們就拿一條完整的吧！」高階講師如此說道，還沒等到天城的回應，他便動作俐落地取下胃網膜動脈。

「我會趁鏡部長吸引觀眾注意的時候縫合腹腔，請你趕快準備移植用的血管。」高階講師一邊說道，一邊與第二助手青木開始縫合腹部的切口。天城虛弱地朝他點了個頭後，集中意識在修剪移植血管的作業。

舞臺上，鏡部長繼續著他的演說。

「我的恩師真行寺教授過去果敢地鋌而走險，動了那場手術，但那絕不是有勇無謀。只是迫於無奈的是，就二十年前的醫療技術而言，要動繞道手術是不可能的。但換作今天，蒙地卡羅的閃耀之星，天城醫生就能做到了。」

掌聲此起彼落。

「醫療的進步就是如此驚人。話雖如此，命運還是對我們、對我的患者十分殘忍。剛才我們在幫病患施打麻醉時，竟然發生了惡性高熱的症狀。」鏡部長咳了一聲，繼續說道。

現場一片喧譁。

雖然這種症狀十分罕見，但一旦遇到，致死率卻高達九成，堪稱惡魔的難症。

沒想到竟然會出現在這種正式的場合。

「但在麻醉醫師果斷做出的英明判斷下，我們更進一步安裝人工心肺機，並同時做體外降溫。想必是真行寺外科的靈魂附身在麻醉醫生身上吧！」

掌聲四起。

高階講師專注地做著胸腔縫合，同時也不禁露出苦笑。

明明想到要用體外降溫這種野蠻方式的人就是他自己。

鏡部長的演說仍然持續著，那幾乎可以說是雄壯威武的老王賣瓜了。

「然而，命運卻將更殘酷的現實擺在我們面前。病患左右兩邊的內乳動脈竟然都已經毀損了，換句話說，用來做繞道手術的血管瞬間消失了。」

場內忍不住驚呼起來。在這群現任外科醫師的腦海中，浮現了最糟糕的狀態——手術中死亡。

對外科醫師來說，手術中死亡這個詞便是禁忌。彷彿是在與會場內的氣氛、抑或是眼前搖晃不穩的命運對抗，鏡部長提高音量，繼續說道。

「但天城醫生真的是個天才！在發現內乳動脈不能用的瞬間，他馬上就想到可以利用別條血管來移植，也就是位在腹腔的胃網膜動脈！」

擠得水洩不通的會場瞬間鴉雀無聲。一片寂靜的會場，唯獨鏡部長的聲音不斷繼續著。

「胃網膜動脈一共有四條，就算縫合其中一條也不會有任何影響。但這件事情並沒有那麼簡單，因為對心臟外科醫師來說，我們的世界就只有胸腔，腹腔是截然不同的國度，不是所有人都能夠把那裡當作戰場的。」

就在這時，會場伸起一隻手來。

還沒等到指名，穿著西裝的男士就走到設置在通道的麥克風前。

「我知道這次沒有設置問答時間，但因為事態緊急，還請容許我冒然發言。我是維新大學的菅井，算是去年天城醫生公開手術中的相關人士。剛才講者所說的話，我有一些地方無法認同。關於改用腹腔血管這種想法很出色的部分，請問這裡有學術上的佐證嗎？我在這裡做個假設，要是因為拿掉一條胃網膜動脈，結果反而造成胃潰瘍或胃癌罹患率提高，這也是有可能的吧！再說，你們要冒這個險，有先經過病患同意嗎？」

鏡部長雙頰泛上紅潮，瞪向提問者，儼如一尊金剛力士似的。下個瞬間，如同雷鳴的怒吼響徹整個會場。

「你是睡迷糊了才會說這種話嗎？哈？經過病患同意？少臭美了！只要看現在的情況就知道了吧！像你這種傢伙，就是個壞心眼的老頭！」

突然被粗魯的口吻回以尖銳的話語，讓菅井教授一時不知所措。鏡部長繼續並不是斥責的破口大罵。

「這二十年來，都是我在照顧這位病患的。連這種事情都不知道的傢伙，還敢在這裡說三道四！使用腹腔血管會有風險？那種東西誰管它呀！我跟德永先生約好的就是讓他再次睜開眼睛看看這個世界而已，這樣你懂了沒？混蛋！」

菅井教授佇立在原地，這是向來被稱作心臟外科貴族的他第一次遇到別人直接惡言相向。

然而，鏡部長毫不客氣地繼續追擊。

「那我問你，現在胸腔就是沒有血管可以用，換作是你，你要怎麼辦？」

沒有想到會被反問的菅井教授瞬間被問得啞口無言，但他立即毅然地反駁。

「這種危險的開胸手術本來就不應該實行，要是我絕對不會做的。」

鏡部長點了個頭。

「你是正確的沒錯，但現實是胸已經開了，才沒時間讓你說那些漂亮話。不管是你、還是那些剛當上外科醫師的小鬼們都明白現在的情形吧？你說你不會動這種手術，確實是這樣沒錯，那樣就沒事了。但如果你的下屬為求功名，動了這種手術，你又要怎麼辦？放著不管、讓重要的病人就那樣死去嗎？」

菅井教授低下頭來。鏡部長注視著菅井教授，確認他無話可說後，他才回到稍早雄心壯志的演說。

「事情由來就是這樣，為了讓各位能夠理解連心臟外科醫師專家都少見的手術，我這個多管閒事的老頭才會受天城醫生之命，站上這個舞臺。我在這邊發牢騷的時候，胃網膜動脈的移植血管應該也準備好了才是。接下來就是天城醫生獨創的直接縫合法，這次手術會一口氣在三處做直接縫合法，就連天城醫生也是第一次做。在場的各位再過不久就會成為有生以來應該無法再次見到、空前絕後的手術目擊者了。」

鏡部長迅速的說明讓會場的觀眾放心地鬆了一口氣。

會場的外科醫師中，沒有任何人覺得天城的獨創手術直接縫合法會失敗。他的手術就是如此神乎其技。

觀眾們將視線集中在大螢幕上，那裡即將展開前所未有的心臟手術。

「手術已經漸入佳境，出夠鋒頭的老頭也該退場了，感謝大家的聆聽。」鏡部長慢慢向後退下，同時小聲地說道。

「幹得好，你幫我們把難度設定提高了。」隨著些許掌聲，鏡部長急忙地回到手術現場。高階講師對剛回來的鏡部長說道。

「我們能做的就是完成這個手術，既然如此不如吹牛吹大一點，這才是外科醫師該有的氣魄。」

鏡部長的話簡直是幫瀕死症狀的天城打了一劑強心針。聽到那句話後，天城的全身沐浴於小小喝采中，他的眼神再次恢復了光采。

「蚊式止血鉗、剪刀。」

短而有力的指示，負責遞器械的護士立刻做出反應。

就在這時，被叫去拿藥的醫生也氣喘吁吁地跑回來了，他的手中拿著標示著 **Dantrolene** 的藥罐。

命運的齒輪開始逆轉，那是逆風改變方向的瞬間。

那天之後，僥倖出席這場會議的心臟外科醫師如此證實著：在那之後的十分多鐘，特別設置螢幕所放映出來的天城指尖，彷彿寄宿著神靈那般。

由於當時的錄影技術不夠成熟，那些景象也跟著消失於虛空當中，實在是太可惜了。他們加油添醋地說道。

天城的技術是上天給予的寶物。

能夠共享這份光景，簡直是日本心臟外科醫界的最大幸運。就連後來迎向新世紀的現在，也有許多心臟外科醫師認同這種想法。

天城再次竭盡近乎粉碎的氣力，將所有精力集中在指尖，一針一針仔細且確實、並快速地縫合。

會場的觀眾幾乎都要忘記呼吸，目不轉睛地盯著他的神乎其技。

終於，天城的指尖宛若用盡力氣般停下，止血鉗喀噹一聲滑落在金屬盤上。

「**L'op Ération est fini.**（手術結束。）」

天城的宣告在被寂靜包圍的會場裡響起，下個瞬間，鏡部長翻身接住天城就要倒下的身軀，並朝著舞臺後方的技術人員大喊。

「公開手術結束了！停止轉播，放下布幕！」

接著他對高階講師說道：「喂、移除人工心肺機就拜託你了。」

高階講師點了個頭。

大型螢幕暗下的舞臺，出現此起彼落的掌聲。漸漸的，掌聲宛若春天的陽光，溫和地籠罩著整個會場。

厚質布幕在宛如潮水、不斷湧上的掌聲中漸漸下降，在眾人的面前，覆蓋住方才還是戰場的手術室。

外頭的掌聲與喝采聲不斷，在鏡的支撐下，天城不斷地喊著「朱諾」，然而卻沒有任何人能夠回應他的呼喊。

22 俗麗之夜　十月二十四日（週四）

十月二十四日星期四，下午三點，東京公開手術落幕之時。

奔馳在櫻宮繁華街道的漆黑轎車裡，黑崎助理教授、世良與松本就坐在裡頭。

「松本，這三天辛苦你了。剛好你值勤那天特別累，速水值勤的時候都沒什麼問題，工作量也有差。」

世良如此說道後，坐在副駕駛座的松本無力地回答「極限了」。

三人正在前往循環系統內科江尻教授所主辦的演講途中。

「話說回來，真虧那匹野馬可以接受留守呢！」黑崎助理教授苦笑說道。

「誰叫他之前要說我們去參加反佐伯一派的誓師大會很奇怪，況且還是去幫忙，實在可惡至極。現在又說要出席也不可能吧！」

「沒辦法，誰叫循環系統內科跟心臟血管外科團隊無法說分就分。」

「我這樣跟他說明了，但他就在那邊吵，說這不過是從藥商那裡拉贊助的會議而已。不過他最後還是像個一年級的賭氣，說東京國際大會團隊跟櫻宮副院長團隊都不找他，他覺得很丟臉就是了。」

又過了一陣子，他們才抵達市民會館。下了車之後，世良抬起頭來仰望著入口處。

「江尻教授什麼都要跟佐伯教授爭，這次大概也是故意選在東京國際大會懇親會的日子在櫻宮舉辦演講。」

市民會館大廳的玄關華麗地掛著『預防心肌梗塞』的看板。一回頭，便能見到聳立於高丘上，東城大學醫學部附設醫院的白色大樓。

「仔細想想，今晚東城大學的人力似乎不太夠呢！神經外科和胸腔外科等相關教學中心都大規模地前往東京國際學會去觀摩公開手術了，反佐伯教授一派也集結在市民會館，留在醫院的就只剩那個愛逞強的野馬了。」

為了消解黑崎助理教授的不安，世良笑著回答。

「但是這裡離大學醫院開車只要二十分鐘，而且我們還帶著呼叫器，沒問題的。」

「我最不喜歡的就是這個呼叫器，科技的進步真是有好有壞。」

原本皺著臉的黑崎助理教授突然開心地關掉呼叫器的電源。

「玄關的注意事項寫著館內禁用呼叫器，真是太剛好了。」

世良與松本也將呼叫器的電源關閉。就在這時，眼尖的江尻教學中心醫務長，木內講師發現了站在玄關講話的黑崎助理教授與世良，他立刻走了過來。

「黑崎醫生，謝謝您在百忙之中特地前來，我您去休息室。」

黑崎助理教授高傲地點了個頭，隨著前來帶路的人離去。

「我有拜託比較有空的護士過來幫忙，在她抵達之前，就請你再多擔待一下。」被留在原地的世良向坐在沙發上的松本說道。

松本無力地點了個頭，眼睛看起來十分無神。

江尻教授的演講在輝煌耀眼的聚光燈下迎來最高潮。

「我們東城大學一直致力於貢獻地方上的醫療，但現在卻出現了有可能會破壞這項基礎的情形，那就是由醫療費亡國論引伸出來的醫療費削減政策。為了對應國家方針，我們醫生也開始轉變新的業務型態……」

演講似乎快要結束了。一想到還沒出現在舞臺後方的花房，世良便感到十分焦躁。要晚到怎麼也沒跟我聯絡呢？身旁精疲力盡的松本更是完全忘了學長世良，自顧自地呼呼大睡起來，這讓世良顯得更為焦躁。就在這時，臺上的主角，循環系統內科江尻教授突然停止唸稿，只見醫務長木內在舞臺旁邊拚命地打著手勢，像要傳達什麼似的。江尻教授只好向大家賠罪一聲，走下臺去。

兩人在舞臺旁邊低聲交談著，卻能斷斷續續聽見江尻教授的斥責聲。

「還有二十分鐘……」「馬上就要進到最重要的部分……」「那你就先回……」

又過了一會兒，江尻教授才回到臺上說明理由。

「不好意思，稍微有點事情耽擱了，但現在已經解決了，讓我們繼續剛才的主題。」

演講重新開始後，醫務長木內走近負責放映投影片的世良。

「世良醫生，我來交接了。」

沒關係我可以用到結束。世良如此回答後，木內在黑暗之中低聲說道。

「緊急事件，城東百貨發生了火災，傷患幾乎都送到東城大學了。傷患大多是外傷，我們內科去了也礙手礙腳，大家都在等醫生您們。」

世良伸手探向沒有發出聲響的呼叫器，這才想起自己在進入會場時就將電源關閉了。

後面就麻煩你了。說完這句話並接下計程車券後，世良一把抓起身旁打著瞌睡的松本的脖子，往黑崎助理教授的位置走去。

一回到東城大學附近，便聽到各處傳來了警笛聲。出租車一抵達醫院，只見閃著警示燈的救護車塞滿了道路，急救人員匆忙地奔走於其中。世良不禁瞪大眼睛。

大廳已經化作戰場，到處都是橫躺著的傷患。當溼毛巾蓋在傷口上，燒傷病患忍不住發出呻吟。孩子們的哭聲、尋求護士指示的聲音，簡直就像爆炸過後的光景令世良忍不住移開雙眼，那裡儼如一幅地獄景象圖。

然而大廳內的狀況已經十分有秩序了。外科醫師集中在外傷病患周圍做緊急處置、經驗不足的實習醫生則在辦公室裡聆聽輕傷者的不安，大家都專注在自己的工作上。放眼望去，堪稱是最完美的臨時野戰醫院。究竟是誰將這裡整理得井然有序的呢？

就在世良還在驚訝之時，身邊的黑崎助理教授高聲喊道「直接報告現狀！」新到的救難大隊出現在兩人身後並抬進許多擔架，差點撞倒了黑崎助理教授。就在這時，黑崎助理教授的身邊突然颳過一陣紅色旋風。

那陣旋風正是白袍沾滿鮮血的速水。

「大腿骨折需要處理，黑崎助理教授，這名病患就拜託你了。」速水原本還在診察擔架上的病患，一看到跌坐在地的黑崎助理教授，立刻說道。

「不過是個實習醫生竟敢命令我，成何體統！先給我報告整體狀況！」黑崎助理教授面露不滿，生氣地罵道。

「用看的就知道了吧？病患為了躲避火災，從屋頂上跳下來，導致大腿骨折。背部有二度燒傷，請馬上對傷口做處置，灌注輸液後再送到整形外科。」速水瞇起眼睛，看著黑崎助理教授，接著平靜地說道。

「我不聽候你的指示，我剛才說了，報告現狀。」

速水一動也不動地瞪著黑崎助理教授。黑崎助理教授環抱起兩隻手腕，挺起胸膛，與他互瞪了一陣子。

「現狀就是現在有多到不行的重傷患！明白的話就快點動起來！」速水將手肘靠在突出的膝蓋上，前傾身子靠上黑崎助理教授的臉，接著大聲罵道。

速水翻甩身上的白袍，跑到救護車的運送入口，開始對一名年輕女性做心臟按摩。

「晚一點還可以教訓他的無禮，現在就先聽從他的指示吧！現在需要我們貢獻的地方在那裡。」世良拉了拉黑崎助理教授的袖口，小聲說道。

世良的手指向外傷中心。黑崎助理教授搖晃著肩膀，不發一語地往那裡走去。

在他們身後，剛救回女性心跳的速水站起身，宛如一名巡視戰場的將軍，大步走在醫院大廳裡。他跑向堆積在角落的書桌，充滿威嚴地站在那之上。披在肩上的染血白袍，在無風的狀態下輕輕地搖曳著。

火紅的夕陽就那樣映照在速水的側臉上。

附設市民會館的高級飯店「綻放」裡，江尻教授站在舞臺上，拿著麥克風，他的頭頂是大廳的水晶吊燈。

「在大家開懷暢飲前，我想跟大家說幾句話。首先，請讓我為大家介紹，今天在市民演講會上給予我們大力支持的恩人。」

聚光燈往江尻教授指向的地方打下，光環之中，一名年老的男子站起，將手中的銀色拐杖舉了起來。

「櫻宮無人不知、無人不曉的希望之星，上杉汽車的上杉會長。」

上杉會長在一片掌聲中向大家敬了個禮，往預備在舞臺旁邊的椅子坐下。

「現在東城大學附設醫院正在為下一任的院長選舉備戰，我也是其中一位候選人。可惜的是，目前還是遠遠不及強大的現任院長，佐伯教授。」

雖然多數來賓都清楚這場會議跟院長選舉脫不了關係，但誰也沒想到江尻教授竟會如此不加掩飾地宣傳。儘管如此，他們還是認真地聆聽著江尻教授所說的話，或許是認為那些事情也跟自己的未來息息相關吧！

「為求連任的佐伯院長也是候選人之一，但他目前正在做粗暴的改革。也因為他引入了以經濟為中心的醫療，導致這位上杉會長成為這種醫療之下的犧牲品。而為了拯救我現在面臨的窘境，他今天還特地前來出席這場宴會。」

上杉會長站起身，再次向現場的來賓行禮。

「天城醫生的櫻色中心構想，也象徵著佐伯院長將要做的大學醫院改革。他們的基本做法，就是從病患身上奪取龐大的醫療費用。在我聽到上杉會長被要求的醫療費後，簡直都說不出話來了。要是讓佐伯教授連任，這種做法便會更加氾濫。接下來，我要向大家介紹一位勇敢的告發者，她將向大家證實我所說的毫無虛假。」江尻教授立刻接著說道。

聚光燈的光束從上杉會長身上移開，一照在舞臺側邊的女性身上，會場立刻喧譁起來。這也是理所當然的。

畢竟站在那裡的人，竟是綜合外科大樓的藤原護理長。

「眾所皆知，這位正是佐伯外科的藤原護理長。光是身為佐伯外科的一員，她的告發就相當有分量了。讓我來問幾個問題，請問藤原護理長現在在擔心什麼事情？」江尻教授繼續說道。

藤原護理長接過麥克風，因刺眼的聚光燈而瞇起眼睛。她環視著觀眾席，一時顯得有些緊張，但馬上便冷靜地說起話來。

「佐伯院長要創辦由院長直接管理的VIP專用病房，實際上，目前已經有部分病房開始運作了。那就是極樂病房中的特別病房『Door to Heaven』。」

「為什麼藤原護理長要在這種場合下批評自己的上司佐伯教授呢？」

藤原護理長環抱起兩隻手肘，閉上雙眼。做了一個深呼吸後，她睜大雙眼。

「護理部從以前就反對設置特別病房，這點佐伯教授也十分清楚。那種設施只會造成醫療不公，護理部傾向於平等的醫療，這才是東城大學的護理精神。佐伯院長的所作所為，只會讓人覺得是在往壞的方向前進。關於這點，榊總護理長也十分擔心。身為負責管理病房的護理部負責人，我認為應該要讓大家知道事情的真相，這也是為什麼我現在會站在這裡。」

一口氣說完這些後，藤原護理長用只有自己聽得到的聲音喃喃自語著。

這樣一來，自己就是佐伯外科的叛徒了。

藤原護理長並沒有因此感到精神振奮，也無法斷言自己的作為才是正義。她只是一直站在刺眼的聚光燈下瞇著眼睛。

——這樣就好了吧？權助。

藤原護理長的腦中浮現出東京的天空，畫面向下延伸，接著是在國際大會慶功宴上飲酒的高階講師的側臉。雖然無從得知本人的想法，但那天晚上，藤原護理長確實在東城大學的歷史上留下了重要的一筆。

就在藤原護理長想起人在東京的高階講師時。

東京的慶功宴上到處不見高階講師的身影。那麼，他人到底在哪呢？

原來他正在一臺急速前往西邊的救護車上。而鏡部長就在他的身邊，一心一意地瞪著病患枕邊的生命跡象監測儀。

為了運送剛結束手術的德永先生，兩人一同搭乘救護車前往櫻宮。

「天城真是個大人物呢！」鏡部長小聲說道。

「換作是平常人，都壞成那樣了，根本沒辦法輕易救回來。但他一次就把事情搞定了。明明長著一張漂亮的臉，意外的有骨氣呢！」

「是呀，真是個大人物呢！那個人。」

救護車中，隔著結束公開手術的病患，鏡部長注視著高階講師。

「不過你這傢伙倒是相當可疑呢！」

高階講師聳了個肩。

「聞得出來嗎？」

「當然，臭死了。這次的公開手術全部是由你負責的吧！」

「畢竟我是大會準備委員長。」

「既然如此，我有幾點不是很明白。在我將病患委託給你們的時候，我做了一些調查，這次的手術，你幾乎把之前的手術成員都換掉了吧！」

鏡部長緊盯著高階講師的瞳孔。

「沒錯，因為要舉辦國際大會，教學中心全體都必須幫忙才有辦法應對。」高階講師低下頭來說道。

「說謊，只要你有那個心，這種程度的事還做不到嗎？換句話說，你是故意換掉最好的手術成員，故意扯天城後腿的吧！」

高階講師不發一語。

「真是沒膽的傢伙啊你！」過了一會兒，鏡部長突然大笑起來，笑了一會兒，鏡部長突然往前壓低身子，放話說道：「聽好了，大學裡頭的權力鬥爭不過就是小鬼們的爭吵罷了，你想吵就吵，無所謂。但你要敢在攸關病患生命的領域鬧事，我可無法容許了。」

「這並不是大學醫局權力鬥爭那種小事，這是有可能改變日本醫療未來的嚴重事態。」高階講師深深地嘆了一口氣，開口說道。

「不管是會影響日本的未來，還是明天世界就要毀滅了，那些都跟我無關！對我們來說，最重要的只有眼前的病患。你故意扯天城後腿，讓他無法發揮實力，害我的病患暴露於危險之中，就算全世界都讚賞你，我也絕對不會原諒你的所作所為，有所覺悟吧！」鏡部長注視著高階講師，平靜地說道。

鏡部長注視著高階講師的瞳孔深處。

「我並沒有要將病患的性命暴露於危險之中，我只是想讓天城醫師在舞臺上出醜一下，那樣我就滿足了。但我對於我的作為會受到非難，我也有所覺悟了。從今以後，我大概會被散落在世界的良心、被無數個鏡醫生一直責備下去吧！」高階講師輕輕地笑了起來，他回看著鏡部長，平靜地說道。

鏡部長直直地盯著高階講師，接著笑了起來，拍了幾下他的肩膀。

「什麼嘛！原來你清楚得很嘛！既然如此就算了，這次德永先生也是因為你的靈機一動才有辦法得救，就算扯平吧！」

接著他環抱起兩隻手臂，閉上雙眼。

「雖然我無法原諒你，但找天一起在哪喝到天明吧！」

低著頭的高階講師並沒有回覆鏡部長的邀請。

深夜，黑崎助理教授打了熱線給人在東京旅館的佐伯教授，並懇切地說明了實習醫生速水的僭越行為。

「倘若忽視實習醫生的僭越行為，我們綜合外科教學中心的秩序便會走向崩壞。請您回來之後，一定要好好地譴責實習醫生速水……」

話筒的另一端傳來佐伯教授低沉的聲音。

「從房間窗戶望出去，東京鐵塔真的很雄偉呢！感覺都要統治天下了。」

「哈？」黑崎助理教授像個笨蛋似地回應。

不知怎地，總覺得佐伯教授的存在突然離自己很遙遠一樣。

「我看了晚上的新聞才知道櫻宮發生了不幸的慘事。你做為負責人，要好好留守在那。」為了不讓黑崎起疑，佐伯教授繼續說道。

「什麼？那個、佐伯教授，我要跟您說的不是這件事情……」

「訊號好像不太好，我聽不太到你的聲音。但託江尻跟黑崎的福，就連東京這邊都對東城大學的評價甚好，我也與有榮焉。」

「這種過分讚美的話不適合我……」

「啊。」佐伯教授輕聲喊道。

「發生什麼事了嗎？」

話筒的另一端只有沉默。過了好一陣子，佐伯教授低沉的聲音變成了電子音，傳到黑崎助理教授的耳裡。

「剛才，東京鐵塔的燈熄滅了。」

電話切斷了。電子音在耳朵旁的話筒裡空蕩地回響著。
黑崎助理教授彷彿凍結般，側耳傾聽著那個聲音。

原本今晚還想和佐伯外科的兩大招牌高階與天城盡情地喝到天亮的。結果卻獨自一人，在房間附設的迷你酒吧裡開酒，苦悶地拿著慶祝用的酒杯。
缺乏黑夜風情的飯店房內。
佐伯教授深深地沉入沙發。
先前所做的準備全都付諸流水。大會準備委員長高階聲稱要陪伴病患，搭乘救護車逃回櫻宮了。而視病患為第一的鏡部長當然也跟著回去了。在公開手術中成功實行創意無限手術方式的天城，現在則一個人悶在房間裡。
他突然覺得，這場國際學會或許就是結束的開端了也不一定。

與救護大隊一同將術後病患送回櫻宮市民醫院後，高階講師獨自走在街上。
還在救護車上時，聽到廣播對這次城東百貨事件中，東城大學的緊急應對讚譽有嘉。但高階講師早已在面對鏡部長的病患時，因過度集中精力而感到疲累不堪。
他回想起自己剛當上醫生的時候、又或是剛進到醫學院的初衷。

他的雙腳自然地往東城大學醫學院附設醫院走去。

深夜回到外科大樓的高階偷偷觀察著護士們辛勤工作的樣子。發現黑崎助理教授正在和旁邊的醫師說著什麼後，他便默默地離開現場。

ＩＣＵ如果也是這個樣子的話，醫院整體就能更放鬆點了吧！

才剛放下心來，眼前突然閃過一道高大的影子，那是速水的身影。

速水完全沒有注意到高階講師，直衝電梯間。確認速水搭乘的電梯抵達頂樓後，高階講師按下另外一臺電梯的按鍵。

風颼颼地吹著。

速水倚靠在屋頂的欄杆邊，眺望著櫻宮街道的夜景。

高階講師凝視著他的背影，這才發現黑夜中還有另一個身影。

仔細一看，那是女性的身影。

她的指尖不斷有宛若螢火蟲般的香菸火光。

女性注視著速水好一陣子，無聲地捻熄香菸，走進速水。她對速水說了幾句話，但兩人的對話很快地消逝在風聲之中，只能斷斷續續聽到一點。

風中傳來速水破碎的聲音。

「我並沒有翅膀。」女性的聲音在夜空之下嘹亮地回響著。

「是啊，你是無法飛翔的伊卡洛斯[14]，但只要不放棄，總有一天，也會迎來成為神的瞬間。」

就在那時，風突然停止了。速水顫抖的聲音毫無阻礙地傳到了高階講師的位置。

「我這種人也能成為神嗎？」

女性沉默不語。

過了一陣子，彷彿從天而降般的那道聲音，告知了速水他唯一的宿命。

「經過長年累月，你一定會比任何人還要靠近神的領域。」

聽完那句話後，高階講師慢慢地往後退。

他低頭衝下樓梯，那時的表情，明顯地比他來到屋頂時還要開朗許多。

14 希臘神話中著名工匠代達洛斯的兒子，與代達洛斯使用蠟造的翼逃離克里特島時，因飛得太高，雙翼遭太陽熔化而跌落水中喪生。

23 傷痕累累地歸去

十月三十一日（週四）

公開手術後過了一週，天城始終沒有回到櫻宮來。世良焦急地等著天城的歸來，卻連天城的半點消息都沒有。

醫院無暇擔心天城的情況，因為有更重要的消息讓那些愛興風作浪的人們處於瘋狂狀態。江尻教授自信滿滿爆出的消息儼如燎原之火般蔓延開來，尤其是天城向上杉會長要求捐獻巨款做為手術費用一事傳遍了整間醫院。江尻教授不過射出了兩支燃火的箭，便將佐伯教授原本堅若磐石的勝利付之一炬。

第一支箭是櫻宮的知名人物——上杉會長表態將全力支持江尻教授；第二支箭是佐伯外科的護理長，同時也是極被看好的下一屆總護理長候選人——藤原護理長的謀反。

靠著這兩名負責放火的弓手，牢不可破的佐伯城就這樣失守了。然而禍不單行，就連在國際心臟外科學會大獲好評的公開手術也開始受到批評。

不曉得是維新大學的菅井教授，還是帝華大學的西崎教授放出的假消息被大肆宣傳著，那是來自反佐伯一派的干擾戰術。

公開手術的立功大將，天城行蹤成謎的事實加速了謠言的擴散。相較於事情的真相，在小型地方自治團體中，多數人的共識才會被當成事實。這場謀略戰中，再想做什麼也是為時已晚，然而佐伯教授就像是空城大開、毫無防備地呆立在原地一樣。

另一方面，江尻教授的名聲蒸蒸日上，甚至有新的一派傳言出現，認為江尻教授能夠一絲不亂地指揮同時來自多方、不分善惡的攻擊，正是因為他潛在的領導能力所致。

儘管如此，長年盯著東城大學、擅長搬弄是非的那群陰謀家卻無法明白江尻教授自身突如其來的劇變，他們私下討論著，江尻教授或許有人格分裂，現在的他已經不是以前的江尻教授了。

但再仔細觀察、抽絲剝繭，應該不難發現這一連串的變動，其實包含了不同於江尻教授往常作風的外科發想做為戰略。

儘管如此，每當這種氣息一出現，立刻又會被完全抹消，就連那群愛興風作浪的老手也無法看透。

迫近院長選舉的某天，世良被醫院一名護士叫住。

「剛才，天城醫生在找您喔！」

世良立刻從座位上跳了起來，抛下翻到一半的病例，飛奔而出。他氣喘吁吁地抵達赤煉瓦棟，正好在玄關前遇到站在馬利西亞號旁邊的天城。

天城抱著一個用報紙捆起來的細長物體，一看到世良，便舉起手來。

「呦！世良，好久不見了呢！」

聽到令人懷念的聲音，世良內心感到十分激動，他強忍著顫抖的聲音，深深地向天城鞠了一個躬。

「公開手術完美落幕，恭喜您。」

天城微露苦笑。

不曉得是不是一陣子沒見了，總覺得天城有些消瘦。

雖然各式各樣的謠言滿天飛，但也聽聞手術病患已經順利回到櫻宮市民醫院，復健也十分順利，因此世良一直以為公開手術是成功的。

「Merci. 拿那麼久以前的事情來稱讚，真不像是朱諾會做的事呢！」

天城的眼神迷濛起來。

「但我不配接受那些稱讚，因為那場手術實在很難說是成功的。」

世良對天城的話感到奇怪。

明明東城大學到處都在傳，說市民醫院的病患已經完全恢復健康，還可以在醫院自由自在地走來走去了？

天城跨上愛車馬利西亞號，將手上的行李遞給世良。那是大概有世良一半高，用報紙包起來的細長筒狀物。

「朱諾，不好意思，請你幫我拿一下那個。」

世良跨上後座後，哈雷便緩緩地慢跑起來。

天城也有騎這麼慢的時候啊？那是令人忍不住如此心想的安全駕駛。

過了一陣子，馬利西亞號抵達了目的地。

櫻宮岬。

現在的天城沒有其他要去的地方，自懸而未決的公開手術成功後，櫻色中心的建設也近在眼前了。

天城的哈雷在岬角端停下，他從世良手中接過那個物品，小心翼翼地打開報紙，一株幼苗便映入眼簾。

強勁的海風吹來，捲起散開的報紙，往大海吹去。

「這是什麼？」世良因為強風瞇著眼睛，他看著報紙離去的方向，開口問道。

「這是櫻花的樹苗。」天城輕撫著幼苗，開口回答。

天城默默地拿起手中的鏟子在地上挖洞。世良見狀，拿起樹枝代替鏟子幫忙天城。

他們花了五分鐘挖洞，剛好能放進用溼掉的報紙包起來的根部。天城蓋上土，用鏟子砰砰地壓平土面。

「這樣我就沒有遺憾啦！」

「什麼意思？」

「我不是說過了嗎，朱諾。我的夢想，就是在櫻宮種植一片櫻花大道，所以我才過來這裡種樹啊！」天城看著世良，笑著說道。

「那株櫻樹就是櫻色中心吧？」

「啊啊，對啊，不過那個計畫已經沒了，所以我想，至少要將這棵樹苗種下去再離開日本。」

天城要離開日本？

突如其來的消息，讓世良感到腳下的懸崖都崩落了。

種完櫻樹的天城與世良站在岬角眺望著大海。

「您突然說那種話會讓我很傷腦筋的，還有很多人在等著櫻色中心蓋好呢！」世良開口說道。

「如果真的有那種怪人的話，你現在就把他帶來這裡見我。」

世良當下就想說出佐伯教授的名字，但他知道天城想聽的並不是這個名字。被他這麼反駁，世良反而連個具體的名字都想不到。就連因手術獲救的梶谷小姐跟上杉會長，蓋不蓋櫻色中心對他們來說也無所謂。如果是市民醫院的鏡部長或許會贊成也不一定，但是他最多就只能想到這些人了。

世良不發一語。

這個世界上，一定有誰正等待著天城的櫻色中心，這是不容置疑的事實。然而現在的他卻無法將那些人帶到天城面前。

或許是天城的天才技術在他與周圍之間築了一座高不可攀的城牆，所以他才會被周遭背離，也無法貼近病患。

陷入沉思的世良突然被海浪聲籠罩住。

而將世良從海浪聲的包圍中喚回的人，正是站在身邊的天城的話語。

「朱諾，我們現在就在一顆擺盪的鐵球上，這顆球正緩慢卻巨大的搖晃著。在球上的人雖然感受不到震動，但可以看得一清二楚。我想說的是，這顆鐵球現在正在往反方向逆行，所以我們的願望大概不會實現了。」

世良正想說些什麼的時候，天城一臉冷靜地宣布，蓋住了他接下來要說的話。

「我想要回蒙地卡羅了。」

他這麼宣布之後，彷彿再沒有比蒙地卡羅還要適合天城的地方了。

「為什麼……」

明明想說點什麼，卻只能想到這句話。

「朱諾，我累了。」

天城虛弱地笑了一下，瞇細眼睛，看著眼前的大海。

「在蒙地卡羅，我是受到大家讚賞的。白天動手術、晚上隻手拿起香檳，在大賭場逍遙地度過。什麼都無法困住我，我可以自由自在地唱歌，所以我以為不管我到了哪裡，都可以過這樣的生活。但是我錯了。」

「什麼意思？」

「在日本，我是不受喜愛的人。他們用一些微不足道的事來反對我、拿刀指著我、扯我後腿。我不過是為了治療病患想要建造一個可以發揮所能的環境而已，卻因此被那些毫無關聯的人們怒罵毀謗，要把我拉下臺。我已經厭倦這樣的祖國了。」

世良的脣瓣顫抖著。

天城不受喜愛，確實如此。但是為什麼會這樣呢？

是因為他跟周遭的人不一樣，所以才會受到如此對待嗎？

天城想要提供給大家的不過是善意的手術而已。

明明只是這樣而已，為什麼事情卻會變成這樣呢？

下個瞬間，世良脫口而出自己從沒想過的話。

「你要逃跑嗎？天城醫生。」

聽到這句話後，天城的臉色一沉，那是世良賭上性命的挑釁。

然而天城早已看穿世良的心意，他笑著回應。

「我並不是受挫了才想回蒙地卡羅，而是上天已經用兩次手術失敗來給我啟示了。」

「天城醫生才沒有失敗，自您來到日本，沒有任何一名患者死在您的手中。幫病患動手術，讓他們恢復健康回家，這樣就叫做手術成功。」世良吸了一口氣，接著反駁說道。世良拚命地說著，但那些話已經沒有辦法打動天城的心了。

分離的時刻一分一秒臨近。世良深刻地感受到這件事情。那個時候，他的話已經沒有任何力量、也沒有任何意義了。天城的聲音平靜地響起。那句話彷彿是從天而降的啟示。

「朱諾，就算我這次從命運的手中逃跑了，下次也一定會被抓住的。假使如此，哭泣的便是病患了。我不能沒經過 Chances simple. 就將病患導向那樣的命運。」

世良不曉得該對天城說什麼了。

「變涼了，差不多該回去了。」

沒等到世良回應，天城就跨上馬利西亞號，發動引擎。

接連不斷的咆哮聲蓋過了單調的海浪聲。

隔天。

擺放在天城起居室裡的私人物品全都消失了。但因為原本也只有天城的衣服跟西洋棋盤而已，所以房間的氛圍幾乎沒什麼變化。

桌上遺留著一張紙條。

——給朱諾，請容許我用現有的東西當作一直隨便使喚你的報酬。把我的愛車賣掉的話，應該多少還有賺吧！

信的結尾只有一行華麗的書寫體句子。

——Adieu.

原本應該是句號的位置，放著一把閃閃發光的銀色鑰匙。

世良拿起馬利西亞號的鑰匙，用力握緊。

——Adieu 應該是永別的時候使用的單字吧！

世良在心中下定決心，他絕對要讓天城訂正這封信上的錯誤。

24 巨星殞落

十一月五日（週二）

院長選舉的結果出爐，是在天城消失後還沒超過一個星期的十一月上旬。結果震撼了整間東城大學。僅兩票之差，江尻教授取得了勝利。雖然這個結果動搖了東城大學，但那不過只是另一篇故事的序曲罷了。

院長選舉出爐的隔天，也是佐伯外科敗戰後的首場醫局營運會議，然而這場會議卻少了幾張面孔。天城在前一週提交離職書，離開了日本。垣谷也因為臨時出差的關係缺席，出席的成員只有佐伯教授、黑崎助理教授、高階講師，以及前醫務長世良四人。

「我大意了，真是作夢也沒想到我會輸給江尻。」佐伯教授開口說道。

黑崎助理教授與高階講師皆不發一語。通常在這時候，都會以華麗的笑話登場、緩和氣氛的天城也不在了。會議室裡只剩下世良抄寫著會議紀錄的聲音。

「不過，我更沒想到，自己身邊竟然有吃裡扒外的傢伙……」

佐伯教授凝視著高階講師。

「怎麼會被發現呢？」高階講師低下頭來，拚命對抗著那道強烈的視線，但終究還是忍不住抬起頭來，充滿朝氣地說道。

「你又沒有特別躲藏，一下跑這一下跑那的，隨便看就知道了。我問你，你真的以為這種拙劣的行為躲得過我的眼睛嗎？優秀青年。」佐伯教授一臉驚訝地說。

「怎麼可能。」高階講師瞄了一下世良，繼續說道：「有部分是在打無聊的賭就是了。運氣好的話，頂多讓佐伯醫生從院長寶座上摔下罷了，不會造成什麼致命傷。但要是被發現我私下做了這些，我的未來便成了風中殘燭，就連現在江尻教授奇蹟選上了，我也難以自保。」

「既然你都這麼清楚了，為什麼還要跳下去賭？」

「誰知道，為什麼呢？」

「不要扯開話題，沒品。」佐伯教授說完後，高階講師乾脆地笑了出來。

「沒辦法，我就從實招來吧！我想阻止佐伯教授的大學醫院改革計畫，所以使出了渾身解數。跟佐伯教授相比簡直是嬰兒的我，用盡了全力，好不容易才稍微阻止了改革計畫。」

佐伯教授一臉平靜地搖了搖頭。

「那麼優秀青年，你的計畫已經得逞了，現在你又是怎麼想的？」

「我本來以為心情應該會更爽快的，但完全不是這樣。」

高階講師注視著佐伯教授，輕輕地嘆了一口氣。

「打倒天城醫生，再將佐伯教授拉下臺，一切都按照我的計畫走，但我卻因此感到更苦悶。要讓小人登上不符身分的位置，實在是不容易。」

世良伸出手指碰觸胸口溫熱的信封。小人指的應該是新任院長江尻教授吧！但或許是在說高階講師自己也不一定。

「原來如此，你總算明白讓那種人當上在上位者後會有的複雜心情啦？一想到這是優秀青年最後的廢話，就覺得感慨萬千啊！」佐伯教授說道。

「最後的？」

「在你背叛我之後，你以為我還會讓你留在這間教室嗎？現在真相大白了，你也給我從佐伯外科滾出去！」佐伯教授抬起白眉，大聲喝道。

「最後的虛張聲勢嗎？雖然老套，但也沒辦法，畢竟最後竟然是連續內部告發嘛！我明白您想要用威嚇還是什麼來重振佐伯外科的心情。」高階講師聳了個肩。

「開什麼玩笑，明明都是你搞出來的！」黑崎助理教授粗暴地喊道。

「確實，在背後操控的人是我沒錯，但要說這些都是我的計畫也太看得起我了。我所做的，不過是點出他們心中的不滿，再稍微推他們一把而已。」

「你這傢伙！竟然如此厚顏無恥！」

黑崎助理教授的聲音與他握緊的拳頭同時顫抖著。高階講師站起身。

「滾出去，如果您打算這麼說的話，我現在就從這裡消失。但是我是不會離開東城大學的，畢竟我找到的新工作就在隔壁而已。」

「這句話是什麼意思？」佐伯教授抬起白眉，高階講師開口回答。

「這是院長選舉勝利的論功行賞，已經私下把新中心分給我了。我將會接受提拔，成為消化系統中心這個新設組織的管理者。江尻教授好像會在下次教授會議上提出這個計畫，這個佐伯教授引以為傲的院長提案框架。」

「拿到這種毫無內容的計畫有什麼好高興的，真幼稚。」

「是這樣嗎？其實這個消化系統中心，還會代替過去的ＩＣＵ和急救部的教育系統，實現佐伯構想中的集中管理新人實習呢！畢竟你們想想，在佐伯構想中，負責那塊的原本就是院長直接管理的教學中心嘛！」

佐伯教授與黑崎助理教授互看了一眼，黑崎助理教授發出呻吟似的聲音。

「高階，你到底要背叛佐伯外科到什麼程度？」

「但是這個才是佐伯教授真心想要的啊！對吧？佐伯教授？」

佐伯教授沒有回答。

「不知感恩！你有什麼臉對佐伯教授說這種話！」黑崎助理教授生氣地怒吼。

佐伯教授伸手制止黑崎助理教授連珠炮般的斥責。

「我確實是想將綜合外科內部分門別類，現在變成這樣也無可奈何。畢竟把高階想要自立門戶這件事看成是忠於我的想法也說得通。」

「雖然要離開佐伯外科，但我打算繼續守護佐伯外科的精神。我在這裡是個異類，但只有正統派的世界終究會走向衰退。所謂的正統，本來就是由不連續的邪門歪道所組成的。」高階講師一本正經地說。

「的確，以前的綜合外科三羽烏中，跟真行寺前教授最疏遠的人就是我了。但只有黑崎跟高階顯得突出的教學中心，也變得狹隘了。」

「老人就是喜歡緬懷過去，過去之所以美好，單純只是太過多愁善感罷了，社會可是一直在變化的。」高階講師注視著佐伯教授，補上最後一刀：「差不多是時候了吧！我勸佐伯教授趁現在引退。」

佐伯教授白眉之下的雙目變得細長，他凝視著高階講師，目光如炬。

「我沒有理由照你的話做。」過了一陣子，佐伯教授才突然笑道。

「但佐伯教授總有一天會感謝我的勸告的吧！因為對您來說，在這個時候引退，正是您在佐伯外科最風光的時候。」高階講師也伸了一個大懶腰，舒緩了緊張的氣氛，他接著說道。

「優秀青年的自立門戶不需要搭配我的引退，我們已經毫無瓜葛了。」

「這種說法表示您不是很了解現狀，一旦我獨立出去，情況就會變成是佐伯教授無法打倒我，而留在綜合外科的都是來不及逃跑的廢物。這樣就算您將王位讓給黑崎醫生，也無法與我的消化系統中心抗衡。但如果佐伯教授現在就潔身自愛，將位置禪讓給黑崎助理教授的話，就等於是綜合外科以自己的意思進入新的階段。」高階講師向佐伯教授及黑崎助理教授攤出雙手，以清澈的聲音說道。

這是對帝王——佐伯教授的引退勸戒，同時也是讓對方知道自己沒有其他選項的最後通牒。

「之所以拖到現在才說出這個選項，是因為我本來就打算要和平交涉。當然您也可以選擇拒絕，只是這樣下次是誰輸誰贏，聰明的佐伯教授應該已經很清楚了才是。」

「我有一點想不透。」佐伯教授閉上雙目，將兩手環抱於胸前。過了許久，他才低聲說道。

高階講師一臉驚訝地盯著佐伯教授。佐伯教授睜開雙眼。

「優秀青年的戰略中，在還沒得到實戰部隊的現在都只是紙上談兵。你憑什麼相信自己有辦法跟壓倒性存在的佐伯外科對峙？」

「您真的是老了，佐伯教授。只要總結一下前因後果，答案就應該很明顯了才對。」高階講師注視著佐伯教授，開口說道。

「我完全搞不懂，不要再浪費時間了，直接說吧！」

高階講師臉上的笑容，浮現出至今未曾有過的冷靜與悽慘。

「為了控制東城大學，我手中握有兩枚棋子。第一是操弄情報的金鑰，取得那些愛搬弄是非的人的信賴。在這部分，一向唯我獨尊的佐伯教授是不可能做到這種程度的。另一枚棋子是掌握醫院的靈魂——護理部。這次我之所以會決定要造反，也是護理部提供給我的建議。」

「『Door to Heaven』種下的因嗎？觸怒榊總護理長招來了惡果啊！」佐伯教

授發出呻吟，接著才喃喃自語地說道。

「您明白了嗎？就算您是至高無上的名醫佐伯教授，只要和支撐著醫院的護理部為敵，就算是您，也不會有勝算的吧！」

高階講師的尾音在會議室裡留下回響，再消失得無影無蹤。會議室裡沉默了好一陣子。

「我徹底輸了，打得漂亮。要想謀反，就必須當機立斷，非常好的示範。從今以後，在我嚥下最後一口氣前，我也只能看著優秀青年把佐伯外科打得落花流水了。」

高階講師注視著佐伯教授感嘆的神情。

「真不愧是您，即便確定走向凋零，也依舊不為所動呢！但再這樣下去的話，佐伯外科就要分崩離析了。因此，佐伯教授，跟我做個交易吧？只要佐伯教授現在表明引退，我就去拒絕江尻院長的提議。」

「那你打算怎麼辦？」佐伯教授白眉往上抬了一下。

「佐伯外科一分為二，我要其中一半。」

「這樣對你來說沒什麼好處吧！」佐伯教授環抱起兩隻手腕，聲音略帶嘶啞地說道。

「豈止沒好處，還會讓當權的江尻教授不高興，真要說起來盡是壞處。」

「那你為什麼還要這樣提議？」

佐伯教授注視著高階講師。

「我之所以要得到即將創立的消化系統中心，選擇故意留在佐伯外科發展新的局面，都是為了表示對佐伯外科的敬意。」高階講師深深地吸了一口氣，接著說道。

「你說這是對佐伯外科的敬意？」

對於佐伯教授的疑問，高階講師環抱起兩隻手臂，閉上雙眼。

「過去跟我鬥爭過的對手，無論是手術室的惡魔渡海征司郎，抑或是蒙地卡羅之星天城雪彥……他們都是被巨大太陽——佐伯清剛的光芒所吸引而來的行星。我的確擊敗了佐伯教授，但我所做的不過是在貧瘠不堪的醫院政治中偷襲罷了。我不希望絕世一代佐伯外科醫生慘死在這種地方。我，想要得到佐伯外科繼承人的勳章。」

高階講師眼眶中浮現淚水，佐伯教授俯視著他，靜靜地微笑。

「因為對他們的敬意讓你選擇了這條路啊？你都說到這分上了，我也沒有選擇的餘地了。不過，你這傢伙還真是欲望深重啊！」

那句話在安靜的院長辦公室裡回響著。

「我會在這幾天宣布從教授位置下臺，繼承人雖然應該也要是教授階級的，但因為急救部才剛成立，不適合從外面聘請新教授，應該可以直接指名黑崎接我的位子吧！優秀青年的教學中心成立後，沿襲神經外科或胸腔外科的做法就好了。

以上所說的都會在下星期的教授會議上提出，這樣可以吧？」好一陣子，佐伯教授才抬起頭來，一臉明朗地說道。

佐伯教授說完之後，高階講師點了個頭。

「但我有兩個請求，第一個，佐伯外科在分科獨立之時，希望可以將名稱改成第一外科跟第二外科。」佐伯教授又接著說道。

「這點是無所謂，但是為什麼要取這個名字呢？循環系統外科跟消化系統外科不是很好嗎？」

「在佐伯外科的解體迎向最終局面時，那樣做是不行的。至今為止，神經外科、胸腔外科、小兒外科已經一一獨立出去，最重要的骨幹也因此完全脫落。我要說的就是綜合外科這塊招牌，這包含了要處理所有外科業務的覺悟，那才是綜合外科的精神骨幹。」

「要有處理所有外科業務的覺悟……」

高階講師輕輕重複著那句話。

「外科除了是切開人體技術的總稱，同時也是醫療界最高的敬稱。但時代在變，外科不斷朝著精密區分的方向前進，對於整個領域反而採取不負責任的態度。大家對於自己的專業領域十分在意，卻毫不關心相關領域，不願背負責任。這對外科、甚至是日本醫療都是不好的，佐伯外科不允許這種粗糙的醫療作業。」

佐伯教授看著高階講師的側臉，繼續說道。

「我明白了，我會尊重佐伯教授的提議，要叫什麼名字都沒關係。」

高階講師點了個頭後，佐伯教授露出微笑。

「你明白就太好了。另外是我的一點任性，希望你可以把第一外科的名稱讓給黑崎的心臟血管外科教學中心。畢竟佐伯外科的正統會由黑崎傳承下去，叫第一外科也是理所當然的。」

高階講師迫不得已，只好再次點頭。佐伯教授趁勢提出更多要求。

「還有剛成立的急救部和將來要成立的急救中心，另外ＩＣＵ我也想交給黑崎，畢竟這些跟心臟外科比較相關，我認為這樣處置比較恰當。」

高階講師臉色一變，沒想到連新設置的ＩＣＵ都要被討回去，然而他馬上恢復冷靜，開口回應：「那是不可能的，因為江尻教授已經在選舉政見中發表了反對集中基礎實習，所以我想這部分無法照佐伯教授所希望的處理。」

「說得也是，那至少把這屆新人的基礎實習交給第一外科。」

「不行，我都已經願意交出急救部了，至少新人要留給我。」

高階講師終於忍不住提出抗議。

「今年的一年級實習交給你也沒關係，但只有一個人不行，你應該很清楚那個人是誰吧！」佐伯教授瞇細眼睛，輕笑道。

「您說的該不會是速水吧？」

「沒錯。」

「哪有這種事，速水是我當劍道社顧問時的主將，我們的命運是連在一起的。」

「比起眼前的利益，果然還是選擇了未來的人才啊！你的選擇是對的，可惜的是，這樣就跟你以前說過的話產生非常大的矛盾了。你以前說過這樣的話吧！那匹野馬是渡海的傳人，既然是我們佐伯外科的傳人，當然只能放在佐伯外科的體制裡。這個道理你懂吧！」佐伯教授輕笑道。

高階講師的脣瓣不禁顫抖著。照這種發展，不論他怎麼做，速水都會從自己手上溜走的。然而造成這種結果的卻是過去的自己。

「這就叫聰明反被聰明誤。」

原以為自己獲得了壓倒性的勝利，沒想到戰利品卻一個個從自己手中溜走，但他又不得不承認老奸巨猾的佐伯教授所說的話。

「我明白了，我放棄速水。相對的，你們一定要好好培養他。」

「用不著你說！」黑崎助理教授忍不住罵道。

「以上就是我這邊的所有條件。」

佐伯教授一臉正色地宣布，他的臉上沒有任何打敗仗的樣子。高階講師雖然慘遭挫敗感，但下個瞬間，他又馬上打起精神來，彷彿早已忘掉所有的鬱悶委屈。

「我明白了，那我這就去拒絕江尻院長教授創立消化系統中心的案子。」

高階講師站起身，深深地一鞠躬。

「這些日子，謝謝您的照顧。」

佐伯教授不發一語。

「世良，走吧！」高階講師抬起頭來，向擔任會議紀錄的世良說道。

聽到那句話後，世良站起身，深深地向佐伯教授及黑崎助理教授行了一鞠躬。

接著他便跟在高階講師的後方，離開院長辦公室。

留在房間裡的佐伯教授及黑崎助理教授陷入了沉默，過了一陣子，佐伯教授才開口說道：「那些吵人的傢伙都消失了，安靜多了。」

「往後的日子，我一定會精進實修，不讓佐伯外科蒙羞。」

黑崎助理教授沉重的說法使佐伯教授皺起臉來。

「你這傢伙怎麼還是老樣子，講話這麼誇張。不要拘泥於教學中心的名字，川水流淌不絕，然其水非源頭之水，鴨長明這麼說過吧！就算新的流水聚集到黑崎率領的第一外科，那也是跟佐伯外科完全不同的全新河川。以前的河床，就都忘得一乾二淨吧！」

「您覺得我做得到那種事嗎？」

佐伯教授的白眉因黑崎助理教授的淚聲糾結在一起。

他站起身，往黑崎助理教授走去，在他肩膀砰砰拍了兩下。

「好啦好啦！我不說就是了，一個大男人哭成這樣像話嘛！」

「有朝一日，當你眺望眼前的景色時，會覺得好像在哪裡看過般懷念，對我來說就夠了。」佐伯教授緩緩走近窗邊，喃喃自語著。

「我黑崎必定盡心盡力，精益求精，今後也請您多多鞭策與指導。」黑崎助理教授抹了抹臉上的淚水，抬起頭來。接著他又將頭低下，與桌子同高，並開口說道。

不知不覺中，夕陽也滑入兩人所處的空間。黑崎助理教授的身影在夕陽消失以前，一直維持著低頭的動作。

「接下來會變得很忙喔！還有不少事情要拜託世良呢，再麻煩你了。」在電梯間前等待電梯時，高階講師開口說道。

等不到任何回應的高階講師忍不住回過頭去。

只見世良直直盯著自己，手上還拿著一個白色信封，上頭的黑色文字寫著「辭職書」。

「為什麼？」

「因為高階醫生把天城醫生趕出了東城大學。」世良清楚地說道。

「那是誤會，我只是要求暫緩櫻色中心的建設。」

「那就等於是要天城醫生離開一樣。」

「不是的，我是想等到大學醫院開始組織再造時，讓天城醫生加入我的團隊，再一起做醫院改革。」

「那是不可能的，因為天城醫生不可能屈就於高階醫生。」

「世良就那麼想看到天城醫生那個金錢才是一切的醫療設施嗎？」高階講師注視著世良，略帶沙啞地說道。

「我只是想看天城醫生夢想中的櫻花大道而已。」

「現在的日本人是無法接受天城醫生的想法的。」

世良瞪向高階，他的視線如同銳利的劍一般，貫穿高階的身體。

「那種說法太卑鄙了！不是現在的日本人無法接受，而是高階醫生無法接受天城醫生吧！」

高階講師閉口不語。世良繼續痛斥高階講師的欺瞞。

「天城醫生雖然是很任性的上司，但是他對病患很親切，也一直在提供大家他精湛的技術，毫不藏私。結果他得到了什麼？就連在學會裡得到的那點掌聲，隔天馬上就變成毀謗中傷。把天城醫生趕出這個國家的，正是我們自卑的心理！」

世良不願看向高階講師，只是再度鞠了個躬。

「謝謝您至今的指導，但是渡海醫生跟天城醫生都離開佐伯外科了，現在沒有人可以將我留在這裡了。」

兩人不發一語地走進電梯，電梯緩慢地下降。五樓，綜合外科教學中心，電梯門開啟，高階講師走出電梯，世良則留在電梯裡。當電梯門開始關閉的同時，世良再度深深地一鞠躬。

電梯門關閉，世良也從視野消失。

那是高階講師最後一次看到世良。

隔週，教授會議結束後，醫院的走廊彷彿遇到百年一度的祭典般喧鬧。之所以會這樣，都是因為長年君臨東城大學的名醫佐伯教授突然表明要退休，並同時宣布佐伯外科的解體。

綜合外科將一分為二，創立新的組織：第一外科與第二外科，並交由黑崎助理教授與高階講師管理。

因為這則重大消息，新院長的就職致詞也顯得黯淡許多。

由於江尻院長的失算，本來打算在就職演說中宣布的亮點，即消化系統中心的構想，也因為高階講師的辭退泡湯。而突然更改的演說稿也因為欠缺張力，沒能留下什麼印象。

在那之後，大家對江尻院長的印象只有看起來不是很開心而已。

佐伯外科的分科獨立進展快速，隨著新年開始，嶄新的第一外科教學中心與第二外科教學中心也開始運作。在舉辦信任投票的結果下，新任教授黑崎平安無事地帶領第一外科自立門戶。相較之下，高階講師所率領的第二外科教學中心則因為實際成績不足，導致高階講師只能暫居助理教授的位置。正式以第二外科教學中心教授名義就職，已經是以後的事情了。

但那只是形式照舊的組織為求其存在意義而必須通過的儀式，實際上大家都認為高階講師總有一天會以教授身分就職，並沒有因此產生分歧，因此這點也沒有對第二外科教學中心的營運造成什麼特別大的阻礙。

教學中心分科之際，人員異動也有了劇烈變化。不少人藉機離開東城大學，每天就算少了誰也不奇怪。

而在那之中，也謠傳著一名手術室的護士到處尋找著世良醫生。

逼近十二月的某天，藤原護理長受榊總護理長呼叫而來。好久不見的書桌上擺放著紫色的薔薇，絢爛地綻放著。

「江尻院長在院長就職發表的演說，好像是不久前才寫好的呢！」榊總護理長像在解釋著和自己平常興趣完全不同的口吻說道。

「真是機靈。」藤原護理長如此說道。

「這部分跟病患沒什麼關係就是了。」榊總護理長聳了個肩，微笑說道。

「直接看雖然是美麗的紫色薔薇，其實卻富含劇毒呢！」藤原護理長看著薔薇說道。

「是呀，真懷念不會做這些事的佐伯醫生。」

藤原護理長不發一語，接著才又吐出一句。

「不送花，其實才是送出所有的花也不一定呢！」

「妳後悔了？」榊總護理長注視著藤原護理長。

藤原護理長抬起頭來，搖了搖頭。

「完全沒有，但他畢竟是曾經照顧過我的教授，總覺得有點感傷。」

「也是，說得也是。」

桌上擺著一張邀請函。

那是慶祝佐伯教授榮退宴會的邀請函。

上面記載著許多主辦人，幾乎都是常見的名字。除了一定不可少的黑崎助理教授與垣谷講師，就連背叛佐伯教授的高階講師的名字也在上頭。

「自己的學生辦了這麼盛大的退休歡送會，竟然說缺席就缺席，果然是佐伯醫生呢！」榊總護理長拿起那張邀請函，一邊盯著一邊說道。

「更誇張的是那些人竟然全都可以接受這個結果，真的是妖怪呢！」藤原護理長點了個頭，接著說道。

「妖怪呢、說到這個，藤原也像是妖怪的眷屬呢！」

「我嗎？」

「到處都在說妳不過只是一名護士，竟然能推翻那個巨星呢！」

藤原護理長陷入沉默。評論儼如劇烈的藥物，依照使用方式，既是藥，亦能為毒。藤原護理長突然覺得脖子冷颼颼的。

「我還有三個月就要退休了，也是時候尋找接替我的人了。」榊總護理長遞出紅茶杯，繼續說道。

藤原護理長睜大雙眼。畢竟她也是總護理長的候選人之一，總護理長不可能輕易在候選人面前提到這方面的想法才是。

「其實我想請福井接下總護理長的工作。」果然不出她所料，榊總護理長繼續說道。

「是喔……」

聽到被大家看作是她競爭對手的手術室護理長名字後，藤原護理長起身。

「福井護理長應該可以好好率領東城大學的護理部才是。」

語畢，她便往門口走去。背後忽然響起榊總護理長含糊不清的聲音。

「為什麼不對我生氣呢？為什麼不問我，讓妳做那麼危險的工作，卻把總護理長的位置讓給別人呢？」

藤原護理長回過頭去。

「為什麼一定要問這些問題呢？我從來沒想過要當總護理長，榊總護理長總是以護理部全體的利益為第一優先考量，我相信妳的判斷是正確的，這樣就夠了。」

「妳這麼說，我反而必須要向你道歉了。其實我是希望妳能接我位置的，只不過半路殺出了程咬金……」榊總護理長一臉苦澀地說。

「哪來的程咬金？」藤原護理長突然興趣盎然地說道。

那並不是因為無法升官而感到怨恨的表情，而是單純一聽到醫院的八卦就想知道的行動原理。

榊總護理長從花瓶裡抽出一枝紫色的薔薇，遞給藤原護理長。

「喏，給妳。」

藤原護理長一臉訝異地看著那枝薔薇，接著突然睜大眼睛。

「難不成……」

「難不成在院長爭奪戰立大功的人反而是最先被捨棄的？我也想不到呢！」榊總護理長走近窗邊，眼神迷濛地說道。

「真厲害，還想得到要送這麼毒辣的花。但是請榊總護理長不用為我感到難過，我相信榊總護理長的判斷，是我自己擅自做了那些事，我不後悔。」藤原護理長用力吸了一口手中的薔薇，開口說道，一邊將手中的紫薔薇放在桌上。

「真的非常抱歉，雖然是江尻院長說要將妳趕出去的，但還是希望妳可以原諒我。」

榊總護理長低下頭來，藤原護理長面露微笑。

當真實的光打進心中，再也沒有黑暗怨念的容身之處。

「啊啊！舒服多了。」

說完這句話後，藤原護理長輕快地走出總護理長辦公室。

榊總護理長就那樣一直看著她離去後的那扇門。

年底。

東西冷戰的東方霸主——蘇聯解體了。國家也是有壽命的。照理說，這個事實應該衝擊了不少缺乏危機感、安逸度日的日本人，但佐伯外科的相關人員似乎並不怎麼在意。或許只有那些身處劇變的人才會深受影響。

整個醫局裡，唯獨速水十分感慨地讀著那篇報導。

東城大學就這樣度過了動盪的一九九一年。

25 冬天的信 一九九二年二月

新的一年來臨，一九九二年。

綜合外科教學中心面臨分裂，在第一外科與第二外科接連創立的當下，總護理長選舉也開始了。一直以來都是榊護理長掌權的護理站，隨著榊護理長的退休，也改由福井護理長當道。雖然有謠言傳說護理長候選人中最右派的藤原護理長之所以會失勢，都是因為前教授佐伯的怨念，但大家都深知前教授佐伯與藤原護理長的明朗個性，因此這種流言馬上就消失了。

相比之下，江尻院長與新總護理長福井之間的勾結倒成了新的日常話題。

黑崎教授率領的第一外科在急救中心成立之前都涵蓋急救部，聚集了許多實習醫生，達到以往未有的盛世。其中因城東百貨事件遠近馳名的速水雖然年輕，卻成了急救部門的中心人物。

另一方面，高階助理教授率領的第二外科，則較弱勢地從沒有教授職位的起點開跑，但由於新創立的組織是以脫離一般日本人的靈敏行事風格為基礎建立的，又包含消化系統外科這種廣泛的領域，漸漸地也吸引了不少年輕醫生的目光。

江尻院長在與業者間的利益糾葛被公開後，上任不過半年便辭去院長一職。之後的院長選舉也因候選人氾濫，不斷重啟投票，導致有半年以上醫院都呈現無院長狀態。

在這種無責任制與無所作為的推舉中，佐伯教授過去所培育的大學醫院改革草案之幼苗，也在這場旱災中乾枯而死。

嚴冬高原的陽光顯得冷淡且微弱。

在這片寒冷的大氣中，建有一間簡陋的診所。門診室中，頂著蓬亂頭髮、身穿皺褶白袍，絲毫感受不到一點霸氣的年輕醫師正在記錄著皮膚黝黑的老農婦的病歷。

「那就先開給妳平常的藥喔！」拿下聽診器後，年輕醫師如此說道。

「我可以拿兩個月份的藥嗎？之前的醫生都會這樣幫我開。」一身農家打扮的黝黑婦女一邊拿著綁在頭上的布巾擦汗，一邊小聲說道。

年輕醫師看向病歷，雖然上面寫著兩個星期看一次診，但也記載著兩個月份四次藥。

「那我們取中間值，給妳一個月的藥可以嗎？」年輕醫師妥協地說道。

農家打扮的婦女想了一下，點了個頭。

「那就拜託你了。」

今天第五位病患向醫生行了個禮後，走出一般門診室。

「這位就是今天最後一位病患了，世良醫生。」門診的護士開口說道。

年輕醫生一發不語地起身，走出門診室。

距離富士見診所最近的車站是鄰鎮富士崎町的富士久站，從櫻宮站搭火車過來約一小時半。從車站走到診所需花上二十分鐘。

富士見診所是世良之前第二個實習醫院。過去在決定實習地點時，世良抽中了上上籤，選了櫻宮癌症中心並在那裡意氣風發地工作了一陣子後，卻因為讓渡模式必須前去最不受歡迎的診所實習，即是這間富士見診所。

位於櫻宮湖旁的這間診所因為手術件數趨近於零，在外科實習醫院中非常不受歡迎，去年開始佐伯外科便停止派醫生過來實習了。

然而這項決定只是佐伯外科單方面的決定，因而引起診所的不滿，大家都認為今後將難以修復良好的往來關係。但也因為雙方關係惡化，讓內科教學中心得以派遣兩名醫生前來實習就是了。

世良就這樣逃進了這個外科不毛之地。

這間名為醫院的小屋舍裡只有五張矮桌、兩張沙發、一張辦公桌、兩個書架、電視、廣播，以及老舊的音響，以上就是所有的家具了。

從窗外望去可以看到櫻宮湖，湖上盡是不合季節的風浪板，因為無法乘風的關係，看起來非常辛苦的樣子。

才剛在空無一人的診所裡發呆，山村所長便走了進來。

「哎呀！多虧了世良醫生回到這裡來，醫院也變得活潑起來了，真是謝謝你啊！」

那些都只是場面話而已，聽到這些話的本人最清楚這回事。

去年剛就職副所長的內科醫師雖然比山村所長小五歲，但兩人的關係非常不好。

之前也因為世良的突然到訪，掀起了激烈的脣舌之戰，後來幾乎每天都會持續這種日常，簡直就像是定期召開的例會一樣。

就是因為所長太鬆散了，才會只有這種遊手好閒的人要來。副所長毫不留情地批評後，所長接著幫世良說明：他才沒有遊手好閒，他只是受傷了所以才閉門不出而已。就工作而言，這兩種哪有差？

被這麼反駁後，所長又接著解釋，閉門不出是為了治療內心的傷口所需要的寧靜，遊手好閒則是會危害社會的傳染病。我們應該要溫暖守護前者，徹底撲滅後者。兩人就這樣圍繞著世良不斷爭論，最後在副所長說道「總之我的忍耐已經到極限了」，而山村所長接著用「窮鳥入懷」來反駁，副所長一氣，砰的一聲粗暴地關上門，結束了討論。

所長與世良並肩坐著，眺望著窗外的寒冬湖面。據說那片湖是再怎麼冷，也絕對不會結冰的不凍湖。

「怎麼樣啊世良，你最近好嗎？」

「給您添麻煩了。」

世良低下頭來。

「你別在意副所長，在這裡好好休息就好了。去年秋天那場混亂，像你這麼年輕的醫務長立場也很為難，一定比其他人還挫折，一般人早就不行了。」山村所長搖了搖雙手，開口說道。

並不是這樣的。但因為懶得說明，再加上在山村所長的照顧下，自己什麼都不用想，覺得很輕鬆，所以也不覺得需要特別說明。

「謝謝您，但是我已經不配做一名外科醫師了。」

「這樣也沒什麼不好啊！雖然你說不配當外科醫生，但世良還是一名很出色的醫生。」

「才沒那回事。」

「那種事只要看病患的表情就知道了，光是世良醫生出現在這裡就已經在治療病患了，這種事只有好醫生才做得到。」世良小聲地反駁後，山村所長立刻斷然說道。

雖然覺得山村所長只是在安慰他，但又覺得不只是那樣。

或許這些話也是山村所長在說給自己聽吧！

無法動外科手術的環境，總有一天會忘記怎麼動手術，這對外科醫生來說是再懊悔不過的事了。除了這些懊悔，周遭也必須小心翼翼地對待自己，自己說不定無法再以外科醫師的身分挺起胸膛。但也正因如此，讓世良更想向山村所長道歉。

「對了，如果你想試試看的話，也可以去釣魚啊！難得我們這間診所還設置了船隻停靠區。啊，不過要小心不要從船上摔下去。這個季節湖水很冷的，一不注意可能就到另一個世界了。」

對於山村所長誠摯的建議，無法說出真心話「我對釣魚沒興趣」的世良只能老實地點了個頭。在不斷找話題聊的山村所長消失後，世良在書桌前坐下，拿出信紙來。這是第幾封了呢？

一直寫著這些沒有回音的信，一直被究竟有沒有寄到的懷疑給折磨著。

然而他又深信著，那些信總有一天會寄到的。

世良的黑色文字，在藍色的信紙上串聯了起來。

——天城醫生。

好久不見，日本現在是寒冬，蒙地卡羅的天氣好嗎？

您一回去蒙地卡羅，佐伯外科就分裂了。如果您還在這裡的話，櫻花樹或許會呈現三國鼎立、非常嚇人的戰場吧！

不用回信給我。雖然我這樣說，但其實我一直焦急地等待著您的回信，也對於這樣的自己感到很厭煩。不過在寫這些字的時候，我也終於明白自己的心情了。

我就直說了，請回來日本吧！然後，請讓我從手術室看到大海吧！

我從佐伯外科辭職了。因為在親眼見到您這種掛念病患，又堂堂正正要求等同於自己高超技術報酬的外科醫生之後，怎麼看其他人都覺得比不上您。我已經離開了外科，現在在一間小診所工作。雖然只離開幾個月，但已經開始害怕動手術了。如果您希望我回到外科的話，請您現在立刻回到日本，否則我再也無法幫忙您動手術了。要是您忘記怎麼回日本的話，我會像從前那樣到大賭場去迎接您的。

一九九二年二月
世良雅志

他將寫好的信紙放入信封，在信封上添加住址。住址非常簡單。

摩納哥公國蒙地卡羅冬宮飯店天城雪彥。

摩納哥公國是一個只要花三十分鐘就能從國的一端走到另一端的小國，因此寄到旅館之後，機靈的飯店人員應該會將信送到天城手中的。

畢竟再怎麼說，天城也是那間旅館的特別ＶＩＰ。

就在這時，傳來了敲門聲。世良一抬起頭，便看到身材微胖的門診護士站在那裡，臉上還浮現曖昧的笑容。

「怎麼了嗎？」

護士意味深長地露出微笑，讓開身子，一朵可憐的花兒便映入眼簾。

許久不見的花房一動也不動地睜著大眼睛注視著世良。

「這裡真的好冷喔！」花房一邊壓著被冷風吹亂的頭髮，一邊說道。

世良與花房正在湖中划著小船。

「聽說不小心掉到水裡的話，大概一分鐘就會死掉了。」

「真是可怕」雖然嘴巴上這麼說，但花房看起來一點都不覺得可怕的樣子。

不曉得是不是花房換了髮型的關係，總覺得看起來有點不太一樣。在那之後還不到三個月，花房的變化卻相對證明了時間的流逝。

花房將細長的手指浸在湖水中，小聲地哼著歌。沉悶的曲調讓世良早已碎裂的心變得更加空洞。

「那是什麼歌？」

花房臉一紅，停止了哼歌。

「丹尼男孩。」

世良這時才想起，從前兩人獨處時花房也唱過那首歌，那時世良問了同樣的問題，但花房卻不願意告訴自己是什麼曲子。

「妳剪頭髮了耶！」世良終於開口說道。

花房摸著修齊的頭髮，害羞地點了個頭。

小船到達湖中心後，世良停下手中的槳。

「真虧妳可以找到這裡來。」

由於富士見診所跟東城大學的關係已經疏遠了，還以為醫院那邊不清楚這裡的狀況。

「只要是跟世良醫生有關的事，不知道為什麼都會傳到我這裡來。」花房一臉寂寞地說。

花房低下頭，一面用手破壞映著自己的湖面，一面問道：「為什麼什麼都不說，就突然消失了？」

世良沒有回答。

他有成千上萬個理由。要是去告別，或許自己就捨不得走了、或許自己就崩潰了。更重要的是，自己害怕真的要說再見這件事。

所以……他才逃走了。

「你就這麼在意天城醫生離開嗎？但我其實是希望你能對我說這些的。」

世良只是看著湖面。沉默籠罩著兩人。

突然，花房發出一聲驚呼聲。嚇了一跳的世良抬起頭來，只見花房用右手指著湖面。

「那是什麼？」

湖面上的漣漪漸漸擴大。

「大概是剛才有鮭魚在跳吧。」

「對不起，什麼都沒說就離開了。」接著世良對花房說道。

「沒關係，因為之後還能像這樣再見面嘛！」花房害羞地低下頭來。

「該回去了。」一陣冷風吹過湖面，世良低喃一聲。

這時他才注意到自己並沒有回答花房。在此同時，花房也已經注意到了這件事情。

富士久車站空無一人，還要十分鐘末班車才會來。這裡一天只有五班車，早上兩班、中午一班、傍晚到晚上兩班，末班車會在晚上七點前發車。

花房坐在涼椅上，低頭不語。冬天的冷風吹過兩人之間，尖銳的汽笛聲傳來，儼如要扯開還沒約好下次見面的兩人。列車也隨著汽笛聲駛進了車站。

花房從涼椅上起身。

只有兩節車廂的列車嘎啦嘎啦地駛進車站。

前方的車廂坐著兩位老婆婆，後方的車廂則是一個人影都沒有。

「下次要約什麼時候？」花房走進那節車廂，在踏上火車那刻回頭說道。

世良搖了搖頭。

發車鈴從低著頭的花房肩上傳來。花房抬起頭來，用纖細的手指抹去眼角的淚水並露出笑容，她伸出雙手，遞出一封信。

「這個給你，剛才是故意沒有馬上拿給你的，對不起。」

世良驚訝地接下那封信。

下個瞬間，車門的透明窗戶便分隔了兩人。

喀噹——火車車輪開始轉動，漸漸加快速度，花房的身影也變得越來越小。

「對不起、但是、有一天我一定……」世良追著花房殘留的身影，大聲喊道。

被車窗分成幾等分的花房，破碎地揮著手。

末班車的後照燈漸漸消失在黑暗中。

世良在車站內微弱的燈光下舉起那封信，下個瞬間，他的胸口感到悸動。

信封上寫著流暢的書寫體。

櫻宮、東城大學、外科、世良雅志。

另一面則是熟悉的字體，致親愛的朱諾。

世良握緊了手，飛奔而出。

他回到空無一人的診所，將房間裡的電燈全部打開。

一片光亮之下，他以顫抖的手打開信封。

印了星星紋章的信紙上，滿是熟悉的字跡。

——致親愛的朱諾

蒙地卡羅的天氣每天都很好，大賭場這邊也好像我從沒離開過那樣，很快就習慣我回來了。我回到以前那間蒙地卡羅心臟中心當兼職醫師，上上星期還動了久違的直接縫合法。換句話說，久違的Chances simple. 勝者也證明了我的復職。

朱諾的信對不喜歡寫信的我來說壓力甚大。從日本來的信就像瘟疫一樣，所以我一直都沒打開，就只是擺在那邊而已。但前幾天，我終於忍不住拆封了。

看到你說佐伯外科崩壞，還有你從佐伯外科辭職，都讓我感到很驚訝。不過，我總覺得可以理解你的心情。

就算我現在沉浸在大賭場的香檳氣泡裡，也還是會想到那些光景。屹立於櫻宮岬的淨化之塔，從櫻色中心手術室窗戶望出去的太平洋那片大海。

雖然我在蒙地卡羅過得很輕鬆愜意，但那些景象總會在我腦中一閃而過。要想脫離這些幻影，或許得先實現與你的約定吧！

第一張信就寫到這裡。他迫不及待地翻到第二頁，接著瞪大了眼睛。

第二張信紙上只寫了短短一行字。

——春天來臨時，請來大賭場迎接唐吉軻德。

隔天起，世良開始專注在醫院裡的工作，副所長也因此沒那麼不滿了。

之後的某一天，世良收到了一封航空郵件。

裡面裝著前往法國尼斯的無限期機票。

天城雪彥

第四部　春天再度來臨

終章　櫻花樹開花之際　一九九二年春

一九九二年四月。

世良再度佇立於法國尼斯機場。先前他拒絕了天城主動提出要來尼斯機場接他，然而到了機場，他才為自己的客氣感到後悔。

因為他恨不得現在就能見到天城。

他想起進入蒙地卡羅最快也最強的入國方法。

他往直升機的櫃檯走去，然而櫃檯卻是封鎖狀態。

他從滿是玻璃的機場眺望著天空，雖然天空被幾片薄雲覆蓋著，但還不到不能飛的糟糕天候。世良並沒多想，他直接走向計程車站。

坐在椅墊不怎麼舒服的計程車裡，世良回想起和天城的對話。

——只是玩個輪盤也要捐錢嗎？別說傻話了，就是因為錢很重要，所以才要把錢扔到水溝裡啊！錢這種東西啊，累積太多的話，就像奪取主人身體開始自己繁殖的惡性腫瘤一樣，所以時不時就要動手術摘除它。

所以賭博其實是在治療濫用金錢的壞習慣囉？

世良不可置信地說出這句結論後，天城一臉正經地用力點了個頭。

才剛想起過去的對話，計程車也正好駛過代表摩納哥公國國境的那塊石碑。來到這裡之後，距離冬宮飯店便只剩五分鐘車程。

世良打開車窗，深深地將海風吸入體內。

冬宮飯店的大廳十分空蕩，飄浮著處於淡季的度假旅館特有的倦怠感。世良走向櫃檯，報上他要拜訪的對象姓名。

「Doctor Amagi, s’il vous plaît.（我找天城醫師，麻煩一下。）」

櫃檯小姐因他的話瞪大了眼睛，注視著世良一陣子後，才終於開口。

「Un moment.（請您稍等一下。）」

過了一會兒，出現在世良眼前的是過去在天城房間裡見過的接待人員。

對方似乎一見到世良就想起他是誰了。

他踏出步伐，為世良帶路。世良重新調整了一下背後的背包，緊追在後。

房門開啟的瞬間，令人難忘的景象映入眼簾。跟以前完全一樣，也跟東城大學赤煉瓦棟的起居室一樣，各式各樣的服裝散落在房間四處。

接待人員將世良獨留在房間，轉身離去。

擺放在桌面的西洋棋盤上充滿著紫水晶與黑曜石的棋子。在那之中，深紅色的騎士睥睨著整個牌面。

然而那裡還多了一枚從未看過的棋子。

那是比大海還湛藍的藍色碧璽做的棋子，那是一枚士兵（Pawn）。

世良用指尖彈了那枚棋子，發出鏗鏘的聲響。

敲門聲傳來，世良反射性地回了Oui（是）。

少在那邊裝模作樣哦！朱諾。他聽見天城這麼說道。

然而那只是他的錯覺，隨著敲門聲出現的是面熟的接待人員與一名穿著制服的年輕女性。她有一頭烏黑的頭髮和異國臉孔，看起來來自亞洲。

「世良先生，天城醫生有留話給您。」接待人員在她的耳邊說了什麼之後，女性點了個頭並說道。

看樣子她應該是名口譯員。雖然是亞洲人，但口音還是很重。即使對方不是日本人，但有會講日文的人在還是讓世良鬆了一口氣。

「請問天城醫生現在在哪裡？」

本以為對方會馬上回答，但那名女口譯員卻陷入了沉默，只是一直注視著世良。

往窗外望去，方才的和煦天氣不知何時開始烏雲四起。世良漸漸感到不安。天城應該知道世良抵達的時間才對，難不成有什麼緊急手術？假使如此，現在應該趕快前往六樓的心臟中心，這次天城一定會讓自己瞧瞧看得見蔚藍海岸的手術室。

「非常遺憾，天城醫生前幾天過世了。」女口譯員皺起眉對世良說道。

周遭宛如失去所有聲音與色彩。世良來回看著接待人員與那名女口譯員。窗外的烏雲漸漸擴大，大粒雨滴嘩啦啦地落下。彷彿下沉至沉默之海的房間裡，只剩下雨水激烈地敲打著玻璃窗的聲響。

世良周圍的空間開始歪斜、扭曲，產生伸縮。

女口譯員淡然地說道。一星期前，天城包租的直升機墜海失事，直升機公司也因為事故調查而停止營業。

他們以國葬儀式為天城舉辦葬禮，天城的遺體於前天被送往位於王宮所屬小丘的半山腰墓園安葬。由於天城沒有親人，所以消息並沒有傳到日本。

「天城醫生是蒙地卡羅的名譽市民，他是我們的家人。」

女口譯員替接待人員翻譯了這段話。

「天城醫生在搭乘直升機前，曾指示我們要以同等規格來禮遇世良先生。天城先生過世至今，這間套房的相關權利都將繼承給世良先生。不管您有什麼要求，都請直說無妨。」

還在錯愕的世良，好不容易才擠出一句話。

「請讓我獨處一下。」

口譯員翻譯了世良的話之後，接待人員點了個頭。

兩人一離開房間，世良便往沙發倒了下去。他的身後被大顆墜落的雨珠聲給蓋住。世良閉上雙眼，沉浸在雨聲之中。

在那之後過了兩天，暴雨持續降臨至總是晴朗的街道。接待人員每天都會進到房間一次，將三明治以及裝滿水果的盤子送到世良的枕邊。

第一天，世良什麼也沒吃。

第二天，盤子裡少了一顆櫻桃。

接著是第三天。

從窗簾縫隙鑽入的微弱陽光打在世良的臉頰上。世良小小地伸展了一下，將一片柳丁放進嘴裡。接著他拿起話筒，呼叫接待人員。

接待人員與女口譯員一同出現。

「請帶我到天城醫生的墓前。」世良說道。

計程車只開了十分鐘便來到那座小丘。走在細長的小路上，視野也跟著開闊，地中海就在眼前蔓延開來。

那座墓園位於可以眺望碧藍海岸的小丘半山腰。

那裡有座全新的、擺滿許多花束的純白墓碑。

被大賭場稱作Neige Noir（黑雪）的天城，最後便在宛如自己名字「雪」那樣純白的大理石下，眺望著地中海安眠於此。

墓碑上刻著手寫體的法文文字，女口譯員為世良翻譯了墓碑上的文字。

——擁有神之手與花一般柔軟的心，金主在此安眠。

完全不需要再多加註什麼，完美的墓誌銘。

「這是，誰寫的？」

「不清楚，但後面有署名馬利西亞。」世良如此詢問之後，女性觀察了一下墓碑說道。

世良的腦裡閃過恰似等待收割的小麥田中，那隨風飄揚的金色毛髮。

他回頭一看，一望無際的大海映入眼簾。那剎那，自己就在海浪聲之中。

世良再也無法承受那些聲響，他抱著膝蓋蹲坐了下來。

身旁的女性將手輕輕放在無聲痛哭的世良背上，海風輕輕地撫摸著世良的臉頰。

那天晚上，世良出現在大賭場。

不管他怎麼輸，新的籌碼便會立刻送到他手邊。世良猶如發狂般持續下注並持續賭輸。輪盤桌盤聚集了許多人。

世良宣布不論在場的客人點什麼都由他請客。不合時宜的歡呼聲包圍了世良。

然而在看到世良亂無章法的賭法後，人群漸漸消散。最後一名觀眾在喝盡手中的香檳後，伸手碰了一下趴在輪牌桌上的世良的頭髮，留下「Merci, monsieur.（謝啦！先生。）」之後便離去。

獨留世良之後，輪牌桌的荷官停止轉動輪盤。

荷官靜靜地注視著停止思考的世良。

當清晨的陽光射入賭場，世良才抬起頭來。每次賭輸都會發出吼叫的他，現在只剩嘶啞的嗓音。

「今天晚上輸的錢都算在冬宮飯店的天城醫生帳上。」他對荷官說道。

「Oui, monsieur.」

「照這樣繼續輸下去的話，還要幾天才會破產？」世良苦笑道。

荷官伸出食指輕輕地撫摸著嘴角的鬍子。

「Monsieur. 如果您每天都輸掉跟今晚一樣的金額的話，天城醫生會在二十年後破產。」

「二十年後？」世良喃喃自語著，接著搖搖晃晃地起身：「怪物，就算死掉也還是怪物啊？」

世良對著畫著創世紀的天花板畫大吼了一聲。接著他的膝蓋一軟，便跌落至地上。荷官舉起單手招來男服務員。世良以僅存的意識聽到對方的回應，他的眼前一片漆黑。

張開眼之後，他已經回到了冬宮飯店的高級套房。

他看了放在枕邊的時鐘日期，距離世良受到大賭場的寬容以及被天城的偉大給轟沉之後的黎明，已經過了兩天。

世良昏昏沉沉地睡了整整兩天。

結果，不管到了哪裡，還是逃不出天城醫生的手掌心嗎？世良喃喃自語著。他離開床上，將窗戶打開到最大。

黑尾鷗喵嗚喵嗚地叫著，咻地飛到了屋前。

海浪聲中，天城的聲音迴響著。

——朱諾，你覺得革命會成功嗎？

那到底是什麼時候的對話？

因為是看到蔚藍海岸才想起來的，大概當時也在看海吧！

然後，是在半夜、在這間房間裡嗎？還是為了帶走天城而趕來的那個下午？

但這些事怎樣都無所謂了。最重要的是，那時世良與天城肩並肩一起俯瞰著大海的那個記憶如今還留存著。

或許是一邊看著閃閃發光的櫻宮灣，一邊說的也不一定。

那樣就是在附設醫院的頂樓，院長辦公室的窗邊囉？

凍結在記憶中的時光漸漸融解。

「革命一定會失敗的，因為革命家一定會死。」

聽完世良的回答後，天城接著說道。

——或許就如同朱諾說的那樣吧！但是真的是那樣嗎？

世良點了個頭。

「人一定會死的，所以這個預言百分之百會實現。」

——但我現在還像這樣在跟朱諾說話，即使是這樣，我也已經死了嗎？

天城問向世良。世良搖了搖頭。

「那只是因為我想起了天城醫生，只是我想念你而已。醫生您已經死了，天城醫生的革命已經結束了。」

受世良拘束著的天城輕輕地笑了起來。

——別說這麼令人寂寞的話嘛！朱諾，你忘了嗎？我曾說過，革命就是點燃在心中的火把。

「我當然還記得。」

——那就證明朱諾是錯的，我這把火焰，不是正在你的心中燃燒著嗎？

「但我又沒辦法建立什麼櫻色中心的。」世良不禁大聲喊道。

眼前的天城瞇細眼睛笑道。

——傻瓜啊！朱諾只要種出自己希望的、自己的櫻花樹就好啦！

世良忍住即將奪眶而出的淚水，問向天城。

「我真的只要那樣做就可以了？」

天城點頭。

——嗯嗯，那樣就好了，誰叫朱諾這麼沒用，也只能做到那樣吧？

一直微笑著的天城，宛如燃燒殆盡的蠟燭搖曳著，消失了。

門外傳來敲門聲。穿透薄紗窗簾照進房間的陽光，令世良想起萬里無雲的蒙地卡羅。

門打開後，出現在門外的接待人員與女口譯員。

「天城醫生曾經說過有個地方想帶世良醫生過去，我們是來帶您去的。」女口譯員結結巴巴地說起日文。

去哪？本來想開口詢問，最後還是作罷。

腦海浮現的是天城開心的笑臉：問這什麼蠢問題。

世良跟從兩位引導人的背影走出房間。

一搭上天城的小綠，感覺好像回到了從前。

接待人員的開車技術好似天鵝絨般柔順且圓滑，跟天城截然不同。

啊、天城醫生已經不在了。世良再一次領悟到這個事實。

汽車不斷奔走在宛如迴廊的小徑上，突然就出現在小丘的半山腰。

一望無際的景色在眼前展開，接待人員將車停在不大的空地上。

雖然他為世良開了門，但世良卻沒有下車，只是目不轉睛地看著窗外的風景。

從小丘放眼望去，蒙地卡羅雅致的街景一覽無遺。

小丘的另一側是王宮，山腳的墓園裡有座儼如白雪純白的墓碑，天城的遺骸就沉睡在那。往下望去是停靠在港口的船舶，以及乘風飛揚的白色海鷗。一切都是那麼令人懷念的風景。

他看向後照鏡，停放車子的空地上有一間小小的咖啡店。

世良走下車，一回頭，忍不住倒吸了一口氣。

那裡是……

那裡有著成排儘管尺寸不高，卻依舊滿開的美麗櫻樹。

「這些是天城醫生去年種下的Cerisier幼苗，花店的人都說今年能夠開花簡直是奇蹟。」彷彿說不出櫻花（Sakura）這個字似的，口譯員不流暢地說著。

「天城醫生似乎這麼說過，想讓某個人看到櫻花樹的花在春天盛開的樣子。」

招待人員對口譯員悄聲說了幾句後，口譯員繼續說道。

世良的視線模糊起來。

天城的櫻花樹群，確實栽種於此。

他抬起頭來不讓眼淚滑落。櫻花的花瓣在空中飛舞著，消失在晴空萬里的蒙地卡羅的藍天下。

一直仰望著藍天的世良，終於難耐地閉上雙眼。

他到底做了多少啊……

微風輕撫著世良的臉頰，彷彿聽到了誰在呼喚著「朱諾」。

那瞬間，時間靜止下來。

終於，世良睜開雙眼，伸了一個大大的懶腰。

櫻花的另一頭，眼前可以看到那棟白色大理石的建築物。直到剛才，世良都被溫柔地擁抱著。但是，做為受傷世良的隱居，蒙地卡羅的名花——冬宮旅館的工作此時此刻宣告結束。

世良心中浮現堅定的話語。

——回去吧！

不曉得下次來跟天城見面是什麼時候了。

然而世良確信那天總有一天會到來。

世良凝視著 Cerisier 爭先盛開的花朵。

回頭望去是一條筆直的道路，那正是世良所追求的那條路。那是一條漫漫長路，放眼望去無邊無際。儘管如此，只有現在才能往前踏出一步，只有這個當下。

世良踏出步伐，頭也不回地離去。

那是在某個春天的下午，被稱作蒙地卡羅之星的外科醫師在來自極東的青年裡種下一株幼苗的瞬間。

十幾年後。

日本的醫療儼然在蒙地卡羅高級飯店套房裡哭喪著臉的青年所想的那樣，持續發展著。

■本書是將二〇一二年出版的《櫻色心臟中心1991》加以編修再版。

逆思流

櫻色心臟中心1991

（原名：スリジエセンター1991）

著者／海堂尊　譯者／藍云辰　企劃宣傳／楊玉如、施語宸、洪國瑋
執行長／陳君平　美術總監／沙雲佩　國際版權／黃令歡、梁名儀
榮譽發行人／黃鎮隆　美術編輯／李政儀　文字校對／施亞蒨
協理／洪琇菁　執行編輯／丁玉霈　內文排版／謝青秀
總編輯／呂尚燁

出版／城邦文化事業股份有限公司 尖端出版
台北市中山區民生東路二段一四一號十樓
電話：（〇二）二五〇〇—七六〇〇
傳真：（〇二）二五〇〇—二六八三
E-mail：7novels@mail2.spp.com.tw

發行／英屬蓋曼群島商家庭傳媒股份有限公司城邦分公司 尖端出版
台北市中山區民生東路二段一四一號十樓
電話：（〇二）二五〇〇—七六〇〇（代表號）
傳真：（〇二）二五〇〇—一九七九

中彰投以北經銷／楨彥有限公司（含宜花東）
電話：（〇二）八九一九—三三六九
傳真：（〇二）八九一四—五五二四

雲嘉以南／智豐圖書有限公司
（嘉義公司）電話：（〇五）二三三—三八五二
傳真：（〇五）二三三—三八六三
（高雄公司）電話：（〇七）三七三—〇〇七九
傳真：（〇七）三七三—〇〇八七

香港經銷／城邦（香港）出版集團有限公司
香港灣仔駱克道一九三號東超商業中心一樓
電話：（八五二）二五〇八—六二三一
傳真：（八五二）二五七八—九三三七
E-mail：hkcite@biznetvigator.com

新馬經銷／城邦（馬新）出版集團 Cite（M）Sdn. Bhd.
E-mail：cite@cite.com.my

法律顧問／王子文律師 元禾法律事務所
台北市羅斯福路三段三十七號十五樓

二〇二二年六月一版一刷

■中文版■

郵購注意事項：
1.填妥劃撥單資料：帳號：50003021戶名：英屬蓋曼群島商家庭傳媒(股)公司城邦分公司。2.通信欄內註明訂購書名與冊數。3.劃撥金額低於500元，請加附掛號郵資50元。如劃撥日起 10～14日，仍未收到書時，請洽劃撥組。劃撥專線TEL：(03)312-4212 ・ FAX：(03)322-4621。E-mail：marketing@spp.com.tw

國家圖書館出版品預行編目資料

櫻色心臟中心 1991 / 海堂尊作；藍云辰譯 . -- 一版 . --
臺北市：城邦文化事業股份有限公司尖端出版：英屬蓋曼群島商家庭傳媒股份有限公司城邦分公司尖端出版發行 , 2022.06
面；　公分
譯自：**スリジエセンター 1991**
ISBN 978-626-316-942-5（平裝）

861.57　　111006515